Die Kaktusfrau

Herbert Rosendorfer

Die Kaktusfrau

Erzählungen

Kiepenheuer & Witsch

Meinen Enkeln gewidmet:

Laura, Olivia, Stella, Tizia, Elias, Severin und Markus

MIX
Papier aus verantwortungsvollen Quellen
FSC® C014496
www.fsc.org

Verlag Kiepenheuer & Witsch, FSC-N001512

1. Auflage 2012

Umschlaggestaltung: Rudolf Linn, Köln
Umschlagmotiv: © plainpicture/Fancy Images;
maSpi – Fotolia.com (Wald);
Vignette Buchklappe: © Laura Rosendorfer
Autorenfoto: © Julia Andreae
Zeichnungen im Innenteil: © Herbert Rosendorfer
Gesetzt aus der Stempel Garamond
Satz: Felder KölnBerlin
Druck und Bindearbeiten: GGP Media GmbH, Pößneck
ISBN 978-3-462-04473-7

Inhalt

Der Frosch

Es war noch zu den Zeiten des, wie man so sagte, real existierenden Sozialismus, da war ich, warum, habe ich nie erfahren, zu einem internationalen Juristenkongreß nach Bukarest eingeladen. In Rumänien herrschten noch Ceauçescu und seine grämliche Ehefrau. »Haben Sie nicht auch das Gefühl«, meinte Jewgraf Konstantinowitsch, »daß der Mißmut, den dieses Paar ausstrahlt, das ganze Land verfinstert?«

»Das sagen Sie«, sagte ich, »als Angehöriger eines Brudervolkes? Eines sozialistischen?«

Jewgraf Konstantinowitsch Tichonov war Professor für Rechtsvergleichung an einer weit östlich in der Sowjetunion gelegenen Universität. Er sprach vorzüglich Deutsch, nannte mich schon am ersten Abend »Gerbert Osipowitsch«, nachdem er sich nach dem Namen meines Vaters – Josef – erkundigt hatte, bat, ihn »Jewgraf Konstantinowitsch« und nicht »Herr Professor Tichonov« zu nennen, und war nur enttäuscht über meinen nach seinem Dafürhalten unnennenswerten Soika-Konsum. Soika entspricht in Geschmack, Brutalität und Konsummenge auf rumänischer Seite dem russischen Wodka.

»Die russischen Namen kommen oft aus dem Griechischen«, sagte er, nachdem ich mich über den seinen, über

Jewgraf, gewundert hatte. »Dmitrij von Demetrios, Alexander sowieso, Fjodor soviel wie Theodoros und so weiter. Jewgraf kommt von Eugraphos, das *Eu* wird zu *Jew*, denken Sie an Jewgenij: ist gleich Eugen oder Eugenios, der Wohlgeborene, Jewgraf: der Wohlgeschriebene oder vielleicht auch Wohlschreibende, aber das lassen wir angesichts des strohtrockenen Zeugs, das ich verfasse, dahingestellt.«

»Aber eher selten, dieser Vorname?«

»Schon, aber immerhin heißt eine Figur bei Dostojewski so, ich glaube, in *Onkelchens Traum*, bin mir aber nicht ganz sicher. Jedenfalls in einem der früheren Werke Dostojewskis, die mir ohnedies die lieberen sind als die späten, in denen es oft sechsunddreißig Stunden lang Nacht ist, die Menschen nichts essen und nur Seele sind. In den früheren ist er noch ganz Gogol, dessen Seele die eigentlich russische war.«

»Auch ich erlaube mir, Jewgraf Konstantinowitsch, Gogol außerordentlich zu schätzen, und ich bedaure, seine Werke nicht in der Originalsprache lesen zu können. Aber in deutscher Übersetzung habe ich, bin ich mir fast sicher, alles gelesen, was er geschrieben hat.«

»Dann kennen Sie auch den *Frosch*, meine Lieblingsgeschichte, werter Freund Gerbert Osipowitsch?«

»Den *Frosch*? Nein. Dann habe ich in der Tat nicht alle Werke Gogols gelesen.«

»Ich glaube nicht, daß es in einer der windigen Buchhandlungen hier in Bukarest Gogols Werke in deutscher Sprache gibt. Ceauçescus Werke schon, auch in deutscher Sprache, in rotes Leder gebunden, habe sie in einer Auslage gesehen, sehr preiswert, aber ich nehme an, die 25 Bände sind bedauerlicherweise zu schwer für Ihr Fluggepäck? Ja, ja.« Und so erzählte er mir am folgenden Abend, als wir eine Einladung beim Ersten Wirklichen Stellvertreter des Justizministers schwänzten, Gogols Geschichte vom *Frosch.* (Nebenbei ist vielleicht zu erwähnen, daß es vier Erste Wirkliche Stellvertreter des Justizministers gab. Wir wären immerhin beim zweiten eingeladen gewesen.)

»Es traf sich, erzählt Gogol, in gewissem Sinn unglücklich, daß drei, wenn man so sagen kann Ereignisse zusammenstießen, nämlich daß Seine Exzellenz, der Generalmajor Wasilij Wasiljewitsch Turkin, ein würdiger Herr im besten Alter mit dem, so die allgemeine Ansicht, schönsten Backenbart der russischen Armee, seinem Leibburschen, einem etwas verstandesbeeinträchtigten Bauernlümmel aus dem Gouvernement Saratow, fünf Tage Urlaub gab, um ihm zu ermöglichen, bei der Hochzeit seiner Schwester den Trauzeugen zu machen. Der Bursche hieß Fedja.

Fedja also fuhr mit der Eisenbahn, dann auf dem Karren eines Lohnfrächters, der ihn mitnahm, in sein Dorf, das so unwichtig und unbedeutend ist, daß es sich nicht lohnt, schreibt Gogol, einen Namen dafür hier hinzusetzen. Die letzten fünfzehn Werst ging Fedja selbstverständlich zu Fuß, denn der Lohnfrächter bog in die Kreisstadt ab. Was hätte er auch in so einem elenden Nest wie dem, aus dem Fedja stammte, zu suchen gehabt.

An dem Abend des Tages, an dem Fedja, seinem Generalmajor Exzellenz dankbar die Hand küssend, abgereist war und sich der General ohne Burschen behelfen und seine Stiefel fluchend und ächzend eigenhändig anziehen mußte, war Exzellenz Wasilij Wasiljewitsch Turkin, eben unser General, zu einem Wohltätigkeitsbasar bei der Fürstin S. eingeladen. Es ließ sich nicht umgehen, daß Turkin zwei Lose kaufte, weil schon sein direkter Vorgesetzter, Seine Exzellenz General Baron Donnerkrantz, drei Lose gekauft hatte. Und gewann: einen Wetterfrosch im Glas. Dies das zweite schicksalsschwere Ereignis.

Neuerlich fluchend darüber, daß er seinem Burschen Urlaub gegeben hatte, mußte Turkin seinen Frosch im Glas selber nach Hause tragen. Der Frosch glotzte, dicht am Boden am Fuß seiner Leiter sitzend, den General aus dem Glas heraus an.

Das dritte, die ganzen Verwicklungen begründende Ereignis bestand darin, daß am vierten Tag von Fedjas Urlaub Turkin ein Telegramm seines Vetter Dmitrij Petrowitsch Turkin erreichte, der ihn damit zur Jagd einlud, die er anläßlich seines Namenstages veranstaltete, und zwar auf seinem Gut in Kurland. Da sich Turkin dieses von ihm sehr geschätzte Vergnügen nicht entgehen lassen wollte und zudem die spezielle saure Lunge, die Dmitrij Petrowitschs unverheiratete Schwester Afanasja Petrowna kochte, das heißt, die strenge Aufsicht über die Zubereitung dieser violetten Köstlichkeit führte, packte Wasilij Wasiljewitsch unverzüglich und wiederum fluchend, weil er es selber machen mußte, das Notwendigste und eilte nach Kurland zur Jagd. Unter das Glas mit dem Wetterfrosch legte er einen Zettel mit dem Vermerk: ›Fedja, du Schurke, mit Fliegen füttern!‹ In Großbuchstaben, Kurrentschrift konnte Fedja nicht lesen.«

»Sagen Sie, verehrter Jewgraf Konstantinowitsch«, warf ich ein, »hat es zu Zeiten Gogols schon Telegramme gegeben? Und Eisenbahnen?«

»Hm«, sagte Jewgraf Konstantinowitsch, »Gogol ist 1852 gestorben. Da gab es, Sie werden staunen, schon den elektrischen Telegraphen.«

»Auch in Russland?«

»Wenn es Gogol schreibt? Er wird es wohl gewußt haben.«

»Und die Eisenbahnen?«

»Da bin ich mir weniger sicher, geehrter Gerbert Osipowitsch. Daß diese Neuerung gegen Ende von Gogols

Lebzeiten langsam Fuß faßte, steht fest. Daher gibt es zwei Möglichkeiten: Entweder hat es doch einige anfängliche Eisenbahnstrecken gegeben, als Gogol die Geschichte vom *Frosch* aufschrieb – sie ist leider nicht datiert –«

»Oder?«

»Die Geschichte ist doch nicht von Gogol.«

»Vielleicht von Ljeskow? Oder Turgenjew? Oder Tschechow? Von ihnen habe ich viel gelesen, von Tschechow sogar sehr viel, aber wohl nicht alles.«

»Mag sein, Väterchen, mag sein«, sagte Jewgraf Konstantinowitsch nachdenklich, »aber ich meine doch: Gogol.«

Und er fuhr fort.

»Pünktlich am fünften Tag kam der Bursche Fedja, schwer bepackt mit Schinken und Würsten und eingelegten Gurken, was ihm alles seine Mutter mitgegeben hatte, dem armen Sohn, der in der grausamen Stadt leben mußte, in die zu seinem Erstaunen leere Wohnung zurück.

Er suchte in allen Zimmern, das hintere Schlafzimmer des Generals wagte er – befehlsgemäß – nicht zu betreten. Er schrie aber: ›Exzellenz, melde mich gehorsamst zurück! Fedja!‹ Sie wissen: Russische militärische Meldungen enden immer mit der sozusagen gebrüllten Unterschrift.

Der Frosch machte: ›Quak‹.

Fedja erschrak, ließ alles fallen, was er in der Hand hatte. Das Gefäß mit den eingelegten Gurken hatte er zum Glück vorher schon auf den Küchentisch gestellt. Fedja trat vorsichtig an die Kommode, auf der das Glas mit dem Frosch stand. Der Frosch saß auf der obersten Sprosse seiner Leiter und schaute scharf.

›Exzellenz!‹ sagte Fedja mit belegter Stimme, ›belieben zu befehlen ...‹ Die Stimme versagte ihm. Er stand vielleicht eine Stunde starr da, so starr wie der Frosch, der ihn fixierte. Zumindest kam es Fedja so vor, als sei es eine

Stunde. Dann bemerkte er den Zettel, las ihn unter Aufbietung aller geistigen Kräfte und sagte dann: ›Zu Befehl, Exzellenz!‹, ging in die Küche und – wenn auch einer wie Fedja, ein Bauernlümmel aus dem Gouvernement Saratow, wo damals auch noch keine Morgendämmerung an höherer Bildung hingelangt war, nur Großbuchstaben und die nur mit Mühe lesen konnte, war er doch und vielleicht gerade deshalb in praktischen Dingen voll auf der Höhe. Er träufelte einige Tropfen Honig auf den Küchentisch, und schon versammelten sich zwei Dutzend Fliegen hier, von denen Fedja vier mit der Hand fing. Fliegen haben tausendmal schnellere Augen als Menschen, aber Fedja wußte, wie man Fliegen fängt: von vorn und nach ihrer Flugbahn berechnet.

Fedja öffnete den Deckel des Froschglases, warf die Fliegen hinein und schloß es schnell wieder. ›Belieben Exzellenz zu gestatten, daß ich gesegnete Mahlzeit wünsche!‹ Der Frosch schnappte die Fliegen und setzte sich dann auf den Boden des Glases, drehte sich von Fedja weg.

Am nächsten Tag, Fedja hatte schlecht geschlafen, er hatte geträumt, daß auch er in einen Frosch verwandelt ist, fing er wieder einige Fliegen und fütterte damit den Generalmajor, dann aß er ein heißes Brot mit Zwiebeln, schnitt ein Stück vom heimischen Speck ab und aß es, schnipselte nach längerem Nachdenken ein kleines Eck Fett vom Speck und warf es in das Glas, aber der Generalmajor rührte es nicht an.

›Dann eben nicht‹, dachte Fedja und ging hinunter zur Beschließerin, die ebenerdig seitlich des Vorhofes hauste, eine gewisse Jelisaweta Alexejewna, die gerade damit beschäftigt war, aus einer Hose zwei zu machen, denn ihr Mann war ein Einbeiniger.

›Guten Morgen, Mütterchen‹, sagte Fedja, ›es ist was passiert.‹

›Und was, Väterchen Fedja?‹

›Der Generalmajor ist ein Frosch geworden.‹

›Du sündiger Untäter, was erzählst du mir für Sachen?‹

›Wenn es wahr ist‹, sagte Fedja.

Die Beschließerin legte ihre Arbeit weg, raffte die Röcke und lief mit Fedja in die Wohnung des Generalmajors hinauf. Auf Zehenspitzen und respektvoll betrat sie hinter Fedja das Zimmer, in dem das Glas mit dem Wetterfrosch stand. Der Frosch saß immer noch am Boden und schaute zur Wand.

›Es ist mir schon immer aufgefallen‹, sagte Fedja leise, ›daß Seine Exzellenz sehr oft die Hände *so* halten‹, er zeigte seine Hände und spreizte die Finger flach auseinander, ›und jetzt ist er tatsächlich ein Frosch geworden.‹

›Es ist genau die Farbe der Uniform des Pawlowschen Infanterieregiments‹, sagte die Beschließerin.

›Eben‹, sagte Fedja.

Der Frosch wandte den Kopf.

›Verzeihung, Exzellenz‹, sagte die Beschließerin und verließ schnell das Zimmer. Fedja schloß die Tür.

›Und?‹ fragte draußen die Alte.

›Weiß auch nicht‹, sagte Fedja, ›jedenfalls muß ich ihn mit Fliegen füttern. Speck frißt – Pardon, ißt er nicht.‹

›Es ist gut‹, sagte die Alte, ›daß noch heute vormittag Vater Therapont kommt, vom Smolnyj-Kloster. So eine Merkwürdigkeit ist womöglich nicht gottgefällig.‹

Sowohl Vater Therapont, ein nahezu kugelförmiger Mönch mit einem roten Bart, der ihm bis zum Gürtel reichte, als auch wenig später der Synodalregistrator Kyrill Sergejewitsch Niwischtschajin, ein blasser jüngerer Mensch in englischen Tuchhosen, der in der Straße als Intellektueller galt, begutachteten im Lauf des Tages, von Fedja und von Jelisaweta Alexejewna informiert, den

Frosch. Dabei erklärte Jelisaweta Alexejewna, daß die Verwandlung vermutlich gegen zwei Uhr in der Nacht sich vollzogen haben müsse, denn genau um diese Stunde sei sie plötzlich und scheinbar grundlos erwacht, und sie habe so ein komisches Gefühl gehabt. Daß es zwei Uhr gewesen sei, wisse sie deshalb, weil sie die Stunde von der Wosnessenskij-Kirche schlagen gehört habe.

Der Mönch Therapont betrachtete lange den Frosch und sagte dann, er könne nicht entscheiden, ob diese Verwandlung Teufelswerk oder aber im göttlichen Heilsplan vorgesehen sei. Beides sei möglich, Jelisaweta Alexejewna möge das Epiphanios-Wasser herbeibringen, das sie, wie in jedem rechtgläubigen Haushalt, vorsorglich aufbewahrt hatte. In der Tat war das so bei der Beschließerin, allerdings, muß man sagen, bewahrte sie es in einer alten Spiritusflasche auf, die keinen Verschluß mehr hatte. ›Aber‹, so dachte sie, ›im Gegensatz zu Spiritus raucht das Epiphanios-Wasser nicht aus.‹

Der Mönch besprengte also das Glas des Wetterfrosches. Der verdrehte die Augen und sprang auf die zweithöchste Sprosse seiner Leiter.

›Hm‹, sagte Vater Therapont, ›das kann alles bedeuten und nichts auch.‹

›Immerhin‹, sagte Jelisaweta Alexejewna, ›ist Exzellenz nach *oben* gesprungen. Mehr freudig.‹

›Das ist richtig‹, sagte Vater Therapont.

›Und er vertilgt Fliegen‹, sagte der Synodalregistrator, ›die bekanntlich teuflische Wesen sind.‹

›Auch das ist richtig‹, sagte Vater Therapont, ›es bleibt nichts anderes übrig als abzuwarten, wie sich die Dinge entwickeln. Hat er‹, er wandte sich an Fedja, ›irgend etwas gesagt?‹

›*Quak*‹, sagte Fedja.

Der Mönch kratzte sich hinter dem Ohr, schüttelte den

Kopf und wiederholte dann: ›Abwarten. Und Sie, verehrte Jelisaweta Alexejewna, sind sicher so gütig, mir ein Gläschen einzuschenken. Es soll Ihnen Segen bringen.‹

Sie verließen das Zimmer. Der Synodalregistrator aber sagte zu Fedja: ›Ich vermute, man wird das an höherem Orte melden müssen.‹

Fedja zog sich auf sein Bett neben der Kohlenkiste im Vorratsraum zurück und dachte über den Vorschlag des Synodalregistrators nach. Nachdenken war nicht seine Stärke. Es ermüdete ihn so, daß er – am hellichten Vormittag – einschlief. Schlafen hingegen war eine seiner herausragenden Stärken, und er konnte es sogar, wenn es sein mußte, im Stehen.

Aber wir müssen uns inzwischen wieder dem Generalmajor zuwenden, der bei seinem Vetter in Kurland ein paar Tage fröhlicher Jagd zubrachte mit herrlichen Schmausereien und Whist-Partien bis spät in die Nacht hinein. Aber dann ereignete es sich, daß ein weiterer Jagdgast eintraf, ein deutscher Graf, und in dessen junge Frau verliebte sich Wasilij Wasiljewitsch so schnell und mit einer derartigen Heftigkeit, daß es ihm förmlich seine ordensgeschmückte Brust zersprengte. Clara hieß die Gräfin, und der Vetter, der im Gegensatz zum deutschen Grafen – dies ein Glück – die Seufzer des Generalmajors bemerkte, sagte: ›Daß du die deutsche Geiß beturtelst, ist mir schetzkojewo, aber mach den Skandal bitte nicht in meinem Haus.‹ So bezähmte sich, schwer genug, Wasilij Wasiljewitsch, aber als nach einer Woche der Graf mit seiner Gräfin wieder nach Deutschland abreiste, hielt es den Verliebten nicht mehr, und er reiste dem Paar nach.

Wenn ein Offizier einige Tage fehlt, vielleicht sogar ein paar Wochen, geht er erfahrungsgemäß niemandem ab. Aber Wasilij Wasiljewitsch richtete, so viel Verstand hatte er immerhin noch, ein Gesuch um Urlaub an das Armeekommando: er müsse eine Gastritis, die er sich im Dienst zugezogen, in Bad Kissingen auskurieren.

Das Gesuch ging in der Armeekanzlei verloren. Das heißt, es kam in die Hände des Stabsschreibers Anatolij Semjonowitsch Pestilenskij, eines außerordentlich unsauberen Menschen, der ununterbrochen Tabak schnupfte, und, es ist leider nicht anders zu sagen, ein Schnupftabakgemisch tropfte auf Generalmajor Turkins Gesuch, der Stabsschreiber merkte es nicht, legte ein anderes Schriftstück darauf, das Gesuch blieb kleben und wanderte somit in eine andere, völlig fremde Akte, wo es für die nächste Ewigkeit unauffindbar blieb, zumal niemand danach suchte, was aus dem, was ich Ihnen gleich erzählen werde, ohne weiteres hervorgeht.

Fedja ächzte und stöhnte lang unter der gewaltigen Anstrengung, den Entschluß zu fassen, die Meldung von der Froschwerdung seines Generalmajors einzubringen. ›Greife nicht mit der Hand nach oben, wenn du nicht siehst, was dort liegt‹, heißt ein russisches Sprichwort, es reimt sich im Russischen –«

»Im Deutschen«, sagte ich, »reimt sich's auch: ›Gehe nicht zu deinem Fürst, wenn du nicht gerufen wirst.‹«

»So ist es«, sagte Jewgraf Konstantinowitsch, »und so dachte auch Fedja, aber letzten Endes war ihm die Sache doch so unheimlich, daß er dem Rat des Synodalregistrators folgte, seine Uniform so gut es ging ausbürstete, die Knöpfe mit Spucke reinigte, sich vorschriftsmäßig beim Frosch abmeldete und – ja: wohin soll er gehen?

Bevor er zum – sehr angenehmen – Dienst als Bursche des Generalmajors Turkin abkommandiert wurde, hatte er sein Quartier in einer der Kasernen am Sagorodnij-Prospekt neben dem Zarskoje Seloer Bahnhof. Dorthin ging Fedja. Es traf sich, daß ein Kamerad, den er kannte, Wache stand.

›Der Segen aller Heiligen decke dich zu Tag und Nacht, Sascha, du gottloser Sünder‹, sagte Fedja.

›Du Fluchbeladener‹, sagte Sascha, ›du weißt doch, daß du mit einem, der Wache steht, nicht reden darfst.‹

›Ich bin dienstlich hier vor dir, Väterchen, und das, was ich rede und frage, ist dienstlich. Mein Generalmajor, also Seine Exzellenz Wasilij Wasiljewitsch, bei dem ich als Leibbursche diene, haben beliebt ein Frosch zu werden.‹

Auf Wache zu lachen ist auch verboten, vermutete der Soldat Sascha, wahrscheinlich strenger als nur reden. Er unterdrückte also das Lachen, das aber in ihm so heftig und gewaltig war, daß es seinen Kopf förmlich aufblähte und seine Augen furchterregend aus den Höhlen rollten. Und in dem Augenblick, als ein Hauptmann daherkam und Sascha wie auch Fedja salutieren wollten, platzte das Lachen aus Sascha heraus, daß man meinen konnte, der Pulvervorrat der Kaserne explodiere. Zum Glück war dieses Lachen so ansteckend, daß auch der Hauptmann, der eigentlich die militärische Strenge wahren wollte, unwiderstehlich lachen mußte, und das Gebrüll, vermischt mit den mahnenden Rufen Fedjas, daß alles gar nicht zum Lachen sei, war so laut, daß oben ein Fenster aufflog und der Oberst Anatolij Nikititsch Salsitzkij seinen Kopf herausstreckte und schrie: ›Sind wir in einem Narrenturm oder in einer Kaserne?‹

Sofort verstummten der Hauptmann und Sascha, und Fedja erkannte seine Chance, stampfte aufs Pflaster, daß es nur so knallte, salutierte und schrie: ›Bringe gehorsamst zur Kenntnis, daß Seine Exzellenz Generalmajor Wasilij Wasiljewitsch Turkin bevorzugt haben, nunmehr ein Frosch zu sein. Fedja. Leibbursche.‹

Der Oberst blinzelte. Nach einer Weile sagte er: ›Turkin?‹

›Jawohl, wenn gestatten, Herr Oberst.‹

›Frosch?‹

›Frosch, Herr Oberst, ich kann auch nichts dafür.‹

›Trägt er Uniform?‹

›Nein, aber er ist grün.‹

›Komm herauf.‹

So erzählte der Soldat Fedja, dem der Oberst leutselig sogar gestattet hatte, sich auf einen Stuhl zu setzen (›Hast du eine saubere Hose, du Bauernferkel?‹ ›Jawohl, Euer Gnaden Oberst!‹), die ganze Geschichte, auch die Äußerungen des Mönchs und den Ratschlag des Synodalregistrators.

›Und du warst also fünf Tage auf Urlaub, und wie du zurückgekommen bist, war Exzellenz Turkin weg und an seiner Stelle der Frosch da?‹

›Jawohl, Väterchen Oberst, glauben Sie einem einfachen, unschuldigen, rechtgläubig getauften Menschen. Und hier ist der Zettel, den er geschrieben hat.‹

Der Oberst drehte den Zettel hin und her.

›Das hat der Frosch geschrieben?‹

›Der Frosch, halten zu Gnaden, Väterchen Oberst, kann, glaube ich, nicht schreiben. Exzellenz haben es wohl grad noch vor der … vor der …‹

›… vor der Verwandlung geschrieben. Ja, ja.‹ Der Oberst stand auf und ging auf und ab. Selbstverständlich sprang auch Fedja sofort auf. ›Bleib hocken, du Mücke‹, sagte der Oberst, ›hm, hm, ein Frosch. Solche Dinge kommen vor. Mit solchen Dingen ist nicht zu spaßen. Hm, hm. Ein Frosch. Jedenfalls … jedenfalls muß die Sache untersucht werden. Es war richtig, daß du Meldung gemacht hast, mein Sohn.‹

›Erlauben Herr Oberst, daß Soldat Fedja abtritt, ich glaube, es ist nämlich Zeit, daß Exzellenz Herr Generalmajor seine Fliegen bekommt.‹

Begreiflicherweise erregte die nun förmlich abgefaßte Meldung, die der Oberst nach oben an das Armeekommando leitete, erhebliche Aufregung. Insbesondere die Frage gab zur Besorgnis Anlaß, ob die Froschwerdung des Generalmajors Turkin etwa ansteckend sei, und daß befürchtet werden müsse, die ganze Generalität der russischen Armee verwandle sich nach und nach in Frösche. Der kommandierende Armeegeneral, der schon erwähnte Baron Donnerkrantz, tobte zudem und beschimpfte seine Adjutanten, obwohl die an der Sache völlig unschuldig waren, daß er es als ungehörig, ja als subversiv empfinde, wenn ein Generalmajor sich eigenmächtig in einen Frosch verwandle. Jedenfalls solle der Generalmajor, ob als Frosch oder in seiner vorherigen Form, gefälligst zum Dienst erscheinen, und es solle ihm in aller Strenge befohlen werden, sich unverzüglich wieder in menschliche Form zurückzubegeben.

Der Befehl wurde von Stufe zu Stufe nach unten weitergegeben und erreichte so zuletzt Fedja, der das Glas mit dem Frosch nahm, nachdem er ihn vorher noch mit einigen Fliegen als Reiseproviant versehen hatte, und damit zum Armeekommando marschierte. Unglücklicherweise war der diensthabende Leutnant nicht über die Verwandlung des Generalmajors Turkin informiert. Als Fedja das Glas mit dem Frosch drin vorzeigte und sich meldete: ›Erlaube mir befehlsgemäß Seine Exzellenz, Herrn Generalmajor Wasilij Wasiljewitsch Turkin zu überbringen. Fedja, Rekrut‹, schrie ihn der Leutnant an: ›Du Überflüssiggeborener, ich werde dir deine Späße austreiben! Drei Tage Arrest!‹ Und sogleich kamen die Wachen und sperrten Fedja, der krampfhaft das Glas mit dem Frosch respektive mit Seiner Exzellenz dem Generalmajor Turkin festhielt, in ein finsteres Verlies.

Da gleichzeitig mit Fedja die Strohlieferanten für die

Ställe kamen, und da es nach der Liste des Leutnants sieben Wägen sein sollten, es aber nur sechs waren und daher mit dem Lieferanten eine Diskussion entstand, zudem der Leutnant nach vier Tagen Verstopfung endlich den befreienden Drang empfand, dem er aber wegen der Diskussion mit dem Strohbauern nicht nachgeben konnte, und über allem auch die Schneiderin kam, eine gewisse Wenedikta Wjätscheslawowna Flowalzowa, die die Hosenträger des Leutnants ausgebessert hatte, diese zurückbrachte und sechzig Kopeken – und zwar in Silber – verlangte, die der Leutnant aber nicht bei sich hatte, was die Alte aufgrund Schwerhörigkeit nicht begriff, unterließ es der Leutnant, bei dem Durcheinander, vielleicht verzeihlich, aber dennoch pflichtwidrig, ein Protokoll über die Arretierung Fedjas zu veranlassen. Die Folge davon war, daß Fedja im Karzer vergessen wurde.

Inzwischen umschwärmte Wasilij Wasiljewitsch in Bad Kissingen weiterhin die deutsche Gräfin. Es stellte sich heraus, daß die Sorge von Wasilijs Vetter, es möchte ein Skandal entstehen, unbegründet gewesen war. Als der Graf einmal seine Frau und den Generalmajor in enger Umarmung begriffen in einer Laube des Kurparkes entdeckte und der Generalmajor, die Gräfin auf die Marmorbank sinken lassend (sie prellte sich dabei das Steißbein), aufsprang und ›Ich stehe Ihnen selbstredend zur Genugtuung zur Verfügung!‹ sagte, erwiderte der Graf nur: ›Wie bitte? Ich höre nicht mehr so gut. Aber wissen Sie, eine Sensation ist vorgefallen. Es ist nicht zweimal, nein dreimal hintereinander 17 gekommen. Leider hatte ich das dritte Mal nicht mehr zu setzen gewagt. Dann einen schönen Abend weiter. Ich komme nicht zum Abendessen. Ich lasse mir ein kaltes Huhn ins Casino bringen.‹ Und ging.

So verlebten Wasilij und die Gräfin so etwas wie Flitterwochen, während der Graf praktisch ständig nicht an einem, sondern an mehreren Spieltischen saß und – genauso ständig gewann.

Etwa drei Wochen, nachdem Fedja unschuldig ins Loch geworfen worden war, besuchte der Großfürst Konstantin Nikolajewitsch, der Inhaber eines der Regimenter, die zum betreffenden Armeekorps gehörten, die Kaserne. Zu seinen Ehren wurde ein Liebesmahl für die höheren Offiziere veranstaltet, bei dem es als Zwischengericht Froschschenkel in Aspik gab. Da fiel dem General Baron Donnerkrantz die Sache mit Turkin wieder ein, und er erzählte es dem Großfürsten.

›Und warum‹, fragte der Großfürst, ›ist dieser froschgewordene Turkin nicht zum Liebesmahl eingeladen worden?‹, lachte aber sogleich und fügte hinzu: ›Klar, man kann ja nicht gut einem Frosch Froschschenkel vorsetzen.‹

›Wo ist er denn überhaupt?‹ fragte Donnerkrantz.

So begann die Suche. Befehle jagten von oben nach unten. Kein Mensch hatte eine Ahnung, nur jenem Leutnant dämmerte etwas, und er ließ im Karzer nachschauen. Fedja war halbverhungert. Er war nicht ganz verhungert, weil ihm ab und zu der eine oder andere Kamerad, der ein paar Tage absitzen mußte, etwas von der Ration abgab. Aber der Frosch war tot und vertrocknet.

Die Bestattung erfolgte mit den für einen Angehörigen der vierten Rangklasse vorgesehenen militärischen Ehren. Nur als General Donnerkrantz den zündholzschachtelgroßen Sarg sah, fand er das zu lächerlich und unwürdig und befahl, daß der kleine Sarg in einen großen, normalen Sarg getan und so beerdigt wurde.

Aber damit endet die Geschichte noch nicht. Denn in Bad Kissingen trug es sich zu, daß der deutsche Graf, es war etwa ein halbes Jahr, nachdem Wasilij Wasiljewitsch den Frosch gewonnen hatte, es wagte, nachdem dreimal *24* gekommen war, noch einmal die höchstzulässige Summe auf *24* zu setzen. Und *24* kam. Die Bank war gesprengt. Noch am Spieltisch ereilte den Grafen ein von der Freude ausgelöster Gehirnschlag, und er verschied. Die Gräfin erbte, heiratete Wasilij Wasiljewitsch und zog mit ihm nach Nizza. Über die kaiserlich russische Botschaft in Paris richtete Turkin das Gesuch um Quieszierung an das Kriegsministerium. Als das Gesuch dort ankam, waren Turkins Personalakten schon archiviert, das heißt: unauffindbar. ›Ist nicht‹, fragte der zuständige Titularrat, er hieß Oleg Semjonowitsch Konjakskij, ›ist nicht dieser Turkin ein Frosch geworden? Und vertrocknet? Wie kann er dann ein Gesuch um Quieszierung einbringen?‹ Und er legte das Gesuch in die große Schublade mit der Aufschrift: *Rätselhafte Aktenvorgänge*. Und damit endet die Erzählung vom Frosch endgültig.«

»Von Gogol?« fragte ich.

»Ja«, sagte Jewgraf Konstantinowitsch, »von Gogol. Glaube ich.«

Das Mädchen mit dem Nasenringelchen

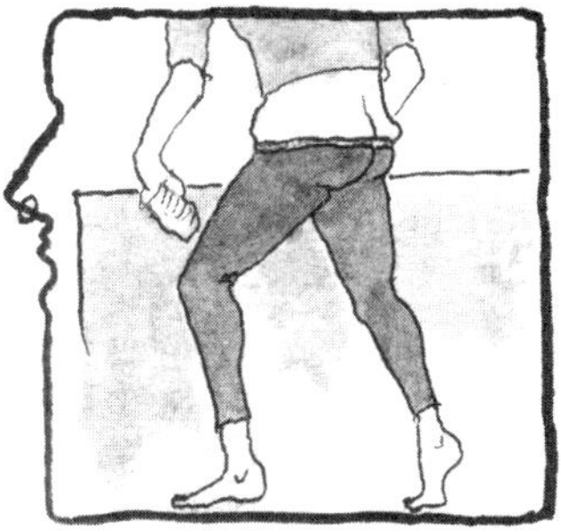

Das einzige, was mich stören würde, dachte ich (was mich aber dann später erstaunlicherweise gar nicht mehr störte), war ihr Nasenring. Kein großer, nach unten von der durchbohrten Nasenscheidewand hängender Ring, sondern ein kleines, silbernes Ringlein seitlich am linken Nasenflügel. Um aufzufallen, jedenfalls um mir aufzufallen, der ich mir einbilde, ein guter Beobachter zu sein, hätte es des Nasenringleins nicht bedurft, denn die Nase des Mädchens, nein, ich verbessere mich, der jungen Frau war an sich auffallend genug, und zwar im guten Sinn: Es war eine sogenannte klassische oder griechische Nase, ohne Knick an der Wurzel, von der Stirn in nicht zu übertreffend edler Linie sich ungebrochen fortsetzend.

Sie war betrunken. Wie kann eine junge Frau, zudem eine mit so einer Nase betrunken sein? Sie stand in der U-Bahn nahe der Tür, obwohl fast der ganze Wagen und so gut wie jeder Sitzplatz leer war. Sie schwankte hin und her, aber sichtlich nicht aus Trunkenheit, sondern weil die Bahn schnell fuhr und der Wagen wackelte. Es lag nicht an der edlen Nase, daß nichts von dem Ekel, den eine betrunkene Frau bisweilen verbreitet, an ihr war. Sie wirkte, ich hoffe, man versteht das, sie wirkte wie unschuldig betrunken.

Sie lächelte mich an, als wären wir uns schon einmal begegnet. Eins war mir von vornherein ganz klar: Eine *solche* ist das nicht. Das ist kein *solches* Signal: dieses Lächeln. Das war außer Frage, sofort.

Sie sagte: »Ich weiß, wer ich bin, ich weiß, wohin ich muß.« Sie sagte es zu mir.

Normalerweise bin ich nicht schlagfertig, und wenn mich ein fremder Mensch unvermittelt anspricht, zucke ich normalerweise in mich selber zurück und versuche sofort zu verschwinden oder tue so, als habe ich es nicht gehört. So nicht hier. Das Lächeln der betrunkenen jungen Frau forderte zu viel Sympathie ein. »Das ist schon viel«, sagte ich also auf ihre Bemerkung.

Sie trug die Uniform der neuen Spießigkeit: Blue Jeans, ein T-Shirt, eine wollene Jacke mit irgendeiner Aufschrift, einen schwarz-weißkarierten Schal um den Hals und selbstverständlich die unvermeidlichen Turnschuhe. Das Ganze war, nicht ungern bei solcher Adjustierung, leicht verkrustet, sie selber aber, auch das war sofort keine Frage, obwohl außer Gesicht und Händen nicht sichtbar, sauber, sogar gepflegt. Ich gestehe wiederum einen Gedanken: Die, dachte ich, läßt die Locken an ihrem dionysischen Dreieck nicht ungepflegt wuchern.

»Ich habe sonst nichts mit dem Alkohol«, sagte sie. Sie redete klar und nicht wie Betrunkene. War sie gar nicht betrunken? Glasig aus anderen Gründen?

In der Hand hatte sie eine Coca-Cola-Dose, zur Hälfte ausgetrunken. Und über die Schulter eine Tasche am Riemen, blau, glaube ich.

Sie empfand es offenbar als selbstverständlich, daß ich mit ihr ausstieg, und ich hatte das Gefühl, es war ihr klar, daß ich eigentlich weiterfahren hätte wollen. Wir gingen nebeneinanderher. Es war das, was ein Dichter früher eine laue Sommernacht genannt hätte. Eher: Frühsommernacht. Ich berührte sie nicht; sie schwenkte ihre Coca-Cola-Dose, trank aber nicht draus.

»Ziehen Sie«, sagte ich, »bitte Ihre Schuhe aus.«

Völlig unerstaunt stellte sie die Dose auf den Boden, zog die Schuhe aus, stand nun barfuß da und schaute mich an: »Soll ich sie wegwerfen?«

»Wenn die Läden noch offen hätten, würde ich dir andere kaufen.«

Sie warf die Turnschuhe hinter einen Bauzaun, der sich seitlich hinzog, und wir gingen weiter. Die Coca-Cola-Dose vergaß sie.

Ich war in einer fremden Stadt und auch nicht. Ich hatte hier vor vielen Jahren viele Jahre gelebt. Es ist eine große Stadt. Die Stadt war mir noch geläufig, aber dieses Viertel, durch das ich jetzt mit der barfüßigen jungen Frau ging, war mir eher weniger bekannt. Ich las einen Straßennamen. Hätte mich jemand nach dieser Straße gefragt, hätte ich keine Auskunft geben können. Es war ein Stadtviertel mit Mietshäusern aus dem Ende des 19. Jahrhunderts. Ein Stadtviertel, das noch nicht, wie andere dieser Art, chic geworden war. Ein rotbraunes Stadtviertel aus nachgedunkelten Ziegelmauern. Ab und zu unterbrach ein kleiner Laden die Straßenfronten, ab und zu trennte die Häuser eine Durchfahrt mit eisernem Gitter. Die junge Frau blieb unvermittelt stehen, ohne etwas zu sagen.

»Wohnen Sie hier?« fragte ich.

»Nein«, sagte sie, schob aber den einen der beiden Flügel des eisernen Gittertores auf. Der Eingang zum Haus lag seitlich im Hof. Wenig Grün, ich sah eine Teppichklopfstange, an der wohl schon lang kein Teppich mehr geklopft worden war. Am Nachbarhaus war ein Gerüst aufgestellt, von dem eine Plastikplane im Wind wehte. Ich hatte die Plastikplane beobachtet, und deshalb war mir im Moment entgangen, ob die junge Frau die Tür aufgesperrt, also einen Schlüssel gehabt hatte, oder ob die Tür nicht verschlossen gewesen war.

Ein eher enges Stiegenhaus mit gußeisernem Stiegengeländer, viele der grünen und blauen Kacheln fehlten an den Wänden.

Wieder blieb die junge Frau stehen. Ich hatte nicht das Gefühl, daß sie unschlüssig war, etwa, ob sie mich zu sich mit hinaufnehmen solle oder nicht, sondern, daß sie überhaupt nicht wußte, wo sie war, und auch, daß sie dieser Zustand keineswegs beunruhigte.

»Wohnst du hier?« fragte ich wieder.

»Soll ich mich ausziehen?« fragte sie, schaute auf ihre bloßen Füße. »Ganz? Nackt?«

»Hier?!« sagte ich.

Sie drehte sich rasch um und lief die Stiege hinauf. Sie war so schnell weg, daß ich für einen Moment völlig verblüfft war. Dann stieg auch ich die Stiege hinauf, langsam, nun allerdings meinerseits unschlüssig. Die Stiegenhausbeleuchtung ging immer wieder aus. Immerhin war das Gebäude soweit renoviert worden, daß rot leuchtende Knöpfe angebracht waren, so daß man fand, wo das Licht wieder einzuschalten war. Ich stieg nur bis in den ersten Stock hinauf. Alles war still. Zwei Wohnungstüren pro Stockwerk, an der einen im ersten Stock links stand auf einem Messingschild SCHELCHSMUND. Ich hatte einen gekannt, er war ein Co-Semester von mir, der hieß Schelchsmund oder vielleicht Schelchmund, ohne S. Er gab später sein Studium auf und wurde Prediger einer Naturheiler-Sekte. Ich traf ihn nur noch einmal, da war er im

Ornat und ging grade zur Beerdigung eines Sektenmitgliedes. Ob man davon leben könne? fragte ich. Doch, doch, sagte er, er werde jeden 13. und 26. eines Monats von seinen Gläubigen aufgewogen, nicht in Gold zwar, aber in Gemüse. Was er nicht selber esse, könne er gut verkaufen. Ich ziehe, obwohl selber eine eher farblose Erscheinung, seltsame menschliche Erscheinungen an, wie man auch an dem Vorfall jetzt sieht. Meist aber nur für kurze Zeit.

An der anderen Tür war ein Aluminiumschild angebracht: KASHARI und darunter ein Leukoplaststreifen geklebt mit der Aufschrift BLEGG. Ich kenne, um dies der Vollständigkeit halber mitzuteilen, weder jemanden, der Kashari, noch jemanden, der Blegg heißt.

Ich ging wieder die Stiege hinunter und schaute auf meine Uhr. Es war nach elf. »Unsinn«, dachte ich und ging. Wollte gehen. Die Tür jedoch ließ sich von innen nicht öffnen, und zwar deswegen, weil keine Türklinke dran war. Ich begann nachzudenken. Noch ehe ich mich für den zwar nicht sehr aussichtsreichen Versuch entschieden hatte, meine eigenen Schlüssel auszuprobieren, ob nicht einer zufällig sperre, kam die junge Frau wieder. Sie kam von hinten aus einem Seitengang, den ich bisher nicht bemerkt hatte. Sie hatte keine Tasche mehr dabei und außer den Jeans und einem schwarzen Büstenhalter alles ausgezogen.

»Wo kommen Sie denn her?« fragte ich.

»Da hinten ist der Lift«, sagte sie, »ist es schon spät?«

»Wie man's nimmt«, sagte ich.

Sie war mit dieser Antwort offenbar zufrieden und ging wieder nach hinten. Nach einigen Schritten wandte sie den Kopf, um zu schauen, ob ich ihr folge. Im Lift legte sie ganz leicht den Kopf an meine Schulter, während sie die Arme wie leblos baumeln ließ. Ich hatte den Eindruck, sie schlief einige Sekunden.

»Weißt auch du, wer du bist?« fragte sie, bevor wir – es war im dritten Stock – ausstiegen.

Ich wollte eine geistreiche Antwort geben, aber es fiel mir nichts anderes ein als: »Nicht immer«. Sie schien nicht auf meine Antwort zu hören und ging voran in eine Wohnung, deren Tür zum Stiegenhaus offenstand. Es war ein anderes Stiegenhaus, ohne Keramikkacheln und mit Holzgeländer. Offenbar waren hier zwei Häuser durch irgendwelche Umbauten verbunden worden.

Der Alte hatte eine sehr lange rote Weste an und karierte Hosen. Er ging am Stock, war aber sehr munter.

»Sie wollen also das Haus kaufen?« fragte er, »kommen Sie mit.« Er ging voraus durch einen Gang voll dunklem Gerümpel. Die junge Frau hatte sich im Flur an einen Tisch gesetzt und den Kopf in beide Hände gestützt. Der Alte war aus einer Tür herausgekommen, die von einem Vorhang mit orientalischem Muster verhängt war. Er hatte mich nur kurz durch ein Kopfnicken begrüßt.

»Gehört das Haus Ihnen?« Ich ging mehr nolens volens hinter ihm her. Er drehte sich um: »Mir? Nein, nein.« Er ging weiter.

»Warten Sie«, sagte ich, »ich will das Haus nicht kaufen.«

Er drehte sich wieder um. »Nicht?«

Es ging los. Schon beim Eintreten war mir ein merkwürdiges Geräusch aufgefallen: ein keuchendes Klirren, etwa zweisekundenweise. Jetzt steigerte sich das Klirrkeuchen zu einem ohrenbetäubenden heiseren Donner, der den Fußboden erschüttern ließ. Fürchterliche Schläge. Der Alte zählte offenbar mit. »Halb zwölf«, sagte er dann.

»Aber wenn Sie ... warten Sie«, sagte ich – er humpelte

wieder voraus durch einen anderen Korridor und ein scheint's unbenutztes Schlafzimmer –, »wie wollen Sie das Haus verkaufen, wenn es Ihnen nicht gehört?« Ich blieb knapp hinter ihm, ich fürchtete im Ernst, die Orientierung in dieser labyrinthischen Wohnung zu verlieren.

»Die Sache liegt so«, sagte er, blieb in einem weiteren Zimmer stehen, »daß ich … ach was«, er humpelte weiter, »wenn Sie ohnedies das Haus nicht kaufen wollen, warum hat sie Sie dann mitgebracht?«

»Ist die junge Frau Ihre Tochter?«

»Meine Tochter? Ach was. Wollen Sie wenigstens die Uhr kaufen?«

Wir waren in das Zimmer gelangt, in dem die krächzende Donneruhr, die vorhin das Getöse von sich gegeben hatte, stand, groß wie eine Zimmerkathedrale.

»Ich habe im Moment keine Verwendung dafür«, sagte ich.

»Günstig, sehr günstig!« sagte er.

»Danke, wie gesagt –«

»Dann eben nicht«, sagte er. Wir waren plötzlich wieder in dem Flur, in dem wir die junge Frau zurückgelassen hatten. Die lag jetzt splitternackt auf einem Sofa. Ich stellte fest, daß ich mit der Vermutung hinsichtlich ihres dionysischen Dreiecks recht gehabt hatte.

»Die junge Frau ist nicht Ihre Tochter?« insistierte ich.

»Meine Tochter? Nein, sagte ich doch.«

Er stand unschlüssig, ging dann zu einer der Türen hinten im Zimmer, blieb davor stehen, ging zu einer anderen, als ob er nicht wisse, wohin. Er trat ans Fenster, schaute prüfend zum Himmel. Ich gestehe, daß mich der Anblick der Liegenden festhielt. Der Alte öffnete ein paar Schubladen an einer Kommode, schloß sie wieder.

»Wenn es nicht indezent ist, das zu bemerken: ein ansehnliches Bild.«

»Welches Bild meinen Sie?«

»Die junge Dame hier. Zeigt sie sich öfters in ... in diesem Zustand?«

»Bild? Wieso Bild? Wollen Sie eins der Bilder kaufen?«

»Dieses Bild hier!« Ich zeigte auf die Nackte. »Ist sie öfters so freigiebig mit ihrem Anblick, oder nur, wenn sie betrunken ist?«

»Sie hatte einen Grund. Sonst ist sie nüchtern wie das Brunnenwasser.«

»Es hätte auch nicht ins Bild gepaßt«, sagte ich, »und was für einen Grund?«

»Bild? An sich verkaufe ich keins meiner Bilder, aber – Sie müssen mir sagen, welches Bild Sie meinen.«

»Ich kaufe kein Bild. Es würde mich nur interessieren, welchen Grund eine schöne junge Frau hat, sich zu betrinken.«

»Sie hat gewonnen.«

»Im Lotto?«

»In was?«

»In der Lotterie? Oder Toto oder so was?«

»Keine Spur. Viel besser. Sie hätten sie engagieren wollen? Geht nicht mehr. Da sind Sie zu spät dran. Um sechs Stunden zu spät. Aber jetzt müssen wir endlich zu Stuhle kommen. *Was* wollen Sie nun kaufen?«

Die junge Schöne mit dem Nasenringelchen drehte sich nun leise aufseufzend, sicher aber nicht erwachend um und zeigte eine Hinterseite, die ich ohne Einschränkung als glorios bezeichne.

»Ich will nichts kaufen«, sagte ich, »ich habe schon alles.«

»Alles? Sie haben alles? Gibt es einen Menschen, der schon alles hat? Auch das hier?!« Er riß eine kleine Schublade ganz oben an seinem Sekretär auf (mußte sich strekken), einem Sekretär von zweifellos falschem Louis XVI., und nahm eine Art Reliquienkästchen heraus. Unter einer halbblinden Scheibe sah man ein Haarbüschel aufgespießt wie einen Schmetterling, auf rotem Samt. »Das können Sie nicht haben, selbst wenn Sie alles haben.«

»Ich meine«, sagte ich, »ich habe alles, was ich brauche. Meine ich.«

»Das ist«, er schüttelte mit bedeutender Geste das Kästchen, »das ist ein Büschel Haare vom Pelzmantel von Erich Wolfgang Korngold. Wissen Sie, wer Erich Wolfgang Korngold war? Sie wissen es nicht, das sehe ich Ihnen an.«

»Doch«, sagte ich, »ich weiß, wer –«

»Aber *das* verkaufe ich nicht«, unterbrach er mich, »das gebe ich ihr –« er deutete auf die nackte Schlafende, »– als sinnigen Talisman. War schließlich Opernkomponist.«

Der Alte war mir trotz seiner leichten Krätzigkeit nicht unsympathisch, die junge Frau schon gar nicht, aber die Alte, die jetzt plötzlich im Zimmer war, gehörte zu den Menschen, die mir, ohne daß sie mir je etwas getan haben, etwas antun oder befürchtungsweise antun könnten, vom ersten Moment an zur Haarsträubung widerwärtig sind. Sie hatte ein Schimpansengesicht, das heißt, die untere Hälfte ihres Gesichtes mit dem Schlitzmund wölbte sich kugelig vor. Sie riß beim Reden die Augen weit auf und blinzelte im übrigen stark nervös. Sie fuchtelte beim Reden hektisch abgehackt mit den Händen, und zwar seltsam synchron mit beiden Händen. Zudem lachte sie nach jedem Satz, den sie sagte, und redete viel und schrill.

»Daß sich die Weiber immer ausziehen müssen«, murrte der Alte und schob mit seinem Stock notdürftig eine Dekke über die junge Frau. »Werden Sie sehen, jetzt zieht sich die Alte auch gleich aus.«

Um Gottes willen, dachte ich, schaute auf die käsebleichen, krampfgeäderten Beine, was wird da alles an Gerunzel zum Vorschein kommen. Der Alte hielt mich fest.

»Wollen Sie dann nicht zumindest den Käse kaufen? Eigene Herstellung!« Er nahm einen etwa suppentellergroßen runden Käse aus einer Schublade. »Sechzig Euro.« Ich zögerte, aber die Alte hatte sich schon hingesetzt und begann ihre viel zu hochhackigen Schuhe auszuziehen. »Nun gut, fünfzig«, sagte er. Ich nestelte schnell einen Fünfzigeuroschein aus der Brieftasche, zum Glück hatte ich einen, gab ihn dem Alten und nahm den Käse. »Und wie komme ich unten hinaus?«

»Hier haben Sie die Türklinke.«

Ich lief die Stiege hinunter, verzichtete auf den Lift, fernabdonnernd hörte ich die Uhr drei Viertel zwölf schlagen.

Die Vermutung des Lesers liegt nahe: Der Autor wacht schweißgebadet in seinem Bett auf und hat alles nur geträumt. Auch mir drängte sich diese Vermutung auf, aber es war kein Traum. Ich ging, den runden, suppentellergroßen Käse in der Hand, den Weg zurück zur U-Bahn-Haltestelle. Der Käse war Realität, unzweifelhaft, auch noch am nächsten Morgen, als er das Hotelzimmer trotz geöffnetem Fenster vollstank. Wohl hatte ich geträumt, von Käse, glaube ich. Aber alles andere war kein Traum. Ich schenkte den Käse dem Eigentümer des Hotels. Er nahm ihn, verhalten dankend. Es war ein kleines Hotel, in dem ich wohnte. In einem Grand Hotel wäre ich den Käse wohl nicht losgeworden, allein, wer weiß. Es war vielleicht ein Käse-Juwel; ich hätte es trotzdem nicht über mich gebracht, ihn zu essen. Das war das Ärgerlichste, daß das Bild der schimpansengesichtigen Alten das der klassischen Nase mit dem Ringelchen überlagerte, ja verdrängte, wenn ich mir dies nicht bewußt zurechtrief.

Am folgenden Tag war ich beschäftigt, aber am übernächsten Tag ging ich wieder hin. Ich hatte mir den Namen der Straße und die Hausnummer gemerkt, außerdem ist mein topographischer Sinn günstig ausgebildet, und wo ich einmal war, da finde ich in der Regel unschwer wieder hin. Der Leser erwartet vielleicht, daß hier nun steht: »Aber das Haus gab es nicht, und die alte Verkäuferin im Bäckerladen gegenüber sagte: ›So ein Haus hat es hier nie gegeben.‹« Ich selber wäre auch nicht erstaunt gewesen, an der betreffenden Stelle etwa ein grasüberwachsenes unbebautes Grundstück vorzufinden, auf dem – zum Beispiel – die Wracks zweier Wohnwagen stehen.

Keineswegs.

Das Haus gab es, die Tür unten war offen, vor dem Haus stand ein großer Möbelwagen, und eben luden zwei Packer die zimmerkathedralische Standuhr ein und fluchten. Der Alte, nunmehr in ländlicher Adjustierung mit groben grauen Hosen und einer dicken sperrigen Lodenjacke mit zahlreichen grünen Applizierungen und Hirschhornknöpfen, auf dem Kopf einen sogenannten Trenkerhut, der, so geht es mir jedenfalls, jeden Träger sofort als Erbprodukt älplerischer Inzucht erscheinen läßt.

»Ach Sie!« sagte er, »wollen Sie das Haus doch kaufen? Oder die Uhr?«

Ich log: »Ich komme nur zufällig vorbei. Sie ziehen aus?«

»Ich könnte bei der Uhr noch zehn Prozent nachlassen. In Venedig kann man mit so etwas nichts anfangen.«

»Sie übersiedeln nach Venedig?«

Der Alte nahm einen vertrockneten Adventskranz aus dem gemischten Hausrat, der zum Einladen bereit herumlag. Er betrachtete ihn lang. »Es ist Zeit«, murmelte er dann, »sich davon zu trennen.« Es war, dies für den Leser erinnert, Juni. Der Alte warf den Kranz in einen Bauschutt-Container, der auf der anderen Seite der Straße stand.

Die Alte kam herunter, hinter ihr die junge Frau. Die Alte riß die Augen auf und blinzelte schnell und nervös. »Da schau her, ein schöner Zufall«, krähte sie, lachte schrill und fuchtelte. Ihr Dekolleté war viel zu tief und ließ wurstartig Schlaffes sehen. Die junge Frau trug ein einfaches taubengraues Kleid und schaute mich nur kurz an, ging dann weg, ohne sich von der Alten zu verabschieden und ohne sich um den Alten zu kümmern, der nun mit den Packern diskutierte. Auch ich ging weg, wieder den Weg zurück zur U-Bahn. Auf einem Mauervorsprung auf halbem Wege stand die halb geleerte Coca-Cola-Dose. Ich ließ sie stehen.

Auf den Tag genau vier Jahre danach ging ich in New York in die *Met*. Es gab *Cavalleria Rusticana* und *I Pagliacci*. Die Nedda hatte ein auffallend klassisches Profil und, auf die Entfernung zur Bühne kaum zu sehen, ein kleines Ringelchen in der Nase. Das haben viele. Doch wartete ich am Bühneneingang nach der Vorstellung. Die Sängerin der Nedda kam, gab einige, nicht viele Autogramme. Ich musterte sie von der Seite. Ich war mir nicht sicher.

Die Kaktusfrau

für Marjan Lescutti

Er wurde Nolzi genannt, und ich weiß nicht, was aus ihm geworden ist. Wie er wirklich hieß, habe ich erst viel später erfahren. Daran, wie und wo ich ihn kennenlernte, kann ich mich genau erinnern. Es gab damals ein in gewissen Kreisen der juristischen Fakultät beliebtes Lokal, das hieß *Frankenkeller*, wobei der Namensteil »Keller« voll zutraf. Es war eher eine Art Katakombe, unübersichtlich und von einer so harschen Ungemütlichkeit, daß nur unter Aufbietung aller Seelenkräfte ein längerer Aufenthalt möglich war. Aber es war billig dort, und man konnte bei einer Gulaschsuppe und einem kleinen Bier stundenlang sitzen und reden. Gehobene Feinheiten der Gastronomie waren nicht zu erwarten, dafür war in dem unübersichtlichen Gewirr der alten Kellerräume, die alle schon eher Verlies-Charakter hatten, sage und schreibe ein unterirdisches Karussell vorhanden, das der Wirt allerdings nur bei ausreichender Konsumation in Bewegung setzte. Daß wir Studenten dies aus eigener Tasche nie erzielten, versteht sich von selbst.

Aber Nolzi bestellte Sekt. Wir waren noch am selben Abend per Du mit ihm. Und er ließ das Karussell fahren.

Nolzi – wir hatten ihn vorher nie im *Frankenkeller* gesehen. Gut, so oft waren wir auch wieder nicht dort. Selbst ein Student hält solche Kavernenatmosphäre nicht andauernd aus, und im übrigen war der *Frankenkeller* so weitläufig, daß zeitlich kohärente Stammgäste örtlich, fast könnte man schon sagen geographisch diversifiziert sein konnten.

Nolzi war kein Student, er war deutlich, wenn auch nicht stark älter als wir. Was er war und beruflich trieb, erfuhr ich nie. Irgend etwas mußte er treiben, denn er hatte immer Geld, und wenn er, was dann in der Folge etwa alle zwei, drei Wochen der Fall war, im *Frankenkeller* auftauchte, lud er uns großzügig ein, alle, die von uns da waren. »Uns« heißt hier: vom Kreis der Studenten und Doktoranden und sogar Assistenten, die sich um das römisch-rechtliche Institut scharten. Der Professor selber, freilich, gehörte nicht zu den Gästen des *Frankenkellers*.

An diesem ersten Abend hatte sich Nolzi, obwohl eine Menge Tische frei waren, ungeniert zu uns gesetzt und gesagt: »Ich bin allein und ihr seid lustig, Kellner, Sekt für alle«, womit er sich selbstverständlich sofort bestens bei uns eingeführt hatte. Und wie gesagt, waren wir dann bald per Du, und Nolzi hieß den Wirt, gestützt auf die beachtliche Konsumation, das Karussell in Bewegung zu setzen, und so wurde es ein außerordentlich lustiger Abend. – Nacht eigentlich schon.

Ich habe ein Gedankenspiel für kurze Bahn- oder Strassenbahnfahrten (bei längeren lese ich): zu erraten versuchen, welche Berufe die Mitpassagiere ausüben. Ich erfahre selbstredend nie die Trefferquote, und wahrscheinlich ist sie sehr gering. Wenn ich damals raten hätte sollen, was Nolzi von Beruf ist, hätte ich mich schwergetan. Er verband die Hektik eines Handelsvertreters mit der zeitlosen Ungezwungenheit eines Pensionisten. Er hätte Rennstallbesitzer sein können genausogut wie Autoverkäufer der gehobenen PS-Klasse. Einige Bemerkungen von ihm wiesen darauf hin, daß er eine Kette chemischer Reinigungen betrieb oder betrieben hatte. Als es sich einmal ergab, daß er allein mich antraf und er sich zu mir setzte, erzählte er mir etwas undeutlich von einer mißglückten Ehe, unterbrach sich aber dann selber, ergriff sein Bier und sagte: »Hol's der Teufel, schwemmen wir's hinunter.«

Daß meine Begegnung mit Nolzi Jahre später derart unerwartete, gespenstische Folgen für mich haben sollte, ahnte ich damals freilich nicht.

Der *Frankenkeller*-Kreis verlief sich. Manche gingen an eine andere Universität, damals war so etwas noch ohne weiteres möglich, manche machten ihr Examen, es gab jüngere Kommilitonen, die nachrückten und ein anderes Stammlokal wählten; wie es eben so geht, und vielleicht wurden wir auch unversehens und ohne es zu bemerken des *Frankenkellers* müde. Heute gibt es ihn längst nicht mehr; schon damals, bald danach wurde der ganze Komplex abgerissen und ein großes Kaufhaus auf dem Grund errichtet. So genau ich mich daran erinnere, wie ich Nolzi kennenlernte, so wenig kann ich orten, wann ich ihn zum letzten Mal gesehen habe – im *Frankenkeller* gesehen habe. Selbstverständlich im *Frankenkeller*, außerhalb dessen hat keiner von uns ihn je getroffen. Die Kreise schnitten sich nur im *Frankenkeller*. Bis er, Nolzi, mir nach Jahren wieder begegnete.

Ich hatte inzwischen, heute bereue ich es, das Studium abgebrochen, hatte einen anderen Beruf ergriffen, der nichts zur Sache tut hier in dieser nun ins Irrsinnige abbrechenden Geschichte, einen Beruf, in dem ich in Maßen erfolgreich war, der mir ein nicht unbeträchtliches Einkommen sicherte und nicht zu viel Zeit beanspruchte.

Der Irrwitz begann damit, daß mir Nolzi, an den ich

überhaupt nicht mehr dachte, der, wie alles andere auch damals am römisch-rechtlichen Institut, meinem Gedächtnis entglitten war, an einem – ich erinnere mich genau – hellen, freundlichen Maitag auf dem Korridor des großen Hauses, in dem ich mein Büro hatte, gegenüberstand und mich begrüßte, so als seien wir einander gestern das letzte Mal begegnet. Erkannt habe ich ihn allerdings sofort.

Er machte keine Umschweife, fragte nicht, wie man so fragt, wenn man sich zwanzig Jahre nicht gesehen hat: »Wie geht es dir? Was machst du? Was hast du alles gemacht in den Jahren?« Nichts von dem, er sagte nur: »Hallo! Du – kann ich dich um einen Gefallen bitten?«

Ja, zwanzig Jahre werden es wohl gewesen sein, ein, zwei Jahre hin oder her. Er war, erstaunlich, nicht älter geworden, sah immer noch aus wie damals, vielleicht einen Schlag verhuschter.

Ich stotterte, völlig verblüfft, wohl etwas wie: ›Ah – so – ja, schon … was?‹ Und er sagte schlicht: »Kannst du ein paar Tage meine Katze zu dir nehmen?«

Er brachte mir die Katze noch am selben Abend in einem tragbaren Käfig, brachte ein Katzenklo mit und einen Vorrat an Katzennahrung. Ich liebe Katzen, hielt mir nur deshalb keine, weil mein Beruf damals häufige Reisen mit sich brachte; außerdem war und bin ich Junggeselle, und die Katze wäre bei meinen Reisen ebenso zu versorgen gewesen, wie Nolzi jetzt seine *Galathea* versorgte, also immer unter Ausnützung gutmütiger Freunde, was nicht ungern in Belästigung ausartet. In meinem Elternhaus hat es Katzen gegeben, mehrere, teils hintereinander, teils gleichzeitig. Daher weiß ich, daß der Ausdruck »ich hielt mir keine Katze« unzutreffend, ja unangemessen ist. Ich verbessere mich: Ich gestattete es damals keiner Katze, daß sie mich hielt. Vielleicht gestatte ich es jetzt, da ich mich vom Beruf zurückgezogen habe und kaum mehr verreise, nachdem der Einbruch der Unwirklichkeit, von dem ich eigentlich erzählen will, vorüber ist.

Galathea, weiblichen Geschlechts also, war schwarz und mißachtete, ja, hatte ich das Gefühl, verachtete mich vom ersten Augenblick an. Es ist erstaunlich, mit welcher Präpotenz Katzen haarscharf an einem vorbeischauen können. Meine Zärtlichkeitsbemühungen stießen auf eisige Ablehnung. Grade daß sie Futter von mir nahm. Sie war intelligent und eine Meisterin im Klettern und Springen, eine Hoch-Katze, hielt sich meist ganz oben auf dem obersten Bücherregal auf, wahrscheinlich so weit wie möglich von mir weg. Ich begann nach törichten Anbiederungsversuchen sie kühl-sachlich zu behandeln, da wurde sie etwas zutraulicher. Zu echtem Zutrauen kam es nicht, denn nach vierzehn Tagen, später als vereinbart, holte Nolzi sie wieder ab. Er erklärte die Verspätung mit »Schwierigkeiten« und einem Bahnstreik in Italien.

Etwas mehr als ein Jahr verging, in dem ich von Nolzi nichts hörte und sah. Aber eines Abends rief er an. Er müsse mich sprechen. »Bald«. Ich bat ihn für den nächsten Tag in mein eigentliches Wohnzimmer, in das Café *Kulisse*. Er kam pünktlich und hatte einen Karton dabei.

»Nein, nicht die Katze diesmal, die nehme ich selbstverständlich mit. Ich löse meinen Haushalt auf. Ich muß weg. Es ist alles verkauft und verteilt, nur das ist übrig. Ein Kaktus.«

Die Geschichte, die er mir als Begründung für seine Auswanderung, die eigentlich eine Flucht war, erzählte, hielt ich für ein Märchen, hinter dem irgendwelche Schauerlichkeiten, wenn nicht gar Kriminalitäten steckten. Wir hatten, bei aller Sympathie, Nolzi immer schon für derlei geeignet gehalten. Aber im Vergleich zu dem, was an Unerklärlichem dann mit dem Kaktus passierte, erscheint mir Nolzis Märchen im nachhinein sehr plausibel.

Er sei, sagte er, das Opfer entweder unfähiger Finanzbeamter oder des Computers geworden. Er habe eines Tages aus heiterem Himmel eine Mitteilung vom Finanzamt bekommen, in der eine Steuernachzahlung von 65 Millionen (damals noch: Mark) gefordert wurde. Er sei eigentlich gar nicht erschrocken, sagte Nolzi, denn bei so etwas konnte es sich nur um einen Irrtum handeln. Er ging zum Finanzamt, legte seine Steuerunterlagen vor, aus denen klar hervorging, daß er alle Steuern ordentlich bezahlt hatte und nichts schuldig war.

Die Finanzbeamten prüften den Vorgang, schüttelten über den Dokumenten die Köpfe und sagten dann, es sei richtig, es sei alles in Ordnung, nur leider stehe im Computer, daß Nolzi – sie redeten ihn selbstverständlich mit dem richtigen Namen an – 65 Millionen Mark schulde. Wie das in den Computer geraten sei, sei völlig unerklärlich, und man werde versuchen, es zu löschen. Einige Tage gingen darüber hin, nur einige Tage. Wenn das Finanzamt etwas von einem will, geht es schnell. Wenn man seinerseits vom Finanzamt etwas will, gar eine berechtigte Rückzahlung – nicht. Nach ein paar Tagen eröffnete Nolzi ein hoher Beamter im Finanzamt, einer, der schon eine Sitzecke mit Ledersessel und einem Gummibaum hatte, daß leider nichts zu machen sei. Der Eintrag lasse sich nicht löschen, der Computer bestehe darauf, daß Nolzi 65 Millionen Mark bezahle. Für kurze Zeit sei es einem besonders geschickten Finanzobersekretär gelungen, eine Null zu streichen, sozusagen dem Computer eine Null herunterzuhandeln, also auf 6,5 Millionen. Man sei förmlich in Freudentänze ausgebrochen, habe sich ausgemalt, welche Tränen der Erleichterung Nolzi vergießen werde, wenn er es erfährt, daß er nur noch 6,5 Millionen bezahlen muß. Aber die finanzamtlichen Freudentänze seien verfrüht gewesen. Über Nacht sei der Computer wieder auf 65 Millionen gesprungen. Es sei nach wie vor, leider, nichts zu machen.

Nolzi sagte darauf, daß er auch die 6,5 Millionen nicht bezahlen hätte können, und er schlage vor, daß man den Stecker herausziehe.

Daran, sagte der Finanzvorgesetzte, habe man auch schon gedacht, aber es sei ja inzwischen so, daß alle Steuerunterlagen, alles, alles für den ganzen großen Finanzbezirk nicht mehr »in Papier« – so der Vorgesetzte wörtlich – sondern »nur noch virtuell« vorliegen, und wenn man den Stecker herausziehe, sei das alles womöglich verloren, *stürze ab,* sozusagen in den Orkus, trete die finale Steuerkatastrophe ein, nicht nur für den Bezirk, denn es sei nicht ausgeschlossen, daß »der Absturz« sich auf andere Bezirke fortpflanze, dominoartig, vielleicht aufs ganze Land, ja, da man inzwischen »EU-mäßig vernetzt« sei, auf die ganze Europäische Union – der Finanzvorgesetzte hob die Hände, warf dabei fast den Gummibaum um: »alle Steuerunterlagen europaweit erloschen ... eine Steuerapokalypse, der Finanz-GAU ...«

Ja, dann, sagte Nolzi, er verstehe, aber das alles ändere nichts daran, daß er einfach nicht in der Lage sei, 65 Millionen zu zahlen, noch dazu, wo er sie nicht schulde. Er mache aber einen Vorschlag, da er die herzergreifende Notlage der Finanzbeamten einsehe, den Vorschlag, daß er, das sei wohl mit seiner Bank irgendwie zu regeln, wenn man »finanzamtlicherseits« (Nolzi bediente sich nach diesen langen Gesprächen bereits fiskalischer Terminologie) behilflich sei: Er zahle quasi die 65 Millionen, aber das Finanzamt zahle ihm diese in der nächsten Sekunde zurück.

»Sie meinen«, sagte der hohe Beamte, wohl ein Oberfinanzdirektor oder dergleichen, »wir sollen den Computer überlisten?« Er lachte. »Das hätten wir versuchen können, als die Veranlagungen noch händisch-papierisch erfolgten. Aber jetzt? Der Computer würde das sofort merken. Außerdem: in der nächsten Sekunde! Was denken Sie? Die finanzamtlichen Computer haben eine Rückzahlungssperre einprogrammiert. Je höher die angeblich zurückzuzahlende Summe ist, desto länger zögert – im Vertrauen gesagt – der Computer die Rückzahlung hinaus. Bei 65 Millionen … einen Augenblick …«, der Oberfinanzdirektor hackte auf seine Computertastatur, »… bei 65 Millionen sechzehn Jahre.« Er seufzte in menschlicher Weise und sagte leise: »Da bin ich schon vier Jahre in Pension.«

Man sei dann, erzählte Nolzi, längere Zeit schweigend dagesessen. Der Oberfinanzdirektor habe mehrfach seufzend die Hände gehoben, allerdings jetzt dabei auf den Gummibaum achtend, habe sogar Kaffee angeboten, was Nolzi angenommen, dann – aus privatem Bestand des Direktors – Cognac, was Nolzi dankend abgelehnt habe. Endlich habe der Oberfinanzdirektor gesagt, es helfe alles nichts, Nolzi müsse, um das globale Steuersystem zu retten, die 65 Millionen zahlen. »Retten Sie uns!« rief er. Er sei kein Unmensch, fügte er hinzu, es müsse nicht sofort sein. Das nehme er, selbst dem Computer gegenüber, auf seine Kappe, er räume eine Frist von einer Woche ein. »Zwei Wochen!« ergänzte er dann.

»Da kann ich mich gleich umbringen«, sagte Nolzi düster.

»Das hilft auch nichts«, sagte der Oberfinanzdirektor, »dann verlangt der Computer das von Ihren Erben, und wir haben die gleiche Sauce wie vorher.«

Wenn ich Nolzi alles glaube, was er erzählte, und das tue ich heute, so glaube ich ihm doch das nicht, was er offenbar ausschmückend erfand, daß nämlich danach einige Finanzoberdirektoren, leitende Finanz-Amtsleiter und ein Finanzstaatssekretär ins Zimmer getreten seien, sich auf die Knie geworfen und mit aufgehobenen Händen im Chor gefleht haben, daß Nolzi Mitleid haben solle und die 65 Millionen zahlen. Nolzi entfloh. Ein Finanzrat, Tränen in den Augen, habe ihn am Rockschoß festhalten wollen, aber Nolzi habe sich – unter Hinterlassung eines abgerissenen Jackenknopfes – losreißen können.

Das alles erzählte mir Nolzi, wobei er erstaunlich ruhig blieb. Er habe, sagte er dann, mit seinem Leben abgeschlossen, aber nicht in dem Sinn, daß er sich nun umbringen werde: »Ich beginne ein Leben als zweiter Mensch.« Zum Glück habe er, er wolle mich nicht mit Einzelheiten belästigen und womöglich belasten, seit jeher gute Kontakte zu Leuten, die derlei zuwege bringen – (das vermutete ich immer schon) –, und er habe bereits einen Paß auf einen anderen Namen, und unter diesem werde er in einem fernen Land leben. »Wir sehen uns nie wieder«, sagte er, als er aufstand, »leb wohl, heute um 22 Uhr 10 fängt mein neues Leben an, das sich unter anderem in dem Gedanken sonnen wird, welche Schwierigkeiten den Finanzern zurückbleiben.«

Wir sahen einander in der Tat nie wieder. Aber es interessierte mich doch, wohin er verschwand. Die Bemerkung von »22 Uhr 10« war unbedacht, ist ihm in einer gewissen sentimentalen Großartigkeit herausgerutscht: zweifellos die Abflugzeit. Es war leicht festzustellen, welches Flugzeug um 22 Uhr 10 startete: eine Swissair-Maschine nach Zürich. Aber die Schweiz war sicher nicht das ferne Land von Nolzis »zweitem Leben«. Etwas schwieriger war es herauszufinden, ich ließ das meine Sekretärin machen, welche Anschlußflüge es in Zürich gab. Es waren nicht sehr viele, nur einer kam eigentlich in Frage: 24 Uhr nach Kapstadt. Es genügte mir, dies zu wissen, ich sagte niemandem etwas davon, auch dem Staatsanwalt nicht, der mich, das war etwa ein halbes Jahr später, vernahm. Daß Nolzi mit richtigem Namen Weidberger hieß, erfuhr ich bei dieser Gelegenheit. Der Staatsanwalt suchte Weidberger nicht eigentlich wegen der Steuersache, sondern weil man ihn gern als Zeugen in einer weit größeren, gefährlichen Angelegenheit gehört hätte, in der er vermutlich einiges gewußt hat, was die Staatsanwaltschaft interessierte.

Irgendwie war die Staatsanwaltschaft bei ihren Ermittlungen im Umfeld Nolzis nach und nach offenbar auch auf einen der alten Bekannten aus der *Frankenkeller*-Zeit gestoßen, auf einen – was weiß ich –, der im Gegensatz zu mir mit ihm in Verbindung geblieben war und so fort, und durch den dann auf mich. Ich erzählte dem Staatsanwalt wahrheitsgemäß die Sache mit der Katze Galathea, die ihn, wie zu erwarten, überhaupt nicht interessierte, und dann, daß ich ihn kurz vor seinem Verschwinden in der *Kulisse* getroffen habe, bei welcher Gelegenheit er mir einen Kaktus von ca. 30 cm Größe gegeben habe, den der Staatsanwalt gern bei mir im Büro besichtigen könne. Er sei inzwischen, erstaunlich für einen Kaktus, stark gewachsen. Der Staatsanwalt, ein offensichtlich humorloser Mensch, fand diese letztere Aussage gar nicht komisch und fragte nur ärgerlich: »Und wo er jetzt ist, nicht der Kaktus, sondern Weidberger, wissen Sie nicht?«

»Nein.«

Ich bin kein häuslicher Mensch. Ich bin tagsüber, oft selbst an Wochenenden im Büro. Ich esse immer auswärts:

Kochen ist mir lästig, abgesehen davon, daß ich es auch gar nicht kann. Wie schon gesagt, brachte mein Beruf viele Reisen mit sich, mein eigentliches Wohnzimmer ist die *Kulisse,* kurzum, der Nolzi-Kaktus würde bei mir zu Hause verkümmern, zu selten gegossen, ohne Zuwendung, auf die die Pflanzen, wie man hört, Wert legen. Also stellte ich ihn in mein Büro und unter die Obhut meiner Sekretärin.

Was passiert, wenn einer verschwindet? Zunächst gar nichts, vermute ich, sofern keine Familie vorhanden ist. Nolzi war unverheiratet, lebte allein, so wie ich. »Single« sagt man heute. Bei Nolzi war allerdings eine Freundin, eine Lebensbegleiterin vorhanden, die aber nicht bei ihm wohnte. Da selbst die engeren Freunde, die der Staatsanwalt längst vernommen hatte, bevor er mit mir sprach, nur ihren Spitz- oder Kosenamen kannten: »Selli« (wohl soviel wie »Sally«), war sie nicht zu ermitteln. Sie war wahrscheinlich in Nolzis Pläne eingeweiht gewesen, wenn sie nicht überhaupt mit ihm mitgegangen war. Jedenfalls meldete sie sich auf keinen der Aufrufe, die die Staatsanwaltschaft in die Zeitungen einrücken hat lassen.

Nolzi hatte vor seiner Abreise oder besser: Flucht alles zu Geld gemacht, was nur ging. Das kleine, villenartige Einfamilienhaus in einem Vorort, das er bewohnt hatte, war leer bis auf einen Berg von Post, die hinter der Haustür lag und schon nahezu den für den Einwurf vorgesehenen Schlitz verstopfte. Ich weiß das von Dr. L., einem ehemaligen Kommilitonen, der, im Gegensatz zu mir, seine juristische Laufbahn fortgesetzt hatte und nun recht erfolgreicher Anwalt war. Auch er hatte damals zum *Frankenkeller*-Kreis gehört, ich war und bin in Verbindung mit ihm, denn er vertritt das Unternehmen, für das ich in gewisser Weise tätig war. Und der Zufall wollte es, daß Dr. L. auch die große Hausverwalterfirma vertrat, die jenes Vorort-Haus betreute, das Nolzi lange Zeit gemietet hatte.

Nolzi hatte zwar das Haus – es waren nur drei oder vier Zimmer, ein kleines Haus – vollkommen ausgeräumt, hatte manches verkauft, vieles, wie später zu erfahren war, verschenkt, so wie den Kaktus, der später so mysteriös werden sollte, hatte sich aber nicht die Mühe gemacht, den Mietvertrag zu kündigen. Er hatte sich nicht amtlich abgemeldet, freilich nicht, erst recht keinen Postnachsendeauftrag erteilt, kein Zeitungsabonnement storniert, nichts dergleichen, sein Bankkonto nur ausgeräumt, nicht gelöscht, das Telephon nicht abgemeldet und so fort. Sozusagen alles stehen- und liegengelassen, wie es war. Nur der litauischen Putzfrau hatte er gesagt, sie brauche nicht mehr zu kommen.

Es ist erstaunlich, wie lange es dauert, bis es auffällt, daß einer verschwunden ist. Es war der Mietzins, genauer dessen fehlende Entrichtung, die im Falle Nolzis das Verschwinden erkennbar hatte werden lassen, erzählte Dr. L. Nolzi hatte auch den Dauerauftrag nicht widerrufen, durch den der Mietzins überwiesen wurde. Die Bank überwies also brav weiter, bis der Kreditrahmen erschöpft war, stellte die Überweisung dann ein. Bis der Hausverwaltung das auffiel, vergingen wieder einige Wochen, vielleicht Monate. Die Mahnungen, die Kündigung, die Zustellung der Räumungsklage, dann des Versäumnisurteiles fanden sich, als endlich der Gerichtsvollzieher unter Hinzuziehung der Polizei die Tür öffnete, unter dem Wust von Post, Zeitungen und Werbesendungen, an denen schon, vermute ich, Mäuse nagten.

Alles in allem hatte das fast ein Jahr gedauert. Die Hausverwaltung schüttelte, wenn dieses Bild gestattet ist, die Fäuste gen Himmel, aber es half nichts, der Verlust durch Mietausfall und Renovierung mußte abgeschrieben werden. Ein nahezu mitleiderregendes Bild, so erzählte Dr. L., habe der Vollzugsbeamte des Finanzamtes geboten, der vermeintliche Gold- und Diamantschätze für die 65 Millionen-Steuerschuld pfänden wollte, aber nur noch die von der Hausverwaltung inzwischen aufgestellten Mausefallen vorfand und sein tränendes Auge trostsuchend an der Schulter des zufällig anwesenden Advokaten rieb. Der Oberfinanzrat, der seinerzeit mit Nolzi das oben erwähnte Gespräch geführt hatte, sei aus Verzweiflung vorzeitig in Pension gegangen, die ihm zudem durch unheilbaren Schüttelfrost vergällt sei.

Die Geschichte, die ich hier erzähle, begann an demjenigen Tag ins Unwirkliche zu kippen, als meine Sekretärin in mein Zimmer kam, den Kaktus auf meinen Schreibtisch stellte und sagte: »Der ist mir unheimlich. Der ist nicht normal. So etwas will ich nicht in meiner Nähe haben.« Sie sagte das nicht frech, sondern eher weinerlich.

»Was ist denn an dem Kaktus unheimlich?«

»So schnell wächst kein Kaktus.«

»Sie haben ihn vielleicht zuviel gegossen.«

»Überhaupt nicht. Nein. Das geht nicht mit rechten Dingen zu. In meinem Zimmer möchte ich ihn keinesfalls. Bitte. Und es wäre mir recht, wenn er auch nicht bei Ihnen hier herinnen stünde. Vielleicht nehmen Sie ihn mit nach Hause. Bitte.«

Nun gehörte Kaktuspflege nicht zu den Dienstobliegenheiten meiner Sekretärin, und ich konnte wohl nicht gut etwas sagen oder gar ein Machtwort sprechen.

»Gut«, sagte ich, »sagen Sie einem Fahrer, daß er ihn mir heute abends in die Wohnung bringen soll. Er möge, bitte, irgendeine Folie oder so etwas besorgen und ihn einwikkeln. Daß er nicht erfriert.« Es war November und kalt. Dankbar verschwand die Sekretärin nach draußen, und ich betrachtete den Kaktus. Das Wachstum war in der Tat erstaunlich. Seit dem Tag, an dem sich Nolzi unter Übergabe dieses, ja nun: Geschenkes von mir verabschiedet hatte, waren – ich rechnete nach – ein halbes Jahr und ein Monat vergangen. Damals war der Kaktus dreißig Zentimeter hoch und vielleicht sechs, sieben Zentimeter im Durchmesser gewesen. Eine stachelige, gleichmäßige Walze mit etwas weißem Flaum am Kopf. Ansonsten, wie es sich für einen Kaktus gehört, grün. Jetzt maß er einen Meter wenn nicht mehr, war zwar nach wie vor stachelig und grün, aber keine gleichmäßige Walze mehr, sondern stellenweise dikker, ganz unten dünner, verschiedene Ausbuchtungen da und dort. Der Flaum gelblich.

Einer der Fahrer kam, hatte vorsorglich Handschuhe mitgebracht, Holzwolle, eine Folie und eine große Schachtel, in die er den Kaktus – wenngleich vorsichtig – hineinbog. Täuschte ich mich, oder hatte der Kaktus einen Seufzer von sich gegeben, als der Fahrer ihn bog?

Ich wartete dann abends in meiner Wohnung, bis der Fahrer kam, bevor ich in die *Kulisse* gehen wollte, wo, wie üblich, einige Freunde auf mich warteten. Der Fahrer packte den Kaktus vorsichtig aus und stellte ihn an die Stelle, die ich dafür vorher freigeräumt hatte.

»Das Luder ist schon wieder gewachsen«, brummte er. Das Phänomen hatte sich also herumgesprochen. Der Fahrer bekam sein Trinkgeld und ging. Ich schaute den Kaktus an. Merkwürdige Form. Hinten eine leicht doppelte Ausbuchtung wie ein … ja nun, wie ein Gesäß. Täuschte ich mich, und der Kaktus streckte sich ein wenig, reckte sich, als ob er die unbequeme Lage in der Transportkiste abschütteln wolle? Kann sein, vielleicht reagieren Kakteen irgendwie gummiartig. Ich beschloß jedenfalls, ihn im Andenken an Nolzis Katze *Galathea* zu nennen.

Als alleinstehender Junggeselle halte ich mir eine Frau. Früher, bis vor einigen Jahren, hatte es andere Frauen gegeben, mehrere – hintereinander, nicht gleichzeitig –, von denen ich nicht zu sagen wage, ich hätte sie »gehalten«. Bei der einen oder anderen war es sogar eher so, daß sie mich »gehalten« hat – wie die Katzen. Das war dann nie von langer Dauer. Damals »hielt« ich mir nur noch eine Frau, die man nicht mehr Putzfrau oder Zugehfrau nennen darf, Haushälterin wäre übertrieben gewesen, denn Frau Hierlmoser kam nur alle vierzehn Tage, und Kochen beispielsweise gehörte nicht zu ihren Aufgaben. Sie hielt eben den Junggesellenhaushalt in Ordnung, bügelte Hemden oder eine Hose oder dergleichen.

»Ihre Haushaltshilfe –« so also offenbar der politischkorrekte Ausdruck für jemanden wie Frau Hierlmoser »– ruft an. Sie ist verzweifelt«, so kam meine Sekretärin hereingestürzt, »es ist etwas passiert. Ich weiß auch nicht, sie redet vor Schreck, scheint's, einen solchen Dialekt – ich glaube, sie weint. Oder betet … irgend etwas von *Augen* habe ich verstanden.«

Ich sprang ins Auto und fuhr heim.

Frau Hierlmoser kauerte zwischen dem Sofa und dem Fernsehkasten, zitterte und deutete, unartikulierte Laute ausstoßend, auf den Kaktus, auf Galathea.

»Er hat mich ang'schaut«, flüsterte sie. »Mit *solcherne* Augen.«

Ich untersuchte Galathea. Abgesehen davon, daß sie seit heute früh wieder gewachsen war, hatten sich ganz oben zwei Schlitze gebildet, knapp unterhalb des immer weiter wuchernden gelben Haupt-Wuschels, zwei waagrechte Schlitze nebeneinander.

»Sind'S vorsichtig!« sagte Frau Hierlmoser. »Ich tät nicht zu nahe hingeh'n.«

»Tatsächlich«, sagte ich, »wie Augenschlitze.«

»Vorhin, ich sag's Ihnen, hat er's aufg'macht, die Augen. Hat mich fixiert. Heiliger Himmel-Herr-und-Gott, nein, nein, ich bleib' keine Sekunden allein in Ihrer Wohn...«, das letzte Wort ging in ein schrilles Kreischen über, sie zog ihre Schürze aus, drängte sich an der Wand entlang so weit vom Kaktus weg wie möglich hinaus und verschwand. Ich habe sie nie wiedergesehen. Ihr Geld für jenen Tag hat sie immer noch bei mir gut. Ich mußte von da an meine Hemden außer Haus geben, da ich unfähig und unwillig bin, selber zu bügeln, eine neue *Haushaltshilfe* einzustellen, wagte ich nicht, weil es nach dem, was nun folgte, unzumutbar war.

Als ich später, es war schon gegen Mitternacht, von der, wie man so sagt: geselligen Runde nach Hause kam, schlug Galathea die Augen auf.

»Nein«, dachte ich, »ich bin nicht betrunken.« Mehr als zwei Gläser Wein trinke ich nicht, schon aus Angst um meinen Führerschein, und abgesehen davon bin ich gern nüchtern – in Gesellschaft nüchterner als die anderen.

Ich setzte mich auf das Sofa, neben dem vormittags die Haushaltshilfe Frau Hierlmoser gekauert war. Ich schaute den Kaktus an. Er – er? – sie schaute mich an, Galathea. Ihr Blick war, so schien es mir, flehentlich.

Ich raffte verschiedene Seelenkräfte zusammen, räusperte mich und sagte dann, sicher mit belegter Stimme: »Kannst du mich hören? Oder soll ich *Sie* sagen?« Ein blödsinnigerer Gedanke als die Frage, ob man zu einem Kaktus *Du* oder *Sie* sagt, konnte mir nicht in den Sinn kommen, und daran sieht man, wie außerweltlich schwebend ich die Situation empfand.

Galathea blinzelte.

Ja, nun. Was bedeutete das? »Ja« oder »Nein«? Moment: Wenn er – sie mich nicht gehört hätte, hätte sie ja gar nicht antworten können. Also konnte Blinzeln nur »Ja« bedeuten.

»Gießen?« fragte ich und schluckte.

Sie blinzelte.

Ich holte Wasser, warmes Wasser, dachte ich, vielleicht ist das angenehmer.

Ich goß. Sie schloß die Augen.

Als ich vorhin heimgekommen war – was für ein Abgrund dazwischen und doch nur vielleicht zehn Minuten –, war ich müde gewesen. Jetzt war ich wach und völlig aufgedreht. Ich ging ins Kino, Spätvorstellung, sah einen Film, der von einem chinesischen Koch mit drei erwachsenen Töchtern handelte. Ich verstand den Film nicht, vor allem, weil ich die chinesischen Töchter nicht auseinanderhalten konnte. Überhaupt verstehe ich neuere Filme nicht. Es ist immer zu dunkel und sie reden zu schnell.

Ich kam heim. Es war nach zwei Uhr. Ich ertappte mich bei dem Gedanken, daß ich kein Licht machen darf, um den Kaktus nicht zu wecken.

Ich machte kein Licht.

Ich lugte nur ins Wohnzimmer. Galathea war erwachsen geworden, was die Größe anbetrifft.

Es hatte sich in der Nacht ein waagrechter Schlitz unter den Augen gebildet: ein Mund, ohne Zweifel. Aber er sprach nicht, der Kaktus. Oder sie: Galathea. Woher nahm ich die Vermutung, daß dieser Kaktus weiblich war? Nur wegen der ausnehmend wohlgeformten Gesäßpartie, die, wenn man von einer solchen so reden kann, deutlich weibliche *Züge* aufwies? Ich weiß es nicht. Aber es war eine *sie*, Galathea. Brüste deuteten sich an. Der in der Erde steckende Teil begann sich zu spalten. Die Stacheln, das war das allerseltsamste, begannen zu wandern in Richtung der Körpermitte vorn. Man ahnt, wozu das führen würde, zumal die Stacheln kürzer und weicher wurden. Es kostete mich schon noch Überwindung, mit dem Kaktus, mit Galathea zu reden. Ich fragte sie, denn ich stand vor diesem Problem: »Füttern oder gießen?«

Der einzige Mensch, den ich einweihte, war mein Freund Dr. Marjan C. Es ging nicht anders, irgend jemandem mußte ich es sagen. So ein Geheimnis für sich zu behalten, hätte, befürchtete ich, meine Seele gesprengt.

Marjan ging um den Kaktus, um *Galathea* herum. Ich hatte mich um diese Zeit schon, ohne es eigentlich zu wollen, daran gewöhnt, den Kaktus als weibliches Wesen, eben als *Galathea* zu sehen.

»Du willst ihn loswerden?« fragte dann Marjan.

»Ja, nun«, stotterte ich.

»Ich verstehe«, sagte er.

»Ich kann sie nicht gut …«, ich stockte.

»Du willst den Ausdruck *fällen* vermeiden?«

Ich sagte nichts.

»Bitte rechne nicht mit der Möglichkeit, daß ich ihn – oder *sie*, wie du sagst, übernehme. Ich habe schon die Sammlung alter Trichtergrammophone aus dem, wenn man so sagen darf, Nachlaß unseres gewissermaßen verblichenen oder entwichenen Freundes Nolzi leichtfertig übernommen – den Kaktus –« er betrachtete Galathea genauer »– den Kaktus: nein. Außerdem bin ich verheiratet.«

»Was willst du damit sagen?«

»Wer weiß, wie sich die Sache entwickelt. Wir sind beide, selbstverständlich in allen Ehren, nicht abgeneigt, an weiblichen, sozusagen naturbelassenen Körperformen Gefallen zu finden, und schau dir deine Galathea an. Sie ist nicht weit davon entfernt, eine Venus zu werden. Nicht die von Milo, die, in fleischliche Körperlichkeit umgedacht eher –« Marjan suchte nach einem Ausdruck: »– etwas rustikal wäre … eher wie die Venus von Botticelli. Schau dir dieses Hinterteil an! Förmlich von vollkommener Proportion.«

Galathea öffnete die Augen, bewegte sie. Konnte sie uns verstehen?

Marjan lachte leise, deutete auf Galatheas Bauch. »Fällt dir nichts auf? Sie hat einen Nabel, obwohl er unsinnig ist. Wie bei Botticelli, dessen Venus auch einen Nabel hat. Eine Gedankenlosigkeit des Malers? Oder eine Konzession an das gewohnte Erscheinungsbild?«

Marjan trat einen Schritt zurück, beugte sich mit Kennerblicken etwas nach hinten und sagte: »Ein so schöner weiblicher Bauch ohne Nabel wäre unbefriedigend. Ich wundere mich, daß, im Botticelli-Fall, noch keine Doktorarbeit darüber geschrieben wurde.«

»Und ich habe noch nie darüber nachgedacht, muß ich sagen, aber was hat das damit zu tun, daß du verheiratet bist?«

»Ich sagte: Wer weiß, wie sich die Sache entwickelt. Denke an den Pygmalion.«

Und so entwickelte es sich. Es ging immer rascher. Wenige Tage nach Marjans Besuch stieg sie aus der Erde des Blumentopfes. Die Stacheln waren verschwunden, die weibliche Form war vollendet bis in jede Einzelheit. Aber sie blieb grün, wenngleich vielleicht einen Grad heller als zu ihrer vegetabilen Zeit, nur die Brustknospen dunkelgrün.

»Ist doch eine schöne Farbe?« sagte Marjan, als er das nächste Mal kam. Wir saßen schon zu dritt auf dem Sofa. Galathea zwischen uns, nackt und grün. Was genieren ist, wußte sie nicht.

»Schon«, sagte ich, »aber wie soll sie leben?«

Sie sprach nicht, sie lernte die Sprache nie, solang sie bei mir war. Sie war zärtlich, eine hinreißende Geliebte, schenkte mir in glücklichen Momenten meine Jugend zurück, um dies vorwegzunehmen.

»Na ja«, sagte Marjan damals, »es gibt doch genug unglückliche Mohammedanerinnen in der Stadt, die vom Koran und ihren Männern in Burkas und Schleier gequält werden.«

»Muß ich sie etwa auch gelegentlich verprügeln, wie es Koran und Scharia vorsehen?«

»Davon wirst du wohl keinen Gebrauch machen; aber so eine Verhüllung, die nur die Augen frei läßt, und die sind ja bei deiner Galathea normal, gestattet, daß sie auf die Straße geht, ohne daß ein Menschenauflauf entsteht.«

So machten wir es dann auch. Zu Hause blieb Galathea nackt und grün.

Ich weiß nicht, ob Galathea, die die Fähigkeit zur Sprache nicht erlernt hat, da sie ihr nicht mitgegeben wurde oder weshalb auch immer, die jedenfalls nicht mit mir und mit niemandem sprach, mit ihren Geschwistern, den Pflanzen, kommunizierte. Sie hatte ja buchstäblich den sprichwörtlich Grünen Daumen, und tatsächlich gedieh alles, was an Grünendem und Blühendem in Töpfen in meiner Wohnung herumstand, in Pracht und Fülle. Als Galathea das erste Mal – in Burka und Schleier – allein ausging, brachte sie eine Agave von der Größe heim, daß sie sie kaum tragen konnte.

Ich konnte Galathea die größte Freude machen, wenn ich mit ihr in den Botanischen Garten ging. Ich tat es oft. Zum Glück haben wir hier bei uns einen sehr großen, reichen Botanischen Garten, und an Wochentagen, wenn sonst keine oder kaum Besucher da waren, warf sie ihre gräßlichen Gewänder ab und lief zwischen den exotischen Sträuchern umher. Kam doch ein anderer Besucher, hielt sie sich nur still und war von den – fast hätte ich geschrieben: anderen – Pflanzen nicht zu unterscheiden. Unterschied es, erstaunt oder verwirrt, ein anderer Besucher doch, machte ihr das auch nichts aus. Wie so vieles in der Menschenwelt war ihr die spießige Genierlichkeit fremd.

Ich hätte vielleicht nicht in jenes Labyrinth mit ihr gehen sollen. Ich verreiste, wie sich angesichts der damit verbundenen Umstände denken läßt und weil ich mich nicht gern mit einer »Verschleierten« sehen lassen wollte, nicht oft. War ich dienstlich auf Reisen, was ich zu jener Zeit nach Möglichkeit einschränkte, viel delegierte, was ich früher aus Lust am Reisen selber erledigt hatte, konnte ich Galathea durchaus sich selbst überlassen. War der Vorrat im Kühlschrank erschöpft, ging sie einkaufen, zeigte auf die Ware, die sie wollte, oder nahm sie – beim Supermarkt – einfach aus dem Regal. Man kommt in unserer Welt ja schon aus, fast ohne zu reden. Sie ernährte sich übrigens durchaus normal, wenngleich mit deutlicher Vorliebe für Vegetabilien. Trank viel Wasser, lehnte aber auch ein Gläschen Champagner nicht ab, was dann die Folge hatte, daß ihr Grün ins Goldene schimmerte –

Aber damals eben fuhren wir gemeinsam fort, im Auto, das getönte Scheiben hatte, so daß sie sich nur an Tankstellen und bei einer Rast verhüllen mußte. Wir fuhren in die Niederlande. Ich hatte, um den Schwierigkeiten mit der Anmeldung, dem naturgemäß fehlenden Paß Galatheas zu entgehen, mich bei einem Rotary-Freund in einer großen niederländischen Stadt angemeldet, der eine bequeme Seitenwohnung für Gäste hatte, die er mir, wie unter Rotariern üblich, gern zur Verfügung stellte. Was ich nicht wußte, war, daß jene Stadt über ein Schloß mit einem ausgedehnten Garten verfügte und über ein großes, hochhekkiges Labyrinth …

Sie kam nicht mehr heraus. Sie verschwand. Ich suchte. Suchen Sie einmal in einem Labyrinth: Es waren hohe Büsche, exotische Bäume, aber auch Kakteen dort, verwirrende Weggabelungen und so fort. Ich war verzweifelt. Ich rannte hin und her, kreuz und quer durch die Gänge des Labyrinths, glaubte immer wieder einen Gang zu finden, den ich noch nicht abgesucht hatte. Ich fand sie nicht. Wenigstens fand ich den Ausgang, als abends der Garten geschlossen wurde.

Dreieinhalb Tage suchte ich in dem Labyrinth. Die alte Dame am Eingang, die die Bigletten verkaufte, schaute mich schon fragend an. Ich fand Galathea nicht. Am letzten Tag sah ich, daß ganz oben in den Zweigen einer seltenen Eibenart (so auf dem Messingschildchen am Stamm zu lesen, die lateinisch-botanische Bezeichnung habe ich mir nicht gemerkt) ein schwarzes Tuch flatterte, zu hoch oben, um es zu erreichen. Galatheas Verkleidung?

Ich konnte meine dienstlichen Verpflichtungen nicht länger hintanhalten. Wie zieht einen doch, wenn man es recht bedenkt, die Sorge ums Leben von ebendiesem ab. Ich kehrte aber zurück in die Stadt und zum Labyrinth, zweimal im Abstand von einem Monat. Nichts.

Besonderen Zorn verursachen dem Finanzamt die Friseure. Das ist klar, wenn man sich vergegenwärtigt, daß nicht nachprüfbar ist, wie vielen der steuerpflichtige Figaro pro Tag die Haare schneidet. Er schneidet, denkt der Finanzbeamte, dieselben eigenen vor Verzweiflung raufend, die Haare von acht Kunden und behauptet der Steuer gegenüber frech: es seien nur fünf gewesen. Die restlichen drei streicht er als Umsatz/gleich/Gewinn hohnlachend ein, an der Steuer vorbei. Wie ihm, dem Friseur, das nachweisen?

Mit meinem Freund Dr. Marjan C. verbindet mich viel, wie man daraus erkennt, daß ich ihm als einzigem das Geheimnis Galatheas anvertraute, er als einziger meine Galathea unverschleiert sehen durfte. Uns verbindet auch, an sich untergeordnet, daß wir den gleichen Friseur haben. Es begab sich, daß wir eines Tages gleichzeitig in jenem Salon saßen, auf Friseurstühlen nebeneinander, und wir unterhielten uns.

»Sie ist wohl in die Vegetabilität zurückgekehrt«, sagte ich, sicher, daß der bedienende Friseur nichts verstand.

Marjan hatte danach gefragt, er wußte auch um dieses Ende meiner, wenn man so sagen kann, Beziehung zu Galathea.

»Vielleicht nicht ganz unverständlich«, sagte Marjan.

»So denke ich auch«, sagte ich.

Marjan lachte. »Und wenn nun Nolzi, recte –« und er nannte dessen wahren Namen – »zurückkommt und nach seinem Kaktus frägt?«

»Dann kann ich ihm höchstens den kostbaren keramischen Übertopf zurückgeben.«

Ich bilde es mir selbstverständlich nur ein, aber ich meine doch an der Art des Läutens zu erkennen, ob sich ein willkommener, neutraler oder unwillkommener Besucher ankündigt. Ich hatte sofort das Gefühl, daß es diesmal ein besonders unwillkommener Besucher war.

Er kam vom Finanzamt und fragte nicht eigentlich in barschem, eher in beleidigtem Ton nach dem »kostbaren keramischen Übertopf«, der in meinem Besitz sei, und der dem – er schaute in seinen Unterlagen nach – »unbekannten Aufenthalts befindlichen Weidberger Arnold vulgo Nolzi« gehöre.

Woher er das wisse, fragte ich.

Es gehe mich eigentlich nichts an, sagte er, aber er sage es doch. Neben Marjan und mir im dritten Friseurstuhl jenes Salons sei ein Spezialbeamter des Finanzamts gesessen, der die Aufgabe habe, sich bei allfälligem, somit als dienstlich zu betrachtendem Haarschnitt unauffällig Berechnungen über die herumliegenden und im Abfall zu bemerkenden Haarreste anzustellen, um daraus zu schließen, ob etwaige Steuerverkürzung seitens des Friseurs zu beanstanden sei, und der habe, ein Finanzkontrolleur habe die Augen und Ohren nach allen Seiten offenzuhalten, den Namen Weidberger gehört, worauf, so der Beamte wörtlich, »alle roten Lampen in seinem Hinterkopf aufgeleuchtet haben«.

»Eine schwierige Aufgabe, alles in allem«, sagte ich.

»Das können Sie laut sagen«, sagte er.

»Und wie ist das, da muß ich doch als Staatsbürger und –« ich hob etwas die Stimme, um die Bedeutung zu unterstreichen, »– Steuerzahler doch fragen: Da bekommt also dieser Kollege von Ihnen die Haare sozusagen amtlich geschnitten? Während der Dienstzeit? Und ich als –« ich hob noch bedeutender die Stimme, »– Steuerzahler muß meinen Haarschnitt selber bezahlen von dem wenigen, was mir das Finanzamt übrigläßt?«

Meine Argumentation beeindruckte ihn sichtlich. Er wirkte bekümmert.

»Es ist alles korrekt«, sagte er, »es wird ausgerechnet, wieviel von den Haaren in der Dienstzeit gewachsen ist, und das wird dann anteilig verrechnet …«

»Ich bin beruhigt, daß wir eine derart präzise Steuergesetzgebung haben«, sagte ich.

Aber nun müsse er zur Amtshandlung schreiten, sagte er, wieder in gefaßtem Ton, wo sei der Übertopf?

Er nahm ihn mit. »Wird die Steuerschuld von 65 Millionen nicht viel verringern?« sagte ich.

»Kleinvieh macht auch Mist«, sagte er.

»Oder anders ausgedrückt«, sagte ich, »mühsam ernährt sich das Eichhörnchen.«

»Sie sagen es«, sagte er, und: »Haben Sie zufällig eine größere Tüte? Sie sehen, der Topf ist sehr unhandlich zu tragen?«

Ich erkannte die Chance, mich für unzählige Steuererklärungen – wenngleich zugegebenermaßen kleinlich – zu rächen.

»Nein«, sagte ich kühl, »wenn Sie ihn nicht tragen können, setzen Sie ihn auf.« Und schloß die Tür.

Oh Galathea.

Die Rolle

Da er sonst nie sehr viel redete, mußte das Erlebnis, das mir der Maler jetzt erzählte, außerordentlich beeindruckend gewesen sein, denn er sprach in einem fort, wenngleich mit leiser Stimme, ohne Stocken. Er war in aller Früh zu mir gekommen. Zum Glück schlafe ich nie lange.

»Ich sollte, sagte er, ein Porträt malen. Eine Dame. Der Stimme nach eine junge Dame. Ich hatte eigentlich keine Lust und auch anderes zu tun, aber ich bin kein unhöflicher Mensch, und es ist mir schwer, wenn nicht unmöglich, jemandem ins Gesicht hinein ›Nein‹ zu sagen, nicht einmal ins Telephon. Es gibt da einen einfachen Trick. Sie kennen ihn vielleicht selber. Ich sagte: ›Es ist aber teuer.‹ ›Das denke ich mir‹, sagte sie. Ich nannte eine unverschämt hohe Summe, um sie von ihrem Auftrag abzuschrecken. Und wissen Sie, was sie gesagt hat? ›Ich mache Ihnen einen Vorschlag‹, hat sie gesagt und das Doppelte genannt. Was willst du machen? Die Bestechlichkeit ist nur eine Frage der Höhe der Summe, und schließlich ist es mein Beruf und nicht unmoralisch. Also ging ich hin. Ihren Namen und ihre Adresse nannte sie nicht, aber eine gewisse Stelle draußen in einem Villenviertel, ein Brunnen mit einem Baum an einer Straßenkreuzung. ›Soll ich Sie im Freien malen?‹ fragte ich.

›Nein‹, sagte sie und lachte ziemlich anzüglich, ›das ginge wohl nicht gut. Es ist so, daß mein Haus nicht leicht zu finden ist. Kommen Sie an die betreffende Stelle, und Sie werden abgeholt.‹ Ich ging also hin. Die Gegend war, wie üblich in so einem vornehmen Viertel, menschenleer. Nur aus einem der Parks hinter den hohen, grauen Mauern hörte man das satte Aufschlagen von einem Tennisball.

Am Brunnen stand ein alter Mann in einem seltsam froschgrünen Anzug, fast eine Livrée, der sofort seine ebenfalls froschgrüne Mütze zog und wortlos und mürrisch auf die offene Türe eines ziemlich umfangreichen Autos zeigte, das neben ihm stand. Ich kenne mich mit Automarken nicht so aus, aber ich nehme an oder könnte mir vorstellen, daß das ein Rolls-Royce war. Jedenfalls war vor der hinteren Sitzbank ... Sitzdivan besser, eine Hausbar. Ich trank aber nichts.

Leider war ich von der Hausbar im Auto augenblicks so fasziniert, daß ich nicht darauf achtete, wohin der froschgrüne Alte fuhr, und als ich mich vom Anblick der Hausbar losgerissen hatte und zum Fenster hinausschaute, waren wir schon in einer Gegend der Stadt, die mir völlig ungeläufig war.

Die Fahrt dauerte nicht lang, dann bog das Auto in eine sich automatisch öffnende Toreinfahrt ein, und das Haus entsprach in vergrößerten Dimensionen dem, was das Auto an Luxus versprochen hatte. Es war eher ein kleiner Palast als eine große Villa. Der mürrische froschgrüne Alte führte mich über eine Stiege aus violettem Marmor in einen mäßig großen Saal, der – war es, ist es die Lieblingsfarbe der Bewohnerin? – mit froschgrünen Tapeten ausgeschlagen war, mit Gold dekoriert allerdings.

Völlige Stille ringsum. Außer dem mürrischen Alten, der auch sofort verschwand, war kein Mensch zu sehen gewesen, auch nichts zu hören. Eine nagelneue Staffelei stand dort, das überwältigende Sortiment erstklassiger Farben und Pinsel, auf Keilrahmen gezogene Leinwände verschiedener Größe, Skizzenblöcke, alles, was ein Maler braucht, alles erstklassig. Es war, als hätte jemand zu einem Händler für Künstlerbedarf gesagt, ›Ich weiß noch nicht, was der Meister wünscht, aber liefern Sie alles; Kosten spielen keine Rolle.‹ Ich hätte meinen alten Skizzenblock wahrlich nicht mitbringen brauchen. Und daneben kühlte auf einem Tischchen eine Flasche Champagner, und dort stand auch ein Imbiß unter einer Silberglocke. Während ich neugierig – die Neugierde ist, wie Sie selber wissen, die Basis jeder Kunstausübung – die Silberglocke anhob und feststellte, daß da ausgesuchte Meeresfrüchte lagen, knarrte die Tür etwas und die – sie war es ohne Zweifel – Auftraggeberin trat herein. Ich stutzte.

›Wieso‹, sagte sie danach, ›ich denke, einen Maler schreckt das nicht? Und freilich will ich unbekleidet porträtiert werden.‹

Sie war jung und schön. Nicht mehr ganz jung, aber vollendet schön. Eine Venus mit winzigen Anzeichen des Verblühens, diese bewußten, ganz leichten Spuren des Welkens, das der Rose, wenngleich naturgemäß nur für kurze Zeit, den höchsten Reiz gibt. Aber ein Maler ist, wie Sie vielleicht wissen, zwar gegen solche Reize nicht immun, aber sie haben für ihn auch immer etwas, wie soll ich sagen, Handwerklich-Neutralisierendes, so wie beim Arzt vielleicht, und so habe ich also die Leinwand ausgewählt, die mir die geeignetste erschien, und habe zu skizzieren und dann zu malen angefangen. Sie war ein gutes Modell, freie, phantasievolle Bewegung, graziöse Schamlosigkeit … aber nach einer Stunde wurde sie verständlicherweise müde und sagte, sie wolle eine Pause machen, sie gehe, um sich etwas überzuwerfen, dann wolle sie mit mir den Champagner trinken. Sie ging hinaus. Ich putzte mir die Hände an einem Tuch ab, und dabei, und jetzt kommt der Kern der Geschichte, bemerkte ich, daß aus einer – ich schätze: – Louis-XVI.-Kommode seitlich von mir Rauch drang, aus einem Schubladenspalt, feiner, grünlicher Rauch, spinnwebfein. In dem Fall nicht nur aus Neugier, sondern auch aus Vorsicht ging ich zur Kommode und zog die betreffende Schublade auf. Es lag nichts darin als eine Rolle aus dickem Papier, pergamentartig, und die Rolle rauchte, brannte nicht, rauchte, also aus den Rollöffnungen oben und unten kam Rauch. Ich faßte die Rolle vorsichtig an. Sie war nicht heiß. Ich nahm sie heraus und wickelte sie auf. Mit einem Blick erkannte ich die Bedeutung dessen, was da stand – gleich, gleich, ich sage es Ihnen dann – erst noch schnell das, was dann passierte.

Die Auftraggeberin kam in dem Moment herein, als ich das Dokument gelesen hatte. Sie trug jetzt einen netzartigen langen und langärmeligen Mantel aus Goldfäden und, darunter nackt, sah darin nackter aus als vorher. Ich schmeichle mir, daß sie damit gewisse Absichten verbunden hatte, aber als sie sah, daß ich die Rolle in den Händen hatte, schrie sie auf, sie sprang zu mir her, ich wich aus, sie warf mit ordinärsten Ausdrücken um sich, ihr Leib wurde froschgrün wie die Livrée ihres Butlers, ihre Haare standen zu Berge wie Spieße. Ich ergriff die Flucht, sie rannte mir nach, warf den Goldnetz-Mantel von sich, daß sie schneller laufen konnte – täuschte ich mich, oder war ihr jetzt grüner Leib fetter geworden? Aber ich lief schneller, die Rolle in der Hand. Ich fand die Treppe, rannte aus dem Haus, stieß den Butler, der mir in den Weg treten wollte, zur Seite, die jetzt Grüne schleuderte mir eine mannshohe Vase nach, die mich knapp verfehlte, am Torpfosten zerschellte, gerade noch rechtzeitig entwischte ich, bevor ein schweres, stark verrostetes Eisengitter herabrasselte.

Lang irrte ich in der mir unbekannten Gegend der Stadt herum. Schon bald bemerkte ich, daß die Rolle in meiner Hand schwelte und langsam – ohne heiß zu werden oder zu brennen – zerfiel. Instinktiv hatte ich bei meiner Flucht meinen Zeichenblock ergriffen (es waren nur wertlose Skizzen drauf), und ich schrieb jetzt rasch das, was auf dem Dokument stand, ab. Es gelang nicht ganz. Die Rolle war zerfallen, ehe ich fertig abgeschrieben hatte, aber gut ein Drittel hatte ich gerettet. Ich fand ein Taxi. Im Taxi bemerkte ich, daß nun seinerseits mein Blatt zu schwelen und zu zerfallen anfing. So schrieb ich nochmals ab. Es ging aber immer schneller. Kaum hatte ich das zerfallende Blatt abgeschrieben, zerfiel es. Zuletzt begann der Zerfall mit der ersten Zeile, und noch ehe mich der Taxifahrer daheim absetzte, habe ich es aufgegeben. So habe ich also keinen Beweis in Händen. Aber ich wollte es doch jemandem erzählen, und Sie scheinen mir geeignet.«

Er schwieg. Ich ließ ihm eine Weile und fragte dann: »– und?«

»Was auf der Rolle stand?«

»Ja.«

»Hm. Namen. Viele Namen. Namen von Künstlern, von Künstlern einer gewissen Richtung. Hm, Künstlern, die …«

»Ich verstehe«, sagte ich.

»Ja«, sagte er, »die einen Pakt geschlossen haben.«

»Und welche Namen waren das nun?«

»Können Sie sich die Namen nicht denken?«

»Doch«, sagte ich.

»Eben«, sagte er.

Wir fuhren dann gemeinsam zu dem Brunnen unter dem Baum an der bewußten Straßenkreuzung, fuhren straßauf-straßab in ungefähr der Entfernung, die damals der Froschgrüne mit dem Rolls-Royce zurückgelegt hatte, aber das Haus war nicht zu finden.

Requiem für die Welt

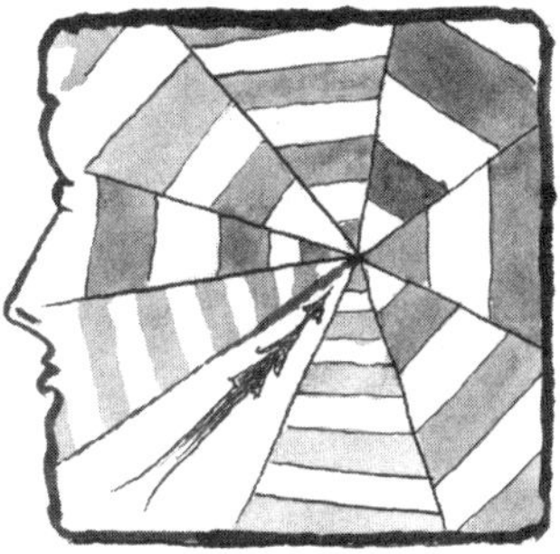

– ich weiß, daß es das Buch gibt.

Mich interessiert nicht das ganze Buch, mich interessieren nur die ausfaltbaren Blätter, ausklappbaren Farbtafeln ganz hinten in diesem Buch. Der alte Michejeler hat mir von diesem Buch erzählt. Es ist mir nicht klar, es war nie aus dem alten Michejeler herauszubringen, ob er das Buch selber je gesehen hat. Ich glaube: eher nicht. Aber er hat von dem Buch gehört. Er hat sogar Genaueres über das Buch erfahren, und zwar aus Erzählungen des alten Schrädoblers. Er, Michejeler, hat den alten Schrädobler noch gekannt; ich selbstredend nicht mehr. Einiges davon, was der alte Schrädobler dem alten, aber damals, oder besser gesagt, zu jener Zeit noch nicht alten Michejeler in jener Grotte erzählt hat, hat Michejeler leider vergessen.

»Warum haben Sie es nicht gleich aufgeschrieben?« habe ich gefragt.

»Ja«, hat der Michejeler bedauernd gesagt, »ja, warum nicht? Frage ich mich auch.«

Von wem seinerseits der alte Schrädobler die Nachrichten von dem Buch, oder genauer gesagt, von diesem ausfaltbaren Blatt, dieser großen, ausklappbaren (angeblich vierteiligen?) Farbtafel erfahren hat, hat entweder, sagte

Michejeler, Schrädobler von seinem Gewährsmann überhaupt nicht erfahren, oder aber es gehört zu dem, was Schrädobler vergessen hat.

»Wenn Sie«, hat seinerzeit der damals dann schon wirklich alte Michejeler zu mir gesagt, »wenn Sie sich vergegenwärtigen, daß die Nachricht von dieser angeblich oder, was anzunehmen ich eigentlich geneigt bin, wirklich vierteiligen, ausklappbaren Farbtafel aus ganz alten Zeiten, vielleicht sogar aus Urzeiten stammt, und wenn Sie sich weiter klarmachen, daß diese Nachricht, oder besser gesagt, diese Nachrichten von Mund zu Ohr und Mund zu Ohr und so fort weitergegeben wurden, ohne je aufgeschrieben zu werden, und wenn Sie sich endlich vor Augen halten, daß jeder in der Kette derer, die diese Nachrichten erfahren und dann weitergegeben haben, einen Teil davon vergessen hat, dann können Sie anhand dessen, was ich immerhin noch mitzuteilen weiß, zurückrechnen, wie ungeheuer, im Wortsinn, bitte, ungeheuer groß das Wissen um dieses Faltblatt, um diese Ausklapptafel gewesen sein muß.«

Wie soll man sich auf die Suche nach etwas begeben, von dem man nicht genau weiß, was es ist? Nicht einmal weiß, ob es das, von dem man nicht weiß, was es ist, jemals gegeben hat? Ich wußte keinen anderen Weg, als den Hubertinger zu fragen. Der Hubertinger weiß alles. Wenn, so überlegte ich, irgend jemand auf der Welt weiß, ob es jenes Faltblatt gegeben hat, so ist das der Hubertinger. Und zumindest kennt Hubertinger jemanden, von dem zu vermuten ist, daß er das weiß, was nicht einmal der Hubertinger weiß.

Der Hubertinger wohnt am Rand der Stadt, dort wo die Häuser schwefelgelb gestrichen sind und die Sonne prall in die Straße brennt, in der kein einziger Baum grünt, nicht einmal ein kümmerlicher Strauch.

Hubertinger, höflicher ausgedrückt: Prof. Dr. Anton Hubertinger wohnte beengt im letzten, höchsten Stock. Er wohnte beengt, nicht weil die Wohnung klein, sondern weil die große Wohnung voll war. Durch den Flur von der Wohnungstür zum Wohnzimmer oder Salon oder wie immer man das große Zimmer im hinteren Teil der Wohnung bezeichnen will, konnte man nur seitwärts gehend gelangen, den eventuellen Bauch eingezogen, denn links und rechts standen dunkle Schränke und Kästen dicht an dicht, auf den Schränken bis zum Plafond Truhen, in den wenigen Zwischenräumen hochkant Koffer hineingezwängt. Keine Antiquitäten, nur alt, die Koffer zum Teil abgewetzte Stücke aus Kunstleder. Wo noch irgend Platz war, vergilbten mit Spagat zusammengezurrte Bündel von ohne Zweifel uralten Zeitungen.

Das Wohnzimmer oder der Salon (oder wie immer) enthielt acht große Tische, auf denen sechzehn meist schadhafte Kronleuchter lagen, alle in Gaze eingewickelt. Der siebzehnte, nicht in Gaze eingewickelte Kronleuchter hing vom Plafond. Da das Zimmer für diesen sehr ausgreifenden Kronleuchter zu niedrig war, schwebte er etwa in Kniehöhe dort, wo die acht Tische eine entsprechende Lücke ließen. Dort stand auch der einzige Stuhl. Unter den Tischen häuften sich mit Spagat, auch mit Riemen oder nur mit breitem Klebeband umwickelte Kartons verschiedener Größe. Ein Karton war seitlich aufgeplatzt. Aus ihm quollen Mausfallen. Enthielt er eine womöglich kulturhistorisch wertvolle Mausfallen-Sammlung?

An den Wänden standen, soweit zwischen den Tischen und den Wänden Platz war, auseinandergenommene Bettgestelle und, dazwischengestopft, Matratzen. In einer Ecke ein Turm von leeren Einweckgläsern. Da die Fenster größtenteils durch die davor stehenden, auseinandergenommenen Bettgestelle verdeckt waren, kam das einzige Tageslicht aus einer Tür, die zu einer Veranda oder einem Wintergarten führte. Dort standen (genau konnte ich nicht zählen) weitere Tische, mindestens fünf, auf den Tischen eine große Anzahl ineinandergepferchter Rodelschlitten.

»Ach ja«, sagte Hubertinger, als er meinen befremdeten Blick bemerkte, »ich habe viele Verwandte. *Hatte*. Man erbt und erbt.«

Der Roman sei, sagte Prof. Hubertinger, gar nicht unvollendet. Keine Rede davon. Man habe den Schluß nur nicht gefunden, vermutlich nicht ordentlich gesucht. »Möglicherweise«, sagte Prof. Hubertinger, »wurde der Schluß, alles in allem nur etwa fünfundzwanzig, dreißig Seiten, absichtlich unterdrückt. Ich sage nicht, wen ich im Verdacht habe.«

»Ich kann es mir denken«, sagte ich, »wen Sie im Verdacht haben. Niemanden anderes als –«

»Nennen Sie keinen Namen!« unterbrach er mich, »was hätte das für einen Sinn. Und warum? werden Sie fragen, hat man den Schluß, einen überraschenden, wenngleich logischen, eigentlich den einzig logischen Schluß des Romans unterdrückt? Weil man, das ist doch klar, die Aura bewahren will. Die Aura. Die geheimnisvolle Aura um den Roman und damit um den Autor. Wer hat Interesse an so etwas? Ja! Wer hat Interesse an so etwas?! Ich nenne keine Namen.«

Er zwängte sich durch eine schmale Stelle zwischen zwei mit den geschmacklosesten Maschinenschnitzereien des ausgehenden XIX. Jahrhunderts überkrusteten Kommoden und holte aus einem hohen Schubladenschrank (die

Schubladen konnte er nur eine Handbreit öffnen, weil der Schrank zu eng zur Rückwand eines Kastens stand) eine Mappe.

»Hier!« er schlug auf die blaßgrüne Mappe, nachdem er sich zu mir zurückgezwängt hatte, »der originale Schluß. Sie haben nicht so lang Zeit, ihn zu lesen, und mitgeben, also aus der Hand geben, kann ich diese Kostbarkeit nicht, das werden Sie verstehen.«

Er setzte sich wieder auf den Tisch. Auf dem einzigen Sessel saß ich.

»Daher werde ich ihn Ihnen kurz erzählen. Dadurch verliert der Schluß naturgemäß viel von seiner poetischen Kraft. Also: Gerstäcker ist es, der das Geheimnis lüftet. Es war nur ein Vorwand, das mit den Pferden, unter dem Gerstäcker den Landvermesser K. mit sich zog. In der folgenden Nacht weckte Gerstäcker den Landvermesser und führte ihn auf verschneiten Wegen, zum Teil durch wegloses Terrain durch hohen Schnee stapfend in einem weiten Bogen um das Dorf hinaus und um den Berg, auf dem das Schloß stand, herum. Und da erst sah K., daß das Schloß gar kein Schloß war, nur die Kulisse eines Schlosses.«

»Ach«, sagte ich, »und?«

»Nichts *und*. Nur die Kulisse eines Schlosses. Hinten von Stangen abgestützt. Alle haben es gewußt, nur K. nicht. Gerstäckers Lachen. Mit dem endet der Roman. Es ist schade, daß Sie nicht Zeit haben, den Schluß zu lesen. Meisterhaft, diese Schilderung des Lachens. Auf zwei Seiten: nur Schilderung von Gerstäckers Lachen. Nichts sonst. Meisterhaft. Man kann sich gar nicht vorstellen, daß einer zwei Seiten nur mit der Schilderung eines Lachens füllt. Aber es ist das Spannendste, sage ich Ihnen, was ich je gelesen habe. Meisterhaft. Vielleicht der Gipfel der deutschen Literatur.«

»Wenn jemand«, hatte Prof. Hubertinger zum Schluß gesagt, »etwas von dem Buch, nach dem Sie suchen, weiß, und auch ich bin sicher, daß es dieses Buch, vielmehr: diese vier ausklappbaren Seiten gibt, dann ist es die Witwe des Generals Fuchsbeißer.«

Die Witwe des Generals Fuchsbeißer wohnte in einem höher gelegenen Stadtteil gleich neben einer rosa-orange gestrichenen Kirche von besonders abstoßender Architektur. Prof. Hubertinger hatte gesagt, als er mir den Weg beschrieb, es sei, ich zitiere ihn wörtlich: »die weitaus zweitschönste Kirche der Stadt.«

Die Witwe des Generals Fuchsbeißer redete so, als beginne sie jeden Augenblick zu weinen. Nach dem Tod ihres Mannes, des Generals Fuchsbeißer, des Reformators des Feldlatrinenwesens, wandte sich die Witwe der Salzteigplastik zu. Eine lebensgroße Figur der hl. Gertrud aus Salzteig wurde beim letzten Besuch des Papstes hier diesem überreicht. Frau Fuchsbeißer betrachtete dies als den Höhepunkt ihres figürlichen Schaffens und wandte sich daraufhin der Schöpfung abstrakter Salzteigwerke zu.

Frau Generalswitwe Fuchsbeißer hatte einmal jemanden getroffen, der einen kannte, der das Buch gesehen haben soll. Leider war die Schilderung der Einzelheiten dieses Zusammentreffens durch Frau Generalswitwe Fuchsbeißer schwer, eigentlich gar nicht zu verstehen. Zunächst bellte der Fuchsbeißersche Hund ohne Unterbrechung und übertönte die Erzählung der Dame. Dann hörte der Hund zwar auf, aber die Glocken der Kirche nebenan begannen zu läuten. Als auch die Glocken endlich zu läuten aufhörten, der stark stinkende Hund, wie sich herausstellte, eingeschlafen war, wollte ich Frau Generalswitwe Fuchsbeißer veranlassen, ihre Erzählung zu wiederholen, mußte aber feststellen, daß sie inzwischen gestorben war.

Das brachte größere Schwierigkeiten, wenngleich die Bekanntschaft des Gerichtsarztes Dr. Stuhlhuhn mit sich.

Mein erster Gedanke war, das Haus fluchtartig und still zu verlassen, aber dann befürchtete ich, mich eventuell dadurch einer strafbaren Handlung schuldig zu machen. Ich kenne mich ja nicht aus in solchen Dingen. Also stieg ich, die Wohnungstür offen lassend, ins Parterre hinunter und läutete dort an der Tür, deren Klingelschild darauf hinwies, daß hier der Hausmeister wohne. Nach einiger Zeit wurde von einem Mann im Schlafanzug, der aber dazu einen sogenannten Trenkerhut trug, geöffnet. Ich erklärte, daß eben die Mieterin, Frau Generalswitwe Fuchsbeißer, verblichen sei.

»*Ver* – was?« fragte der Hausmeister.

»Verblichen«, sagte ich, verdeutlichte: »gestorben.«

»Irgendwann stirbt jeder«, sagte der Hausmeister und fügte die in recht barschem Ton vorgebrachte Frage hinzu, was mich veranlasse anzunehmen, daß das ihn, den Hausmeister, etwas angehe. Wo noch dazu grad Micky Maus im Fernsehen laufe.

»Man muß«, sagte ich irritiert, »wohl irgend jemanden verständigen.«

»Dann verständigen Sie halt«, sagte er und schlug die Tür zu.

Aber er verständigte dann doch, stellte sich später heraus, und zwar die Polizei. Sie kam, als ich, wieder hinaufgestiegen, in der Wohnung der nunmehr verewigten Generalswitwe erst nach dem Telephon und, dies gefunden habend, nach einem Telephonbuch suchte. Man verhaftete mich wegen Mordes. Ich erfuhr später, daß ich gar nicht verhaftet, sondern nur »festgenommen« worden war. Ich kenne mich da nicht aus. Im Endeffekt änderte es aus meiner Sicht an der Sachlage nichts. Ich verbrachte die Nacht in einer Zelle und wurde am nächsten Tag einem Herrn vorgeführt, der offenbar ein Staatsanwalt oder ein Ermittlungsrichter war. Er war sehr dick, schwitzte und übte sein Amt offenbar ungern und unter ständigem Stöhnen aus.

»Und?« stöhnte er, nachdem meine Personalien aufgenommen worden waren.

»Wie bitte?« fragte ich.

»Dieses ewige Herumgerede«, stöhnte er, »und? Also? Warum?«

»Warum *was*? Wenn ich mir die Frage erlauben darf.«

Er wälzte sich unwirsch in seinem Sessel und sagte: »Warum Sie die Alte umgebracht haben?«

»Es tut mir leid«, sagte ich, »aber ich habe sie nicht umgebracht. Sie ist von allein gestorben, ohne mein Zutun.«

Der Staatsanwalt fauchte durch die Nase, aber mehr aufstöhnend als bösartig, ächzend sozusagen, fast mitleiderregend: »Das sagt jeder Mörder. Wenn ein Mörder leugnet, ist er praktisch schon überführt. Würden Sie einem Mörder glauben? Einem, der leugnet?«

»Würden Sie mir glauben, wenn ich die Tat zugäbe?«

»Wie? Was?« Der Staatsanwalt ächzte, wischte sich mit einem großkarierten Taschentuch die Stirn (sehr hohe Stirn, praktisch Halbglatze) und sagte: »Sie geben die Tat zu? Das ist das erste Mal in meiner, das können Sie mir glauben, dornenreichen Laufbahn, daß ein Mörder seine Tat zugibt.« Er schnaubte, schneuzte sich laut, griff dann zum Telephon, wählte eine Nummer, wobei er sorgfältig darauf sah, daß ich nicht sehen konnte, welche Nummer er wählte, und flötete dann mit ganz andrer Stimme, gar nicht mehr ächzend einige Koseworte in den Apparat (er hatte sich, erinnere ich mich jetzt, mit »– hier ist dein Herzbube« gemeldet) und berichtete dann den Vorgang mit mir, dem Mörder, der seine Tat gesteht. »Das erste Mal!« schrie er mehrfach, »das erste Mal! Das mußte ich dir sofort sagen –«

Dann erstarrte seine Miene. Er lauschte wie verzückt der Antwort, die, für mich natürlich nicht wahrnehmbar, aus dem Hörer kam, hängte dann ohne weiteres ein.

Er kniff den Mund zusammen, als er sich wieder mir zuwandte, und sagte dann, pfiff fast: »Ich solle Ihnen kein Wort glauben, sagt Emmi.«

»Wer ist Emmi?« fragte ich.

»Das geht Sie selbstredend gar nichts an. Ich solle Ihnen unter keinen Umständen auch nur ein Wort glauben.«

»Würde ich auch nicht«, sagte ich, »wenn ich Sie wäre und Sie ich.«

»Das verstehe ich nicht«, stöhnte er.

»Macht nichts«, sagte ich, »das Entscheidende ist, daß Sie meinem Geständnis keinen Glauben schenken.«

»Nicht den geringsten.«

»Hm«, sagte ich.

»Hinzu kommt, daß –« er kramte einen Bogen Papier aus seinen Unterlagen und fuchtelte damit, »daß der Gerichtsarzt Dr. Stuhlhuhn festgestellt hat: Die Generalswitwe ist an Herzschlag gestorben. Er hat die Verstorbene übrigens persönlich gekannt.«

»Da sehen Sie, wie ich gelogen habe«, sagte ich.

»Haha!« stöhnte er, »wer sagt, daß Sie nicht zum Beispiel eine Grimasse geschnitten haben? Die die Witwe so erschreckt hat, daß sie sofort einen Herzschlag erlitten hat?«

»Ich warne Sie«, sagte ich, »ich schneide augenblicklich die gleiche Grimasse – und Sie scheinen mir ohnedies unter zu hohem Blutdruck zu leiden.«

»Nein, nein!« schrie er, »bitte nicht. Das habe ich doch nur aus Jux gesagt.« Er atmete schwer, nahm ein Medikamentenfläschchen aus der Schublade seines Schreibtisches und nahm einige Tropfen. Dann sank er hintenüber.

Ich ging leise hinaus. Draußen wartete der Polizist, der mich hierhergebracht hatte. »Was ist?« fragte der Polizist.

»Der Herr Staatsanwalt ist eben verblichen«, sagte ich. Die nun folgende heftige Verwirrung und das chaotische Durcheinander nutzte ich aus, um mich zu entfernen.

Sogleich aber machte ich mich auf die Suche nach Dr. Stuhlhuhn.

Dr. Stuhlhuhn selber konnte mir nicht weiterhelfen. Er wußte nur soviel, daß ich, um die vier Seiten zu finden, das Felsgebirge überqueren müsse. Dr. Stuhlhuhn gab mir aber die Adresse eines gewissen Mr. Gowan, eines Kanadiers, der aber in dem berühmten, ja berüchtigten Ort oder Weiler Gnadenwald lebt, einem Ort, der sich, so Dr. Stuhlhuhn, nahe der mystischen Unsichtbarkeit »entlang bewege« (so der wörtliche Ausdruck) und der von Außenstehenden so gut wie nicht zu finden sei. Aber die Telephonverbindung gelang, und ich traf Mr. Gowan bei Onassis.

Onassis war nicht Onassis, vielmehr der ehemalige Inhaber eines nicht floriert habenden Ausstellungs- und Veranstaltungs-Unternehmens für Hundehochzeiten in München namens Ehrmann, der allerdings dem Reeder und Milliardär Aristoteles Onassis zum Verwechseln ähnlich sah. Nicht genug damit, sah seine langjährige Lebensgefährtin Hilde Jackie Kennedy ähnlich. Als Ehrmann mit seinem Hundehochzeits-Unternehmen im Scheitern begriffen war, verfiel er auf die Idee, sich als Onassis und Hilde als Jackie Kennedy gegen Geld sehen zu lassen. Er liquidierte also sein Hundehochzeits-Unternehmen, machte, soweit noch möglich, die restlichen Mittel flüssig, mietete das »Circus Krone«-Zelt, stellte darin zwei Stühle auf und seinen letzten Angestellten an die Kasse und ließ geschickt das Gerücht verbreiten, daß man im »Circus Krone« Onassis und Jackie Kennedy sehen könne. Die Leute strömten. Die Einnahmen waren nicht unbeträchtlich. Nach drei Wochen zog Ehrmann mit Hilde weiter nach Augsburg und so fort durch ganz Deutschland, ja, ganz Europa. Ehrmann lebte besser von den so erzielten Einnahmen als früher von seinem Hundeunternehmen. Allein, es ist klar, daß so etwas auf die Dauer nicht gutgehen konnte. Zwar passierte jahrelang nichts, aber in Ulm, ausgerechnet in so einer biederen, brezenseligen Stadt, schöpfte man Verdacht. Die Staatsanwaltschaft griff ein. Das »Gaunerpaar«, wie die Skandalpresse Ehrmann und Hilde sogleich etikettierte, wurde wegen Betruges verurteilt und saß eine nicht unbedeutende Freiheitsstrafe ab.

Nach der Entlassung zogen nun Ehrmann und Hilde wieder durch die Länder und ließen sich (gegen weit niedrigeren Eintrittspreis, wie sich denken läßt) als »die, die sich für Onassis und Jackie Kennedy gegen Geld sehen ließen« sehen. Die Einnahmen waren karg, aber immerhin konnten Ehrmann und Hilde davon leben, wenngleich sehr bescheiden.

Ich betrat nach Entrichtung des kleinen Obolus den von Ehrmann-Onassis gemieteten Kolpings-Saal und sah also die beiden, wenn man so sagen kann, Darsteller auf ihren Stühlen sitzen, alt geworden, ja, sehr alt geworden, aber Onassis und Jackie Kennedy waren im Lauf ihres Lebens auch nicht jünger geworden. In dem einzigen anderen Besucher der Veranstaltung vermutete ich – richtig – Mr. Gowan.

Mr. Gowan hatte Onassis und Jackie Kennedy schon zu jener Zeit kennengelernt, als sie quasi als Originale aufgetreten waren. Damals war es den Besuchern untersagt, über die als Absperrung dienende stets bordeauxrote Kordel hinweg mit den sozusagen ausgestellten Herrschaften zu sprechen, freilich, sonst wäre ja offenkundig geworden, daß weder Ehrmann-Onassis Grieche noch Jackie-Hilde Amerikanerin war. Aber Mr. Gowan, der von den beiden, sie zunächst noch für echt haltend, fasziniert war, besuchte die »Vorstellung« so häufig, ja, reiste immer wieder dem Paare nach, in die Städte, in denen sie sich im Augenblick darstellten, war ein so treuer Besucher, daß er mit der Zeit Onassis auffiel, wonach er ihm (Onassis dem Mr. Gowan) zunächst freundlich zulächelte, später zunickte und zuletzt sogar zuwinkte.

»Ich wagte nach dem dritten Mal«, sagte mir Mr. Gowan, »zurückzuwinken.«

Die Haft der beiden Darsteller (um dieses neutrale Wort zu gebrauchen) unterbrach die Verbindung, aber sofort, als Mr. Gowan davon erfuhr, daß sich die beiden nunmehr als die sehen ließen, die sich als Onassis und Jakkie Kennedy sehen hatten lassen, reiste er ihnen wieder nach.

»Diese für mich nicht vorhersehbare und unvermutete Entwicklung der Dinge hinderte mich nicht an weiteren Beweisen meiner Treue zu ihnen, vielmehr faszinierte mich diese neuere Entwicklung eigentlich erst so richtig.«

Nunmehr ergaben sich auch Gespräche. (Die Staatsanwaltschaft Ulm versuchte, als die neuerliche Zurschaustellung bekannt wurde, ein erneutes Verfahren einzuleiten, mußte aber zu ihrem Bedauern feststellen, daß entgegen dem offenbar gedankenlosen, vorschnellen und die logischen Zusammenhänge nicht voll durchdenkenden juristischen Vorgehen keine Straftat mehr vorlag.)

Es traf sich, daß eben in jener Zeit, in der ich durch Dr. Stuhlhuhn an Mr. Gowan verwiesen wurde, das bewußte Paar in der betreffenden Stadt gastierte, wenn so der Ausdruck erlaubt ist. Selbstredend besuchte Mr. Gowan, im nahen Gnadenwald wohnend, die beiden nahezu täglich, war dort häufig anzutreffen und – so sagte er beim Telephongespräch – für mich leichter zu finden »als in dem schon leicht im Wesenlosen flirrenden Gnadenwald«. (So Mr. Gowan wörtlich.)

Herr Ehrmann-Onassis war in den Jahrzehnten seiner und seiner Lebensgefährtin Reisen naturgemäß mit unzähligen Leuten ins Gespräch gekommen und wußte auch von den vier geheimnisvollen, den Sinn der Welt möglicherweise enthüllenden Seiten.

»Das Buch selber«, sagte Herr Ehrmann-Onassis und trat, da kein anderer Besucher im Moment im Saal war, an die bordeauxrote Kordel zu uns her, schüttelte auch die vom langen Sitzen etwas müden Glieder, »das Buch selber gibt es nicht mehr, wohl aber diese vier Seiten, die seinerzeit als Anhang dem Werk beigebunden waren. Lang war ich der naheliegenden Meinung, diese Seiten seien aus Papier oder Pergament. Weit gefehlt. Es ist noch keine zehn Jahre her, da erfuhr ich, ich habe vergessen von wem, daß die vier Seiten aus Glas sind.«

Rasch eilte Herr Ehrmann-Onassis an seinen Platz zurück, denn ein Besucher kam, vielmehr: Besucherin. Sie war sehr dick und trug einen Henkelkorb mit sich, in dem sich der, so war zu vermuten, Tageseinkauf von Lebensmitteln befand, darunter auffallend viel langstieliger Lauch sowie ein sehr kleiner Hund.

– also aus Glas.

Niemand soll SEinen Namen aussprechen. Verbote helfen nichts, das weiß man. Es gibt immer einen, der das Verbot übertritt, der den Namen ausspricht, wenn nicht öffentlich (da würde er unter Umständen nach guter (?) alter Sitte gesteinigt), dann tückisch und händereibend daheim im Keller hinter den dicken Mauern, aber ausgesprochen ist ausgesprochen, und wer weiß, was dann passiert? Es ist nicht ausgeschlossen, daß dem, der da meuchlings den Namen ausspricht, gar nichts passiert und auch der Menschheit, diesem Ungeziefer, nicht, daß aber dann womöglich IHm was passiert. Daß er gar nicht aus Fürsorge oder gar aus Liebe zum Ungeziefer vor das Aussprechen SEines Namens, bildlich gesprochen, einen Engel mit feurigem Schwert gesetzt hat und ein fürchterliches Verbot – nein, das Verbot hilft nichts, ER hat es viel schlauer eingefädelt, ER hat SEinen Namen von vornherein unaussprechlich gemacht. Sprechen Sie einmal *Chwchj* aus! Geht nicht; nur ein Keuchen oder Krächzen. Chwchj also heißt ER.

Einige Millionen Galaxien, jede so groß, daß das Licht Tausende von Jahren von einem Ende der Galaxie zum anderen braucht. Jede Galaxie von anderen so weit entfernt, daß das Licht Hunderttausende von Jahren von der einen zur anderen braucht. Oft kommt es vor, daß die andere Galaxie gar nicht mehr da ist, wenn das Licht ankommt. »Vergeblich ankommendes Licht« – Titel des Gedichtbandes von Gunda Zwagl, habe ihn nicht gelesen. Jede Galaxie besteht aus Sternen-Myriaden, wie Mücken im Sommer, nur viel größer, scheinbar ziellos, aber angeblich nach den Gesetzen der Harmonie der Himmels-Sphären oder des Raum-Zeit-Kontinuums oder weiß der Kuckuck nach was herumschwirrend. Hie und da Sonnen- und Planeten-Systeme und so Zeug, Millionen über Millionen, alles in allem; in einer einzigen Galaxie ganz hinten unter Tausenden von Sonnen-Systemen dort ein unbedeutendes Sonnen-System, eine, gemessen an anderen, lächerlich kleine Sonne, darum kreisend ein paar jämmerliche Planeten –

– »Man verachte einen Menschen auch in seinem Unglück nicht.« Wissen Sie, was das heißt? Außer der an sich selbstverständlichen ethischen Forderung? So kann man sich die Reihenfolge der Planeten merken: Merkur-Venus-Erde-Mars-Asteroidengürtel (angeblich der Rest eines geplatzten Planeten)-Jupiter (lateinisch ist J gleich I, alles klar?)-Saturn-Uranus-Neptun. Und wenn Sie den Punkt dazunehmen: »Punkt«: ist gleich Pluto. Ende der lehrreichen Unterbrechung und Unterweisung in das Planeten-System, das universalisch-welträumlich betrachtet aber eine sogenannte quantité negligéable ist, ganz gleich, um nicht zu sagen, ganz Wurst, ob es die gäbe oder nicht, würde nichts am Gesamtuniversum ändern, würde kein Universal-Hahn danach krähen, und doch kugelt in diesem weltallischen Hinterhof mit Blick auf Brandmauern und Mülltonnen jener unbestimmte Artikel in dem Merkvers oben: »einen«, also: die Erde um die Sonne, und ausgerechnet dorthin hat der bewußte Unaussprechliche oder Chwchj nichts Geringeres als *Leben* gepflanzt. Und das Ungeziefer Mensch. Und verdient es nicht. Man überlege: *diese* Gnade! Eine solche Ausnahme zu sein! Und was tut das Ungeziefer? Ich will jetzt nicht ökologisch werden, man weiß ja eh – und auf den vier ausfaltbaren und bereits ausgefalteten, jawohl!, Anhangsseiten des Buches, auf diesen Seiten aus Glas steht es: der Goldene Wind. Lassen Sie sich nicht durch die auf den ersten Blick anheimelnden Assoziationen täuschen, die das Wort »Gold« hervorruft! Chwchj hat verfügt: Ihr habt diese unbegreifliche Weltraum-Gnade nicht verdient.

Auf der sonst einsamen Paßhöhe traf ich einen Mann in gestreifter Weste an, der auf einem aufgebockten Fahrrad saß und regelmäßig, aber heftig strampelte. »Aufgebockt« heißt, daß das durch Tritt über die Kette angetriebene Hinterrad mittels einer dreieckigen Metallvorrichtung (klappbar) ein wenig in die Höhe gehoben wurde, sich also drehte, aber das Fahrrad insgesamt nicht fortbewegte. Ein kleiner Dynamo surrte. Ein Draht führte von diesem Dynamo – ich folgte dem Draht mit den Augen – hinter einen moosbewachsenen Felsblock, an dem ein weiteres Fahrrad lehnte.

Ich grüßte den tretenden Mann, der aber nur – durchs heftige Treten angestrengt – mit dem Kinn zu jenem Felsblock deutete, so daß ich diesem Wink folgte und zu dem Felsblock und um ihn herum ging. Dort stand ein Herr in Unterhosen (sonst mit Hemd, Krawatte, Jacke usw. korrekt bekleidet, auch in Schuhen und Strümpfen), der mit Bügeln seiner Hose beschäftigt war.

Ich schreckte zurück, aber der Herr grüßte freundlich, verbeugte sich sogar ein wenig, stellte das Bügeleisen senkrecht und schrie: »Jean, Sie können eine Pause machen«, worauf der Mann in der gestreiften Weste zu treten aufhörte, vom Fahrrad stieg, einige lockernde Kniebeugen machte und dann weiter nach hinten ging, wo er eine Zigarette rauchte.

»Eigentlich«, sagte der Herr, »heißt er Helmut, aber alle Diener, die wir jemals gehabt haben, werden ›Jean‹ gerufen. ›Fassen Sie es nicht falsch auf‹, pflegte meine Mutter selig, eine geborene Bagration, bei der Neueinstellung zu sagen, ›Ihr Vorname –‹ also zum Beispiel: ›Gernot‹ ›– ist sehr schön, aber bei uns werden Sie *Jean* gerufen.‹ Und so halte es auch ich.«

Der Herr hieß – nein, er war Don Restaino Donato Tocco-Cantelmo-Stuart, Patrizier von Neapel, Herzog von Apice, Megas Primikerios von Neopatras und Titular-Sebastokrator von Trapezunt. Er sei, sagte er, auf dem Weg in den Süden, wo er hoffe, seine Rechte auf das Fürstentum Achaja durchzusetzen, das seiner Familie 1480 infolge Eroberung durch die Türken leider verlorengegangen sei. »Ich habe zwar, gestehe ich, keine große Hoffnung, aber man soll, höre ich immer wieder, nichts unversucht lassen.«

Später erklärte er mir, er und sein Diener seien in den Regen gekommen (es war der gleiche Regen, vor dem ich in einen Landgasthof flüchtete, dessen Küche allenfalls eine halbe graue Kochmütze in der einschlägigen Kulinar-Lexikographie verdient), und nun sei die Bügelfalte hin, und …

»– die Rückeroberung«, erlaubte ich mir zu ergänzen, da Don Restaino stockte, »des Fürstentums Achaja in ungebügelten Hosen wirkt ungebührlich.«

»Sie verstehen, sehe ich«, sagte er und deutete auf seine nackten Knie, »und verzeihen.«

Der Diener Jean, ein knochiger, fast dürrer Mensch mit einem ebenfalls knochigen Birnenschädel (Birne in dem Sinn, daß die größere Ausdehnung der Birne oben zu finden war, die Birne also quasi auf dem Kopf stand) mit überaus gebürsteten, angeklebten dunklen Haaren und einem seltsam umfassenden Schnauzbart, trat jetzt heran und sagte:

»Ich bin so kühn, meine möglicherweise nicht unbedeutende Beobachtung zur Kenntnis zu geben, daß sich im Westen wiederum eine Wolke aufdräut, die bereits die unangenehme Farbe Schwarz anzunehmen sich anschickt.«

»So redet er immer«, sagte Don Restaino leise, »so geziert. Aber meistens hat er recht.« Rasch zog Don Restaino seine Hose an, verstaute Bügeleisen und Bügelbrett, schwang sich aufs Rad und so tat sein Diener, und in wenigen Augenblicken waren sie zwischen den hier noch schütteren Föhren nach unten verschwunden. »Und«, hatte Don Restaino vorher noch gerufen, »wegen der vier Seiten ... suchen Sie den Styliten.«

– die vier Seiten aus Glas. Daß es ausgerechnet mein sog. »Schweizer Armeemesser« war, das mich auf die wahre Spur brachte, hatte ich mir nicht träumen lassen. Nach vielen Tagen der Wanderung hinab und wieder hinauf kam ich in einen dichten Nadelwald. Die stillen Stämme standen eine Säulenhalle – und eine Säule, ich stutzte, sah aus wie eine wirkliche Säule. Es war eine wirkliche Säule, mitten unter den Stämmen der Fichten. Ich hob Kopf und Blick: Die Säule ragte höher hinauf als die Fichten, und oben saß er.

Er sei, sagte er, der letzte Säulensitzer, der letzte Stylit. In Tirol, sagte er, habe sich diese altchristlich-asketische Sitte erhalten bis auf den heutigen Tag, allerdings sei er der letzte. Schüler habe er nicht. Und: Ob ich etwas zum Essen hätte für ihn. Hatte ich nicht. Ich bot ihm Geld. Er lachte: Was solle er da oben mit Geld. Aber mein »Schweizer Armeemesser« nahm er dankend an und zeigte hinüber: Dort seien die vier gläsernen Seiten eingemauert. Der Goldene Wind. »Wobei«, sagte er, »Sie bei dem Wort ›Gold‹ bedenken müssen, wie entsetzlich das Gold ist, und was Gold und, was ja nicht nur sehr ähnlich im Wortlaut ist, Geld alles angerichtet haben auf der Welt. Eigentlich: alles Übel, alles Übel.« Und der Goldene Wind werde, so verstand ich ihn, die Sache final erledigen. Er war, alles in allem, schwer zu verstehen, hatte keine Zähne mehr.

Welche Sache?

Der Säulenasket schwieg. Er hing oben auf der Spitze seiner Säule wie ein Affe, die vier Gliedmaßen herunterbaumelnd, bäuchlings liegend. War er eingeschlafen? Gestorben?

Ich wandte mich den gläsernen Seiten zu; der Weg, den der Eremit gewiesen, war nicht weit. Ein Goldener Wind kommt auf, hobelt die Welt zur Wüste. Wo gehobelt wird, fallen Späne: Köpfe, Hälse, Brust und Bauch, Arsch und Knie, Waden, Füße, Zehen – von manchen blieben eine Zeitlang die Hühneraugen zurück. Alles Getier weggehobelt, Baum und Strauch zu gelbem Wüstenstaub gebügelt. Alles in schöner goldener Einheitlichkeit, endlich Frieden auf der Welt unter einem hitzeblassen Himmel. In der Tiefe rollen die metallblauen und steinvioletten Kugeln, die die goldene Wüste oben in ewiger Bewegung halten: nur Bewegung, kein Leben. Requiem für die Welt. So steht es auf den vier Blättern geschrieben, die ganz hinten als Anhang Z jenem Buch beigebunden waren – vier ausfaltbare, ausgefaltete Blätter aus Glas.

Die junge Wasserträgerin

für Reinhold Neven Du Mont

Die Vorstellungen, die die Jugend von ihrer Zukunft hat, so etwa sagt der alte Jean Paul, sind viel zu edel, als daß sie eintreten könnten. Und wenn sich ein Hundertstel von all den Träumen des Knaben verwirklicht, zählt man ihn zu den glücklichsten.

Meyer-Leffer sang – in diesem Sinn der Träume gesehen – immerhin in Bayreuth, wenngleich nur im Chor. Bariton. Eigentlich Helden-Bariton, aber das spielt im Chor keine Rolle. Er stand im Altnürnberger Schlapphut und in einer malerisch geschlitzten Hose, die leider etwas zu kurz war, in der feierlich-fröhlichen Menge auf der Festwiese und horchte zunächst auf das, was der da in der Mitte sang von wegen »– was deutsch und echt –« und vom »– welschen Tand –«, was er, Meyer-Leffer, so meinte er, eigentlich genauso gut singen könnte, und dann sang er selber den Meister-Jubel Hymnus in C-Dur; und daß die Hose zu kurz war, konnte man zum Glück nicht sehen, weil er in der vierten Reihe stand, die Menge der Choristinnen vor sich –

– hatte den Hans Sachs auch schon gesungen, allerdings nicht in Bayreuth, nur in Koblenz. Die Kritik hatte damals geschrieben ... ach ja. Und eine Saison lang sogar in Berlin, aber hier nur den Heerrufer und so. Der Heerrufer hatte immerhin den Vorteil, daß man um neun Uhr schon wieder zu Hause war. Alles in allem das bewußte Hundertstel. Aber es muß doch welche geben, denen sich die Träume ganz erfüllen? Sonst würde ja keiner da vorn so laut und beleuchtet und später umjubelt »– verachtet mir die Meister nicht –« singen. *Einer* singt da vorn –?

Oder was hatte sich der für seine Zukunft ausgemacht? Einmal hatte Meyer-Leffer mit so einem Star geredet. Sie ließen sich ja manchmal kollegial herab, die Stars. Ganz vorsichtig hatte Meyer-Leffer das Gespräch auf diesen Punkt gebracht. Der Star – ein ganz berühmter Tenor – hatte gelacht und gesagt: sein Traum sei gewesen, römisch-deutscher Kaiser zu werden oder Astronaut. War das eher scherzhaft gemeint gewesen?

Hatte die Großmutter auch Träume gehabt in ihrer Jugend? Die alte Frau Meyer? (Ohne Leffer, den Namen hatte Walter dazugenommen, den Mädchennamen der Mutter, Walter Meyer allein hätte vielleicht nicht einmal zum »Hans Sachs« in Koblenz gereicht, so ungeschickt ist der Weltgeist.) Hatte sie auch Träume gehabt? Wenn ja, redete sie nie davon. Vielleicht war es bei ihr auch ganz anders. Lagen ihre Träume in der Vergangenheit, oder vielmehr: Begnügten sich ihre Träume damit, daß alles blieb, wie es war?

Es blieb nicht, wie es war.

Ein einziges Mal in den ganzen Jahren, in denen er bei der Großmutter aufwuchs, hatte sie Walter eine Ohrfeige gegeben. Der Grund war eher komisch. Walter war sieben oder acht Jahre alt, und er hatte bemerkt, daß Erwachsene so gut wie nie weinen, Kinder aber oft – er selber nicht ausgenommen. Er schloß daraus, daß Erwachsene keinen Schmerz kennen. Das Problem bewegte ihn; er beschloß, es empirisch zu lösen: Er nahm einen Hammer und schlug, als sich die Großmutter zum Schuhputzkästchen bückte, ihr, so kräftig er konnte, ins Kreuz. Darauf die Ohrfeige – eine Reflexhandlung der sonst nur sanften, frommen und stillen Frau.

Also kennen Erwachsene doch den Schmerz.

Ja. Sie kannte ihn, und sie trug ihn ohne Jammern.

Wenn ihre Eltern erfahren hätten müssen, daß die jüngste Tochter einen Mann per Zeitungsannonce finden mußte, mangels Aussteuer und Mitgift ... sie haben es nicht mehr erfahren müssen. Die anderen Töchter – fünf – waren, bis auf eine, die älteste, unverheiratet geblieben, mangels Aussteuer und Mitgift, und weil *sie* sich nicht einer Zeitungsannonce bedienen wollten. Nur die älteste hatte geheiratet –, standesgemäß, kurz vor dem Zusammenbruch, also sozusagen gerade noch rechtzeitig. Und auch nur einen *Meyer* auf die Annonce hin gefunden – der Name der Eltern hatte etwas gegolten seinerzeit; nicht grad Rothschild oder Krupp, aber nicht mehr als, sagen wir, fünf Stufen drunter. Im Krieg nicht, wie die andern, dazugewonnen, im Gegenteil, und in der Inflationszeit den Rest verloren. Immer gut katholisch gewesen, daher kein Selbstmord, aber der Vater hatte es nicht mehr als ein Jahr überlebt, die Mutter wenig länger. Der kleine Meyer, ein Bürstenmachermeister, hatte seine Schwiegereltern nie gekannt.

Sie trug es alles ohne Jammern, fromm und nüchtern, sogar mit einer kleinen Prise Humor. Sie häkelte dem Enkel – der da schon von seinem ersten Auftritt an der Met träumte – die Unterhemden: aus Wollresten, die sie hinten in der Wagnergasse in einem Wollgeschäft erbat, verrichtete dafür Heimarbeit. Sehr bunte Unterhemden, aber warm. »Es ist wieder ganz häßlich geworden«, sagte sie leise.

Aber Walter zog die Unterhemden an, gar nicht so schlecht für einen angehenden Tenor. (Dafür hielt sich Walter damals. Erst später brachte ihn ein selten vernünftiger Gesangslehrer drauf, daß er auf Bariton umlernen solle, wenn er, wenn überhaupt, Karriere machen wolle.) Und er versprach der alten Frau, berühmt zu werden, und er werde ihr das Meer zeigen, das sie nie gesehen hatte.

Das Meer –

Sie erzählte nicht viel aus ihrem Leben, denn es gab kaum etwas, was sie ohne schmerzliche Erinnerung erzählen hätte können. Der Bürstenbinder Meyer erblindete kurz nach der Geburt des Sohnes und geriet beim tappenden Überqueren einer Straße in den Konvoi der SA. Die fröhlichen Braunen brüsteten sich damit, daß es sich nur um einen Rentner gehandelt habe. Der Sohn »fiel« für den sogenannten Führer und das ebensolche Vaterland. Ein Kamerad besuchte die schwangere Witwe und zeigte in herziger Offenheit das Foto: Meyer jun. war bei hastigem Rückzug in ukrainischen Schlamm gefallen und von mehreren Kettenfahrzeugen überrollt worden. »Es war schwer, ihn dann noch aus der Fahrrinne zu klauben.« Die Witwe starb im Wochenbett, aber nicht vom Kindbettfieber, sondern durch die Treffsicherheit eines britischen Bombenschützen, der das große Rote Kreuz auf dem Dach des Krankenhauses für eine der hämischen Finten der Deutschen hielt. Der neugeborene Walter wurde von einer Krankenschwester, der nach dem Angriff der eine Arm verblieben war, gerettet und zur Großmutter gebracht.

Die Wohnung, die die Großmutter sich und Walter leisten konnte, war klein, aber sauberer als vieles weitum, und dort spielte sich auch der eingangs erwähnte Hammerschlag ab.

– und sie verlor das Gottvertrauen nicht. Aber zu erzählen gab es an Erfreulichem, wie man sieht, wenig. Ein Stichwort aber war »das Meer«. Was sie da erzählte – leise, nüchtern, dazwischen auch lachend, um zu warnen, die Sache zu ernst zu nehmen – war aber keine Erinnerung, jedenfalls keine aus dieser Welt.

Sie träume es, sagte sie, seit ihrer Jugend, so seit dem fünfzehnten Lebensjahr ungefähr, und sie sei im Traum auch immer ungefähr fünfzehn Jahre alt. Sie träume den Traum also schon sechzig Jahre lang, sei im Traum nie älter geworden. Auch die anderen Mädchen im Traum seien nie älter geworden: Sie habe oft versucht – im Traum –, die andern Mädchen zu zählen. Es sei nicht gegangen. Vielleicht kann man im Traum nicht zählen. Aber schätzen: Es waren sicher mehr als fünf Mädchen, weniger aber als zehn; ein halbes Dutzend also. Eins der Mädchen war etwas älter, das ging voraus, *stieg* voraus, besser gesagt, hatte aber auch einen Krug auf dem Kopf.

Wie schwer der Krug war? fragte Walter, womit gefüllt?

Wohl mit Wasser, sagte die Großmutter, aber sie habe nie in einen Krug hineingesehen, aber: wohl mit Wasser, denn sie wisse – wie man so etwas eben im Traum weiß –, daß sie und die anderen Mädchen von einer Quelle kämen, vom Wasserschöpfen also, und daß sie die Krüge *hinauf* tragen müssen – wohin hinauf? So weit träume sie nie.

Sie träume diesen Traum, sagte die alte Frau, unregelmäßig, aber sehr oft: einmal im Monat mindestens, manchmal jede Woche, manchmal zwei Nächte hintereinander. Es ändere sich nichts im Traum, es sei eigentlich auch gar keine Handlung, nur ein Bild: Die jungen Mädchen, darunter sie, steigen einen steilen Weg hinauf, in langen, leichten, hellblauen Kleidern, jedes einen Krug auf dem Kopf. Und – das sei das einzige, was gewissermaßen eine Handlung sei, der Bruchteil einer Handlung – sie als einziges drehe sich um.

»Und was ich da gesehen habe, ist das Schönste, was man sich vorstellen kann.«

Unter ihr ein steiler, aber nicht furchterregender Abhang, wohl hundert Meter. Irgendwo dort muß die Quelle sein, von der das Wasser geholt wurde. Und eine Zikade schrillt. Die Sonne brennt, aber das Meer kühlt die Luft. Und außer der Zikade kein Laut –

»So stelle ich mir eine griechische Insel vor.«

Sie sagte es nie, denn für so etwas war sie zu nüchtern, wohl auch zu fromm, um an derlei Heidnisches zu glauben. Es müsse dies, so wußte Walter, etwas sein, was sie hinter ihrem eigenen Rücken dachte: die Erinnerung an eine Sekunde in einem früheren Leben, die Erinnerung an eine Sekunde von so eindrücklicher Schönheit, daß sie für alle Leben in die Seele eingebrannt blieb.

Hie und da hatte Walter Meyer-Leffer die Idee, seiner Großmutter das Meer zu zeigen, sie mitzunehmen auf einer seiner Reisen – aber wie das eben so geht. Und ein Sänger, der, nun ja, zugegebenermaßen, nicht zur ersten Weltkategorie gehört, der, ja – der strampeln muß, um wenigstens … und so weiter, so einer hat keinen Urlaub. Und wenn er sich einmal vornimmt, in der Sommerpause Urlaub zu machen, kommt ein Anruf vom Agenten: nein, nicht der Star in Verona ist ausgefallen, nur der Bariton bei den Operettenfestspielen in Rust am Neusiedler See … und immerhin soundsoviel Mäuse – dann heißt es halt wieder: »Ach, ich habe sie nur auf die Schulter geküßt –« statt

Insel Mykonos. Und die Großmutter mitzunehmen – das Leben ist einfach zu chaotisch und widersetzt sich guten Vorsätzen, wenn man sie schon einmal gefaßt hat. Und sie sagte auch nie etwas vom Verreisen.

Aber auf Mykonos war er einmal dann doch: nicht mit der Großmutter, sondern mit einer musikliebenden Simultandolmetscherin aus Straßburg. Aber sie liebte, wie sich bald herausstellte, die falsche Musik. Als er zurückkam aber, konnte er seiner Großmutter berichten: »Griechenland ist das nicht; eine griechische Insel ist das nicht, wo du im Traum bist; die griechischen Inseln sind braun, nicht grün …«

Im Jahr danach starb sie, ohne das Meer je gesehen zu haben.

Mit den Jahren wurde Walter Meyer-Leffer nicht berühmter, nur müder. Er sang auch in Koblenz nicht mehr den Sachs; nur noch, höchstens, den »Pangs« in der »Turandot«. Er überschritt den Zenit seines Ruhmes, bevor er ihn erreicht hatte. Daß er das nicht wahrhaben wollte und Dinge tat und erzählte, die er besser unterlassen hätte sollen, ist eine andere Sache. Er fuhr zu seinen – spärlicher werdenden – Engagements nicht mehr mit dem Auto, er kam dahinter, daß die Bahn bequemer ist. Immerhin zahlte man ihm noch die Erste Klasse. Und in der Bahn dachte er nach. (Zu lesen war er nicht gewohnt.) Er konnte Stunden damit ausfüllen, sich vorzustellen – berühmt in der Vorstellung und reich –, mit seiner Großmutter, die für ihn desto lebendiger wurde, je länger sie tot war, die *Insel* zu suchen: die Küsten abzufahren, alle Inseln zu umrunden, auch die Küstenstriche, die Halbinseln, Landzungen, die in Frage kamen (obwohl die Großmutter streng dabei verharrt war, daß es eine Insel sei, auch das wisse sie im Traum), endlich die Stelle zu finden, jenen ausgesetzten, grünen Hang, der wohl hundert Meter hinabfällt ins Meer, mit den Pinien, Drachenbäumen, Agaven und Zypressen, und selbst die Zikade wäre da, und die Großmutter wäre ganz still geworden, hätte hinausgeschaut, hätte nur leise »Ja« gesagt, wäre umgedreht und an Walters Arm mühsam den Rest des Abhanges hinaufgegangen, den sie – in welchem Leben wohl? – als junges Mädchen das Wasser im Krug auf dem Kopf hinaufgetragen hatte. –

Bahnfahrten sind lang. Walter dachte sogar noch weiter. (Einmal sagte ihm ein Freund, der nebenbei so Geschichten schrieb, es sei gut, was er da erzähle, er solle es aufschreiben. Nein, sagte Walter, das könne er nicht. Die Wörter würden, niedergeschrieben, banal. Er habe es versucht. Es habe sich soviel Luft zwischen die Sätze gedrängt.) Aber er dachte weiter: nachzuforschen, wie man dort in den vergangenen Jahrhunderten gelebt habe. Manchmal waren ja der Großmutter deutlichere Zeichen zu entlocken gewesen: das Kleid etwa, lang, leicht und hellblau, die gewisse Form des Kopftuches, die Form des Kruges, sogar ein Wort in einer fremden Sprache – spanisch? Und endlich würde Walter fündig werden, das Mädchen orten, einen fernen Roman eines Lebens aufrollen –

Er meinte, wie auch seine Großmutter, es könne sich bei dem erträumten Bild nur um mediterrane Landschaft handeln. Als Walter Meyer-Leffer eines Tages von einem Freund auf jene westlichste Insel der Canaren mitgenommen und von einem Freund des Freundes miteingeladen wurde, in einem Haus – es hieß Casa Blanca – hoch über der Bucht von Tazacorte den Nachmittag zu verbringen, trat er auf die Terrasse hinaus: Das weite, blaue Meer in der Sonne, eine schwarze Küste, weit drüben ein Berg, ganz grün, dessen Ausläufer sich weit ins Meer hinausziehen, ein weißes Haus, Pinien und Zypressen, Drachenbäume, Kakteen, Agaven, alles grün wie überschäumend, bunte Blumen dazwischen, und ein weißes Haus.

Die Gastgeber wunderten sich, daß der Sänger, was sonst nicht seine Art, so still und in sich gekehrt blieb.

An Himmels Tor

Man weiß es nicht genau. Die theologische Wissenschaft hat noch keine verbindliche Meinung erzielt. Auch der Vatican ist sich offenbar noch nicht im Klaren über die Frage: Wie sieht das Himmels-Tor aus?

Zwar herrscht in den zuständigen Gremien die Ansicht vor, daß es sich um eine prächtige Einrichtung handeln muß, aus Gold jedenfalls, wohl auch aus Diamanten, vielleicht irgendwie aus sich heraus strahlend, aus glänzendem Himmels-Tor-Glanz, wie es auch die Maler (namentlich der Barockzeit) vielfach dargestellt haben; aber, wie gesagt, verbindlich Näheres ist nicht bekannt oder bekanntgemacht worden.

Auch die Frage: Steht tatsächlich Petrus am Himmels-Tor? Außen, oder wartet er innen? Verfügt er über ein Pförtnerhäuschen, von dem aus ein Guckloch nach draußen führt? Keine Frage ist, daß er, so steht es ja geschrieben, die Schlüssel zum Himmelreich verwahrt. Die Schlüssel? Also mehrere? Vermutlich hat das Himmels-Tor also mehrere Schlösser, ist eigentlich logisch, bei einer so wichtigen Sache. Aber ob wirklich Petrus selber da sitzt? Wegen jedem, der da heraufschwebt, aufsperrt, wieder zusperrt? Es sind ja Tausende pro Tag, wenn nicht Millionen. Zum Glück nur die Katholiken.

– also vermutlich so, daß es innerhalb eine Empfangshalle gibt, ein Himmels-Vestibül oder – Foyer, in Blau, Weiß und Gold, Cölestischer Marmor, Glas wohl auch, und hier empfängt Petrus. Nicht alle, da würde er ja wirklich nicht fertig, empfängt die VIPs, also, sagen wir, vom Monsignore, Generalmajor, Vorstandsvorsitzenden, Ministerialdirektor aufwärts. Die anderen werden, je nachdem, vom dazu abkommandierten hl. Meingoz, vom hl. Fidelis von Sigmaringen, von der hl. Wiltraudis oder anderen untergeordneten Heiligen – beinahe hätte ich gesagt: abgefertigt, nein: empfangen. Gibt ja genug Heilige. Ob bloß Selige mit so heiklem Dienst betraut werden, scheint fraglich.

»Immer unsereiner«, maulte besagter hl. Meingoz, »glauben Sie, daß einmal, auch nur *einmal* der hl. Joseph? oder einer von den Aposteln –? Nie. Haben immer eine Ausrede: Anrufungen, Fürbitten, Konferenzen, irgendwo wird ihnen grad eine Kirche geweiht, wo sie im Geiste dabeisein müssen – schon sehr auffällig. Immer ausgerechnet an dem Tag, wo sie der Pförtnerdienst-Turnus träfe. Und die hl. Maria ist überhaupt dispensiert. Finde ich nicht richtig. So bleibt es an uns hängen, denen nie eine Kirche geweiht wird. Oder kennen Sie eine St. Meingoz-Kirche?«

Es trifft jeden Heiligen turnusgemäß höchstens einmal im Jahr. Aber auch der fleißigste Heilige schafft nicht alles allein: daher vermutlich mehrere Himmels-Tore (und daher mehrere Himmels-Schlüssel). Von A bis Crepaz, von Cripaz bis Englisch, von Englit bis Gerhardshofen usw.

P. Rufuin Laushammer O. F. M. Cap., verstorben am heutigen 27. April, selig entschlafen, versehen mit usw. im 84. Lebensjahr. Also Himmels-Tor IX Klobocnik bis Lechner. Oder gilt der Vorname, der ja eigentlich als Taufname heiliger ist als der nur personenstandsrechtlich relevante, ordinär-weltliche Familienname? Also Tor XVI Rosemarie bis Siegfried? Aber da erhebt sich bei Ordensleuten sofort die Frage: Klostername – in diesem Fall also Rufuin – oder Taufname – also, leider, Karl-Heinz? Beim Papst, der ja auch den Vornamen gewechselt, erhebt sich die Frage nicht, denn wenn der aus den Wolken von unten her auftaucht, stehen einige himmlische Heerscharen stramm, und der Chef selber öffnet das Tor »Für besondere Anlässe«.

– es sei dem, wie ihm wolle, P. Rufuin stand, noch etwas benommen (die Spritzen – die man ihm überflüssigerweise noch in die Posteriora gehauen hat) vor dem zuständigen Tor, und wurde vom hl. Datius, der heute hier Dienst tat, empfangen.

Vorauszuschicken ist, daß P. Rufuin als Tiroler Kapuziner einen roten Bart hatte wie ein etwas zerfressener Bettvorleger, und daß er ziemlich dick war.

»So!« sagte er, warf seinen Rucksack auf den Wolkenboden und rieb sich die Hände.

»Wenn du«, sagte St. Datius milde, »ein wenig Platz nehmen würdest.«

»Wer sind Sie?« fragte P. Rufuin.

»Bitte nicht so laut«, sagte St. Datius, »wir sind nicht schwerhörig hier. Wer ich bin? Ich bin Datius, Abt und ehemals Bischof von Mailand. Heilig.« Er deutete dezent auf seinen Schein.

»Angenehm. Und der Petrus? Ich habe gedacht –?«

»Nur Ruhe. Und, wie gesagt, nicht so laut.« St. Datius lächelte fein. »Seine Allerheiligste Heiligkeit, Exzellenz Apostelfürst – so bitte, in Zukunft-Ewigkeit: man sagt nicht –« er schluckte »– *der* Petrus … – also, seine Apostelfürstlichkeit bemühen sich nur bei ganz besonderen Gelegenheiten.«

»Wie?! Was?! Da muß ich schon sehr bitten. Ich bin im Ruf der Heiligkeit gestorben! Was ich gefastet habe in meinem Leben! Sie brauchen gar nicht so zu schauen, ich hab eben trotzdem nicht abgenommen. Veranlagung. Genetisch bedingt. Da sind andere dafür verantwortlich –«

»Psst – nicht so laut!«

»Gefastet, sage ich Ihnen, daß sich die Balken gebogen haben. Und die Demut. Bitte sich nur zu erkundigen beim Pater Guardian, und überhaupt, es muß doch irgendwo hier aufgeschrieben sein, schauen Sie nach in Ihrem Buch: in meiner letzten Zeit achtzig Rosenkränze am Tag –«

»*Einer* reicht. Gott ist nicht begriffsstutzig.«

P. Rufuin, besser gesagt: die sogenannte Arme Seele des P. Rufuin erstarrte für einen Moment. Dann fragte er (sie): »Sind Sie überhaupt katholisch?«

Der hl. Datius drückte in Demut einen Schwall saurer Gedanken, die ihm heraufquollen, nieder und sagte: »Wir wollen hier nicht über theologische Probleme diskutieren. Ich habe die Formalien zu erledigen und dich dann den Ewigen Freuden zuzuführen.« Er ergriff wieder seinen Kugelschreiber und schlug das St.-Melde-Register auf.

»Und wo bleibt der Schampus?« fragte P. Rufuin.

»Der *was*?«

»Auf Erden habe ich in Demut, Armut und Keuschheit gelebt, aber ab und zu hat man doch so was erfahren: in jedem ordentlichen Hotel gibt es zur Begrüßung ein Glas Champagner.«

»Champagner? Für einen Kapuziner? Du sagst doch, daß du in Armut, Keuschheit und –«

»Gelebt *habe*!« unterbrach ihn P. Rufuin, »gelebt *habe*, um mir Schätze im Himmel zu sammeln. Ich bin doch im Himmel hier? Oder? Und wo sind die Schätze? Ich sehe nichts. Ich trage, wie Sie sehen, immer noch diese scheißbraune – salva venia – Kutte, und nicht einmal ein Glas Champagner. Ich habe zwar in meinem wahrhaft bis zum Äußersten asketischen Erdenleben nie ein Glas Champagner getrunken, weiß also gar nicht, ob er mir schmeckt. Ich habe den Leib abgetötet! Die Lüste abgetötet! Hören Sie? War gar nicht immer so einfach. Und immer an die Freuden im Himmel gedacht – und jetzt möchte ich als Lohn für die Abtötung wenigstens zunächst einmal ein Glas Champagner. Ich will es gar nicht geschenkt. Sie können es auf das Konto meiner Schätze schreiben, die ich hier gesammelt habe.«

»Aber, wir haben –«

»Steht im Evangelium«, schrie P. Rufuin, »›*... sondern sammelt Schätze im Himmel, wo sie weder Motte noch Rost verzehren.*‹ – Matthäus 6,20. Wo sind meine Schätze? Herr heiliger Bischof, bitte? ›*Und jeder, der sein Haus verläßt, der wird Hundertfältiges dafür erhalten.*‹ Matthäus 19,29. Wo bitte?«

»Das sind Schätze spiritueller Art, mein Sohn, Gnaden-Schätze.«

»Saubere Gnade. Ich will keine Gnade. Ich will das, was ich mir mit meiner Abtötung, Leibeszüchtigung, Demut, Keuschheit et cetera erworben habe. Verstehstus? Erworben. Ich brauch gar nichts geschenkt. Und ich will von jetzt an jeden Tag Champagner. Ob er mir schmeckt oder nicht. Wäre ja noch schöner.«

»Langsam wird die Sache ein Ärgernis«, sagte St. Datius, »wenn du meinst, wir hier heroben kennen das Evangelium nicht, täuschst du dich. ›*Ihr sollt in meinem Reich an meinem Tische essen und auf Thronen sitzen und die zwölf Stämme Israels richten.*‹ Lukas 22,30. Von Champagner ist nicht die Rede.«

»›*Freuet euch und frohlocket, denn euer Lohn ist groß im Himmel!*‹« schrie P. Rufuin, »Matthäus 5,12. Das soll alles sein? Auf einem Thron sitzen? Und irgendwelche Stämme richten? Dafür soll ich mich mein ganzes Leben lang kasteit haben, bis mir die Schwarten krachten? Nein, nein. Ich erwarte, daß es jetzt losgeht. Champagner und ein paar nackte Weiber –«

»Was?! Apage Satanas!«

»Wieso? Gehört das nicht zu den Freuden? Ich war zwar keusch, kann ich Ihnen sagen, aber die Versuchung – habe sie unterdrückt. Härene Unterhosen getragen. Ich trage sie noch, einen Moment, ja, hier, wollen sehen?«

»Nein, nein, laß das!«

»– der Versuchung widerstanden, aber dennoch eine gewisse Information. Weiß also, daß es Weiber gibt, die sich entkleiden. Und tanzen.«

»Also! Also!! Ist das eine Rede für einen Kapuziner?«

»Ich *war* Kapuziner. Sogar im Ruf der Heiligkeit! Aber jetzt bin ich ewig selig und will meine Schätze im Himmel genießen, und dazu gehört meinetwegen das Richten der Stämme Israels, meinetwegen, das erledige ich später, vor allem aber der Champagner. Und die Weiber. Also allererstens will ich ein paar Weiber bügeln. Recht fette, wenn es geht. Ich weiß nicht, was da dagegen zu sagen ist. Oder haben die so was vielleicht, bitte, etwa nur in der Hölle?«

Jetzt erhob aber der hl. Datius die Stimme zum Donner: »›*– freut euch darüber, daß eure Namen im Himmel verzeichnet sind!*‹ Lukas, 10,20. Das ist Lohn genug! Und er redet von – ich will das Wort gar nicht in den Mund nehmen.«

»Und das soll Ewige Seligkeit sein? Auf irgendeinem Thron sitzen? Gegenwart Gottes – schön und gut, aber ist das abendfüllend? Soll ich vielleicht eine Ewigkeit lang Psalmen singen? Das habe ich mein asketisches Leben hindurch getan. Daß ich irgendwo aufgeschrieben bin! Spirituelle Gnade! Das soll der ganze Lohn sein? Oh danke. Wenn ich das gewußt hätte –«

»Jetzt aber kein Wort weiter!« schrie St. Datius.

»Habe ich mich vielleicht aus Vergnügen kasteit? War ich Asket, daß ich hier heroben weiter fast'? Wenn ich das gewußt hätte, –«

»Jetzt einmal in aller Ruhe«, sagte St. Datius und drückte den Kapuziner auf den Sessel nieder. »Es ist so ähnlich wie – kennst du den Witz –«

»Wir haben im Kloster keine Witze erzählt.«

»– den Witz: ›– sagt der Vater zum Sohn: Moritzle, wenn du bös bist, *mußt* du nachmittags Holz hacken. Wenn du brav bist, *darfst* du Holz hacken.‹ So ähnlich. Unten *mußtest* du abtöten. Hier *darfst* du.«

»Das ist aber doch die Höhe. Ich darf weiter fasten! Wissen Sie was, Sie können mich –«

»Jetzt aber!« fauchte St. Datius, »– sonst –«

Der Himmel über dem Himmel öffnete sich. Posaunenschall unterbrach den hl. Datius und ersparte ihm weitere Ausführungen darüber, was »sonst« noch passierte. Seine Apostelfürstliche Exzellenz erschien in Begleitung eines Gefolges von zwei Erzengeln, vier Bronzeengeln, achtzehn Gewöhnlichen Engeln, vierzig Heiligen und einhundertzwanzig Seligen.

»Warum sagt man mir das nicht!« poltert Petrus, schritt auf P. Rufuin zu (er überragte den kleinen, dicken Kapuziner um zwei Köpfe), klopfte ihm auf die Schulter und sagte: »Dein Heiligsprechungsprozeß ist durch. Gratuliere. Hier!!« er schnalzte mit den Fingern, ein Engel preschte vor und trug Strahlendes auf einem Kissen aus gläsernem Samt.

»– hier!! Dein Heiligenschein.« Er rutschte dem Pater über die Ohren. Petrus' Augen verengten sich, er drehte sich um: »Wer ist für so etwas verantwortlich?! Wir sprechen uns noch! Die nächstkleinere Größe, aber plötzlich, wenn ich bitten darf.«

Während es im Gefolge Petri ein kleines Durcheinander gab und endlich ein Heiligenschein beigebracht wurde, der dem Pater paßte, stotterte der: »Aber – wieso Heiligsprechung – ich bin doch erst heute – erst heute – gestorben –«

»Tausend Jahre sind hier wie ein Tag. Wir kümmern uns nicht um die irdische Zeitrechnung, lieber heiliger Laushammer. Und hier deine Attribute, die dir die Ritenkongregation verpaßt hat.«

Hühneraugen. P. Rufuin hatte zeitlebens unter entsetzlichen Hühneraugen gelitten, das Leiden aber gottergeben hingenommen als Prüfung, sich nie darüber beklagt, sich nie die Hühneraugen schneiden lassen oder Hühneraugenpflaster aufgelegt.

»Da werde ich«, sagte kleinlaut P. Rufuin, jetzt St. Laushammer (St. Rufuin ging nicht, wurde ihm gesagt, den gab es schon), »auf allen Altären mit Hühneraugen dargestellt?«

»Denk daran«, sagte Petrus, »wie ich oft dargestellt werde: als knorziger nackter Zottelgreis, der verkehrt herum an einem Kreuz hängt. Auch nicht schön. Oder der Kollege Erasmus, der in alle Ewigkeit mit einer Kurbel herumläuft, auf der seine Gedärme aufgerollt sind. Da bist du mit Hühneraugen noch gut bedient.«

Der hl. Laushammer sank in sich zusammen. Vom Champagner wagte er angesichts der überrollenden Heiligkeit-Feierlichkeit schon gar nichts mehr zu sagen. Von anderen Dingen zu schweigen.

»Und«, sagte Petrus, hatte seinem Gefolge schon das

Signal zum Abmarsch gegeben, »du wirst angerufen: bei Hühneraugen, logisch, aber auch bei Zehenkrämpfen und Schweißfüßen. Mach dich gefaßt darauf. Die ersten Anrufungen sind, glaube ich, schon da. Und du bist auch, daß ich's nicht zu sagen vergesse, der Schutzpatron der orthopädischen Schuhmacher. Gibt's nicht mehr viele, wird dir wenig Mühe machen. Also dann!« Er winkte (segnen ist ja hier nicht mehr notwendig) und rauschte, im wahrsten Sinne des Wortes – vom Engelsflügelschlagen begleitet – hinaus.

So stand der hl. Laushammer da. Der hl. Datius hatte den Auftrieb benutzt, um sein Tagesregister einzupacken und sich davonzumachen. Offensichtlich scheute er die weitere Debatte mit dem Kapuziner.

P. Rufuin betrachtete seine – nunmehr vergoldeten – Hühneraugen, die aus den Sandalen leuchteten. »Und dafür habe ich auf alles verzichtet, was ...«

Eine kleine Tür öffnete sich seitwärts. Rufuin fuhr herum. Ein kleiner, völlig nackter Bub mit Flügeln schlich herein.

»Psst«, sagte der Knabe.

»Wer bist du?«

»Wir sagen es nicht allen«, sagte der Knabe, »aber bei uns ist es lustiger.«

»In der Hö-?« Rufuin verschluckte sich an dem Wort.

»Ach was. Das meinen auch nur die Katholiken, daß es nur *einen* Himmel gibt.« Er zog Rufuin zum Türchen, schob ihn hindurch.

Es dauerte wohl eine gewisse Ewigkeit, aber dann schwebte Rufuin in den Olymp. Als erstes begegnete ihm eine Dame, die nur mit Pfeil und Bogen bekleidet war. Und dann kamen drei Schönheiten in leichten Schleiern, schrien »Evoë!« und hatten eine Flasche Pomméry dabei – und als Rufuin ganz oben ankam auf dem Olymp, wurde alles ganz leicht und frei, die Hühneraugen, die unansehnliche Kutte, die härene Unterhose lösten sich in Luft auf –

– und Rufuin bekam endlich alles, was er an Lohn für seine Askese ersehnte.

Das diplomatische Maultier

»Der Name Welczeck sagt Ihnen nichts? Johann Bernhard Graf Welczeck?«

»Ehrlich gesagt: nein.«

»Nun ja«, sagte der junge Herr, der seine noch halbvolle Schale Tee über meine Hose gegossen hatte, »ist ja auch schon lange her, ungefähr hundert Jahre.«

Völlig unabsichtlich. Tee mit Milch. »Eigentlich trinke ich Tee immer mit Zitrone und Honig«, sagte der junge Herr, »und ausgerechnet heute reitet mich der Teufel – salva venia – und ich bestelle mir Tee mit Milch, und schon–«

»Vergessen, vergessen«, sagte ich, »die Hose mußte sowieso in die Reinigung demnächst –« Das stimmte zwar nicht, aber ich wollte den jungen Herrn, der vor schlechtem Gewissen förmlich gebeutelt war, beruhigen.

»Und schon stoße ich da mit dem Ellenbogen – und so blöd – daß bis zum nächsten Tisch –«

»Vergessen, vergessen«, wiederholte ich.

»Man soll nicht von seinen Gewohnheiten abweichen. Ist das recht?«

»Jetzt bitte ich aber –«

Die Kellner im Café Central waren hin und her geschossen wie ein Schwarm Wespen, als das – ja, gut – Unglück passiert war. Kamen unsinnigerweise mit nassen, aber auch mit gewärmten und dann mit trockenen Tüchern herbeigeeilt, mit *Borotalco* und *Rosa Babypuder*, und die den Kuchen servierende Bedienung (hieß so eine nicht früher »Kaltmamsell«?) schlug vor: »Am besten ziehen Sie die Hose aus –«

Ich winkte ab, tupfte etwas –

»Darf ich Ihnen – ich weiß nicht – also erlaube mir jedenfalls Ihre Konsumation zu übernehmen – und ich weiß nicht, ob Sie so früh schon – ? Wenn ich als bescheidene Kompensation …«

»Es ist nie zu früh«, sagte ich.

»Ober! Eine Flasche Pommery. – Ist das recht?«

So wurde es ein beschwingter Vormittag. –

Er war kein junger Mann, er war, und ich habe absichtlich die Formulierung gewählt, ein junger Herr, zudem alles andere als schnöselig. Man erkennt doch auch heute noch, wenn …

Lassen wir's.

Er war seit zwei Wochen Botschaftsrat, wenn ich ihn recht verstanden habe, an der Deutschen Botschaft, sein zweiter Auslandsposten. Sein erster war Chile.

»Ist nicht«, sagte ich vorsichtig, »in den heutigen Zeiten, wo jeder Regierungschef mit jedem per Direktverbindung reden kann, die alte Diplomatie, verzeihen Sie, etwas – etwas –«

»Überflüssig meinen Sie? Sagen Sie das nicht. Ich habe das früher auch gemeint. Viel mit dem Vater darüber gestritten. Auch er war Diplomat, zuletzt Botschafter in – tut nichts zur Sache. Nein, nein.«

»Ich verstehe«, sagte ich, »die Diplomatie ist das Gesicht, das der Staat nach außen zeigt. Das Etikett auf der Weinflasche …«

»Auch«, sagte er, »aber das ist nicht das Entscheidende.

Die Diplomatie, die Botschaften, die Vertretungen und so fort sind – abgesehen von den notwendigen konsularischen Angelegenheiten – die letzte Eleganz, ich möchte sagen, die letzte Höflichkeit, die im internationalen Verkehr geblieben ist. Das haben sogar die sozialistischen Staaten – Gott hab' sie selig, hätte ich fast gesagt, ist das recht? – erkannt. So viel Goldbetreßtes wie an einer sowjetischen Botschafter-Uniform … Die Russen tragen so etwas noch zu hochoffiziellen Anlässen, sonst kennt man das kaum mehr –.«

So plauderten wir fort. »Allerdings«, sagte mein – man kann nun schon sagen: Gastgeber, »gibt es schon so Sachen. Im Vertrauen – mein Chef, der Botschafter, sagte neulich mehr zu sich selber als zu mir: ›Damit, daß ich keinen Krieg mehr erklären darf, finde ich mich ab. Aber daß ich nicht mehr entscheiden darf, ob die Sitzgarnitur in der Bibliothek gelb oder grün überzogen wird, davon kriege ich Sodbrennen.‹«

Der Fleck auf der Hose trocknete langsam. Der junge Botschaftsrat bestellte – gegen meinen Protest – für uns beide ein Gabelfrühstück, als wären wir am Verhungern … (»… ist doch recht?«) … da werde ich heute, sagte ich mir, kein Mittagessen brauchen, und an Arbeit wird nicht zu denken sein.

Wie er auf den Namen des Grafen Welczeck kam, erinnere ich nicht mehr. Da war schon die zweite Flasche Pommery bestellt.

»Vor über hundert Jahren. Johann Bernhard Graf Welczeck, übrigens aus österreichisch-schlesischer Familie. Der Vater war noch in k. u. k. Diensten. Johann Welczeck dann in preußischen, recte reichsdeutschen, in Chile, und zwar als – wie das damals etwas kompliziert hieß: ›Außerordentlicher Gesandter und bevollmächtigter Minister‹. Fragen Sie mich nicht, was ein ›Ordentlicher Gesandter‹ war.

Nach heutigen Begriffen war er dort der Deutsche Botschafter. Ist das recht? Ja, und der Österreichisch-Ungarische, also k. u. k. Geschäftsträger war der Baron Johann Styrcea. Sie freundeten sich an. Ich kenne die Geschichte, weil meine Mutter mit einer Nichte jenes Welczeck seit dem Internat befreundet ist und so fort. Die beiden Diplomaten waren schließlich sogar eng befreundet, obwohl Styrcea gut zehn Jahre älter als Welczeck war: Dieser ein hervorragender Tennisspieler, dafür Styrcea ihm im Segeln überlegen. Im Bridge etwa gleichwertig, ist das recht so? Aber die eigentlich komische Geschichte weiß ich nicht von wegen Familie. Die habe ich gefunden, quasi entdeckt, weil ich auf dem Speicher unserer Botschaft in Santiago einen Vogelkäfig gesucht habe. Es war nämlich so, daß die Frau unseres Botschafters beim Wohltätigkeitsball der deutschen Kolonie einen Wellensittich gewonnen hat. Sie verstehen. Und der Hausmeister hat sich erinnert: Da war doch ein Käfig? Im Dachboden? Ging suchen, fand ihn nicht, alles muß man selber machen, bin also hinauf, finde den Käfig, völlig verstaubt, aber brauchbar, und finde neben alten Zeitungen ein Bündel Durchschriften von uralten Berichten an unser Auswärtiges Amt. Sauber nach Datum geordnet. Ich nehme sie mit hinunter, hochinteressant. Ist das recht?«

»Wünschen die Herren noch?«

»Sollen wir noch – ?«

»Nein, danke«, sagte ich. »An sich, vormittags – Sie verstehen.«

»Verstehe. Aber einen Espresso?«

Als ich einmal auf die Uhr schaute, lachte er leicht. Doch, doch, sagte er, er habe durchaus zu tun, nur heute sei ihm sein Büro unzugänglich. Oho? Ja, ein neuer Teppichboden werde verlegt ... Ich erfuhr auch, was ich nicht wußte, daß damals die Diplomaten, und zwar sowohl die österreichisch-ungarischen als auch die deutschen, quasi ehrenamtlich tätig waren. Brauchten sich kein Gewissen zu machen, wenn sie einmal im Winter, dort in Chile: Sommer, weit hinaussegelten für ein paar Tage. Oder ein paar Wochen in den Anden herumkraxelten. Leben von der Aufwandsentschädigung konnte keiner. Sozusagen im Gegenteil: Sie mußten beim Eintritt in den diplomatischen Dienst ausreichendes Vermögen nachweisen, von dem sie auf angemessenem Fuß leben konnten.

»Die gebündelten monatlichen ›politischen‹ Berichte«, sagte er. »Es war nicht viel zu berichten damals. In Chile, ich bitte Sie, am ... jetzt hätt' ich fast was gesagt ... der Welt. Und komisch: nur jeden zweiten Monat, exakt jeden zweiten, obwohl vorgeschrieben war: jeden Monat. Und das erzählte ich meinem österreichischen Kollegen, und was meinen Sie, was wir herausfanden? Haben doch der Styrcea und der Welczeck, weil man sich eh die Sachen aus den Fingern saugen mußte, die Berichte turnusweise zweimonatlich voneinander abgeschrieben, in der berechtigten Annahme, daß das daheim niemandem auffällt – ist das recht? Sofern das überhaupt gelesen wurde.«

Daten aus der Geschichte sich zu merken, ist, wenn man sich dafür interessiert, nicht schwer. Schwieriger ist es, sich die Koinzidenzen zu vergegenwärtigen. Hat Bismarck den Panama-Kanal noch erlebt? Ist Wagner mit der Eisenbahn gefahren? Nein und ja in diesem Fall: Wagner ja, Bismarck nein. Der Panama-Kanal ging erst 1914 in Betrieb.

»Wie bekamen die Diplomaten in Chile dann die Nachrichten von zu Hause? Die Weisungen und so fort? Ganz unten um Kap Horn herum?«

Der junge Herr lachte: »Das wußte Mamà auch von ihrer Freundin, und nach hundert Jahren kann man es ja weitererzählen. Die Diplomatenpost ging von Wien respektive Berlin nach Buenos Aires und dann mit der Andenbahn bis

– ja, ich weiß jetzt nicht mehr, jedenfalls nicht über die Anden, denn die Bergstrecke gab es noch nicht. Mit Maultieren. Und wenn … also ich weiß wirklich nicht, ob ich Ihnen das erzählen darf, auch nach hundert Jahren … aber zum Kuckuck …«

(Nach zwei Flaschen Pommery zu zweit, dachte ich, geht manches zum Kuckuck.)

»… wenn etwas ganz besonders Blödes, Lästiges, womöglich eigentlich gar nicht zu Beantwortendes kam – was stellen sich die im Ministerium so vor, was hier am Ort wichtig ist und was nicht –, dann tat man einmal gar nichts. Kam dann die Mahnung, schrieb man, daß das Maultier abgestürzt ist. Leider.«

»Das arme Maultier.«

»– und nie gefunden. Samt Diplomatenpost in der Schlucht. ›Es wird um neuerliche Weisung gebeten.‹ Das dauerte oft Wochen – Monate. Und wie oft ist so ein diplomatisches Maultier abgestürzt! Ist das recht?«

Es war noch ein Schluck Pommery in den Gläsern. »Auf das diplomatische Maultier!« sagte ich und hob das Glas.

Die Heimat der grünlichen Schwestern

Dort, hieß es unten im Gasthof »Posthirsch«, im Tal oben zwischen den alten Felsbergen lebten die schönsten Mädchen unter der Sonne. »Das heißt«, sagte der Hirte in seiner stark nach im Bach rollenden Wackersteinen klingenden Ursprache, »das heißt: Sonne ist nicht ganz richtig, denn Sonne kommt in das Tal zwischen den alten Felsbergen kaum hin.« Es sei also besser zu sagen: die schönsten Mädchen in allen Schatten oder die schönsten Mädchen unter dem Mond. »Sie heißen«, fuhr der Hirte fort, »Aubeth, Cubeth und …«, er stockte, »wie die dritte heißt, fällt mir jetzt grad nicht ein. Mit Familiennamen heißen sie Oberniedertrofanter. Alle im Tal dort heißen entweder Unterniedertrofanter oder Oberniedertrofanter oder Unterobertrofanter.« Er, so der Hirte, kaum verständlich, weil er, außer durch seine Wackersteinsprache am klaren Ausdrukke behindert, gleichzeitig auch noch Graukäse aß, er, so der Hirte, gehöre zur relativ kleinen Gruppe der Oberobertrofanter.

»Ja, ja«, fuhr der Hirte im »Posthirsch« fort, »wenig Sonne, viel Schatten und die feuchte Luft dort, im Tal zwischen den alten Felsbergen. Die Kinder schauen alle aus wie grüne Frösche. Auch Aubeth und Cubeth und die dritte, deren Vorname mir grad nicht einfällt, sind, weil noch kaum der Kindheit entwachsen, leicht grünlich im Gesicht, aber gerade das macht ihre überirdische Schönheit aus. In einer hellen Mondnacht im Wald wirken die Mädchen wie Elfen, ja nahezu durchsichtig.« Der Hirte schlurfte hinaus und verschwand.

Mein Begleiter Kurt schnitt sorgfältig, als die Wirtin nicht herschaute, ein 17 mal 10 cm großes Stück aus der orange-hellgelb-beige karierten Tischdecke. Später, auf der Post, beklebte er das Stück mit einer Briefmarke, adressierte es, schrieb einen Gruß (mit Filzstift) drauf und schickte es weg.

»Wohin?« fragte ich, »wem?«

Mein Begleiter seufzte: »Irgendwohin. Irgendwem. Da ist eben mein Problem.« (Sollte das ein Vers sein?)

Er habe heute, sagte er, Namenstag. Es sei heute der Tag des heiligen Coronaris, Bischofs und Bekenners. Er sei im 4. Jahrhundert, hier in der Gegend, von heidnischen Hirten an einen Baum gebunden worden, dann seien die Hirten um ihn herumgetanzt und hätten gejodelt. So die Legende. Sie hätten gedroht, nicht eher mit dem Jodeln aufzuhören, bis nicht der Heilige seinem christlichen Glauben abgeschworen habe. Aber St. Coronaris sei standhaft geblieben, und den heidnischen Hirten sei die Luft ausgegangen. Wäre es den heidnischen Hirten gelungen, den Heiligen zu Tode zu jodeln, dann hätte der Heilige heute das Anrecht auf die Bezeichnung: *Bischof und Märtyrer*. So sei er nur *Bischof und Bekenner*, wie gesagt. Bitter, aber wahr. St. Coronaris habe dann, als der Kaiser Theodosius das Christentum zur Staatsreligion erhoben habe, die betreffenden Hirten suchen lassen, habe sie auch tatsächlich gefunden und habe ihnen vergeben. Allerdings erst, nachdem er sie kopfunter hat aufhängen und ihnen die Haare hat absengen lassen und sie so lange hat hängen lassen, bis ihnen die Köpfe geplatzt seien.

Das alles schrieb mein Begleiter auf das Tischtuch-Viereck, bevor er es verschickte.

Auf dem Weg ins Tal mit den grünlichen Schönheiten Aubeth, Cubeth und der, deren Namen dem Hirten mit der Urwackerstein-Sprache nicht eingefallen war, unterhielten wir uns über theologische Fragen.

»Das ist doch schön von Ihrem Namenspatron und Schutzheiligen St. Coronaris, daß er seinen Peinigern vergeben hat«, sagte ich und fügte hinzu: »Ich habe übrigens gar nicht gewußt, daß Sie mit Vornamen Coronaris heißen. Ich hätte geschworen, gelesen und gehört zu haben, Sie hießen Kurt.«

»Erstens heiße ich in der Tat mit Vornamen Coronaris, und zweitens ist Kurt, das man eigentlich besser, was manche tun, mit C schreibt, also Curt, nur eine, wenngleich alte, fast möchte ich sagen, urtümliche Abkürzung oder Verballhornung oder abkürzende Verballhornung des Namens Coronaris. Und daß Sie mich, besser gesagt, die Legende nicht falsch verstehen: St. Coronaris hat den heidnischen Hirten nicht das peinigende Jodeln vergeben und die ohne Zweifel teuflische Gesinnung, die dahintersteckte, sondern die Tatsache, daß sie, die Hirten, ihn, den Bischof nicht abschließend totgejodelt, also um die Märtyrerkrone gebracht, ihn der Palme des Märtyrers beraubt, ihm den quasi schon über ihm schwebenden Märtyrerkranz entrissen haben, so daß er sich mit den bescheideneren, dem weit bescheideneren Epitheton *Bekenner* begnügen mußte und noch immer muß. Das hat er ihnen vergeben.«

»Darunter muß St. Coronaris fürchterlich gelitten habe.«

»Das können Sie laut sagen. Die heidnischen Hirten haben, bereits mit dem Kopf nach unten hängend und die Haare abgesengt, darum gefleht, eigentlich gewinselt, schnell noch zum christlichen Glauben sich bekehren zu dürfen, weil sie ja nun, so hängend, von den Vorzügen der Religion der Liebe überzeugt waren. Aber der Heilige hat das verhindert, damit die Jodelschlingel ja nicht womöglich in den Himmel kommen. Aber das andere, die tückische Verhinderung des Strahlenkranzes des Märtyrers, hat er ihnen verziehen.«

»Ich weiß nicht recht«, sagte ich, »ob das wirklich die volle Verzeihung ist –«

»Die Verzeihung«, sagte mein Begleiter – wir erreichten gerade die Brücke über den Tanubrail-Bach, der die Grenze zu jenem Hochtal zwischen den alten Steinbergen bezeichnet –, »die Verzeihung ist keine Sache, die den angeht, dem verziehen wird, als vielmehr eine Sache, die allein den Verzeihenden betrifft. Es gibt eine Schrift des hl. Ambrosius *De Veniae*, in der stellt der Kirchenlehrer klar, daß die Verzeihung für den Gnaden- oder besser gesagt, Ungnadenszustand des Verzeihungs-Objektes keine Bedeutung hat; sie, die Verzeihung, gibt ausschließlich dem Verzeihenden das gnadenstrahlende Gefühl, verziehen zu haben, das heißt, die *Venia* ist, dogmatisch gesehen, nur und allein eine Sache, die das forum internum angeht und mit dem forum externum nichts zu tun hat.«

»Ach so«, sagte ich.

Da wir durch das ungewohnte Fahren auf dem Einrad (je ein Einrad, versteht sich) ermüdet waren, setzten wir uns unter einen Baum, der wenige Meter hinter der Brücke stand und der seine Zweige über einer Bank ausbreitete. Der Tanubrail-Bach plätscherte. Ein sehr kleiner Fisch schaute uns böse an. Ich hatte das Gefühl, der Fisch befürchtete, wir seien Angler, und wollte uns durch seine giftigen Blicke zu erkennen geben, daß er ungenießbar sei.

Mein Begleiter, Kurt oder Curt oder Coronaris, wie immer er heißen mochte, schnitt mit seinem Klappmesser ein etwa 17 mal 10 cm großes, viereckiges Stück Rinde aus dem Baum.

»Das ist eine Ulme«, sagte er, kratzte sich hinten am Hals und verbesserte sich dann, »genauer gesagt, eine Eibe. Von der Untergattung der Lärchen.«

»So«, sagte ich.

»Gehört zur Großfamilie der Zedern.«

Er schrieb einen Gruß auf die Rinde, erwähnte auch den kleinen Fisch, der im übrigen inzwischen verschwunden, das heißt, davongeschwommen war, dann eine Adresse und klebte eine Briefmarke drauf, die er vorsorglich vorhin in einem Gemischtwarenladen gegenüber dem Gasthof »Posthirsch« gekauft hatte.

»Wem schicken Sie diese Karte?«, fragte ich.

»Irgendwem, irgendwohin«, sagte er, »Sie kennen mein Problem.«

»Nein«, sagte ich.

Er erwiderte darauf nichts.

Von hier ab erwiesen sich die Einräder eher als hinderlich. Wir wollten uns ihrer dennoch nicht entledigen, etwa durch Weiterverschenken oder gar schlichtes Liegenlassen, weil wir ja der »Posthirsch«-Wirtin versprochen hatten, in sechzehn Jahren wiederzukommen, und die Wirtin wäre, meinte mein Begleiter (ich wäre geneigt gewesen, die Einräder Einräder sein zu lassen), mit Sicherheit gekränkt, wenn wir ohne die Einräder, die sie uns ja schließlich geschenkt hatte, zurückkämen.

Die Einräder stammten aus dem, wenn man so sagen kann, Nachlaß eines Wandercircus, der nach einer schon sehr schlecht besuchten Vorstellung im Areal, das an den »Posthirsch« grenzte, in Konkurs gegangen war. Das heißt, der Direktor hatte sich mit der ohnedies nur spärlich gefüllten Kasse aus dem Staub gemacht, alles, was an Tieren und Gerätschaften noch da war, wenig genug, wurde gepfändet. Die zwei Einräder hatte die Wirtin als Entgelt für vier Mittagessen und sechs kleine Bier einbehalten, die der Clown die Tage davor konsumiert hatte. Der Clown und die anderen Artisten und Circus-Leute lungerten noch ein paar Tage im Garten des Gasthauses herum und verzogen sich dann nach und nach. Wohin, danach fragte natürlich niemand: Nur einer, der ehemalige Einrad-Artist, blieb als Küchenhelfer bei der »Posthirsch«-Wirtin, und er war es, der uns lehrte oder, besser gesagt, zu lehren versuchte, Einrad zu fahren. Es ist schwierig, und in einer halben Stunde lernt man es nicht. Länger gab die Wirtin dem ehemaligen Artisten und nunmehrigen Küchenhelfer nicht frei. Die Einräder schenkte sie uns, nachdem sich herausgestellt hatte, daß sie unverkäuflich waren und nur im Gasthaus im Weg herumstanden. Anfänglich hatte der Küchenhelfer angeboten, die Leute im Gasthaus, die Gäste also, vor allem die Stammgäste durch Einrad-Kunststücke zu unterhalten. »Das würde dir so passen«, hatte die Wirtin gesagt, »marsch in die Küche.« Auch das Angebot des Küchenhelfers, im währenden Einradfahren abzuwaschen, lehnte die Wirtin als Firlefanz ab.

So verstaubten die zwei Einräder (der Artist hatte zu glücklicheren oder wenigstens weniger unglücklichen Circus-Zeiten eins der Einräder, das rotlackierte, zu seinen Vorführungen benutzt, das silberlackierte als Reserve gehalten) in einer Ecke der Gaststube.

»Wissen Sie was?« hatte die Wirtin gesagt, als wir nach der ausgedehnten Abendunterhaltung mit dem wackersteinsprechenden Hirten am nächsten Tag in Richtung des Hochtales zwischen den Felsbergen aufbrachen, »nehmen Sie doch diese Einräder da. Besser als zu Fuß gegangen. Der Urs –« (so hieß der ehemalige Artist) – »zeigt's Ihnen.«

Aber wie gesagt, in einer halben Stunde lernt man es nicht, und so stürzten wir oft auf dem Weg zum Hochtal, aber mit der Zeit konnten wir es dann doch ganz gut. Ein Mann in einem großen grau-braunen Auto, das von oben kam, hielt, brüllte vor Lachen, als er uns sah, hielt sein Auto an und photographierte uns. Dann fuhr er weiter. »Wenigstens fragen hätte er können«, brummte mein Begleiter, »ob er uns photographieren darf.«

Ich sage immer: mein Begleiter. Ich muß das richtigstellen. Die Idee von dieser Reise ging nicht von mir aus. Sie ging von *ihm* aus. Er bewog mich dazu, ihn zu begleiten, also war nicht *er mein*, vielmehr war *ich sein* Begleiter, genaugenommen. Aber ich bleibe der Einfachheit halber bei der Formulierung: mein Begleiter, wenn ich von ihm rede.

Wir versuchten noch kurz den holprigen und nun sogar immer steiler aufwärts führenden Weg mit dem Einrad fahrend zurückzulegen. Daß ich es überlebte, war nur der rührenden Fürsorge meines Begleiters zu danken. Er brachte mich nach einem Sturz, der leider nach hinten erfolgte, weswegen ich mit dem Hinterkopf gegen einen

Stein prallte, durch Besprengungen mit kaltem Wasser aus dem immer noch nahebei fließenden Tanubrail-Bach wieder zu Bewußtsein, wusch dann meine Wunde aus und verband meinen Kopf mit einem meiner Strümpfe. Daß ich dadurch mit dem einen, dem linken Bein barfuß im Schuh gehen mußte, war nicht so unangenehm wie die Tatsache, daß ich seither kein A mehr aussprechen kann. Mit der Zeit aber waren mein Begleiter und ich so aufeinander eingespielt, daß er, wenn ich redete, stets die A-Laute in meiner Rede ergänzte. Wir wurden mit der Zeit so sehr ein Herz und eine Seele, daß er, mein Begleiter, immer schon gleich wußte, was ich sagen wollte, und selbst die Anfangs-A-Laute mühelos und (später) für Außenstehende unmerklich einfügen konnte. Später in Bergamo konnten wir bereits in dieser Weise den berühmten Faust-Monolog rezitieren:

Ich: »H-«

Er: »a-«

Ich: »be nun –«

Er: »-a-«

Ich: »ch, Philosophie und Medizin …«

usw.

In den seltenen Fällen, in denen wir uns (immer nur für kurze Zeit) trennten, behalf ich mich damit, daß ich statt A:Ä sagte, was ziemlich blöd klang, aber doch meist verstanden wurde: »Därf ich mein Einräd dähier äbstellen?« Um meinen Defekt zu verbergen, kaufte ich nie nur einen Apfel, sondern immer zwei Äpfel. Und schreiben kann ich ja, wie man sieht, das A.

»Die Heimat«, sagte mein Begleiter, »ich meine: die Heimat als Begriff ist schillernd.«

»Heimät«, sagte ich, »ist relätiv.«

»Die Heimat«, sagte mein Begleiter, »ist meist entlegen. Oft sehr *entlegen*, daher schwer zu finden.«

Wir saßen in dem Ort Tschgynglz in jenem Hochtal zwischen den stets schattenwerfenden Felsbergen. Die drei grüngesichtigen Schwestern Aubeth, Cubeth und die, an deren Namen sich jener Hirte unten im »Posthirsch« nicht erinnern hatte können, waren nicht anwesend. Wir hatten nach ihnen gefragt. Wir sollen, hieß es, in etwa zwei Stunden wiederkommen. Daher suchten wir das Gasthaus auf.

»Heimät«, sagte ich, »ist dort, wo mich däs Finänzämt nicht belästigt.«

»Dann gibt es keine Heimat«, sagte mein Begleiter.

»Vielleicht häben Sie recht«, sagte ich, »die Heimät ist wie ein scheues Wild, däs sich nur schwer fässen läßt.«

»Wenn ich wüßte«, sagte mein Begleiter, »wo eine Heimat ist, ich verlange gar nicht nach *meiner* Heimat, ich verlange nur nach irgendeiner Heimat, dann würde ich meine Postkarten dorthin schicken. So muß ich sie ... Sie wissen.«

Er hatte draußen am Platz vor der Kirche ein Stück einer am Mitteilungsbrett des Pfarrhofes befestigten Traueranzeige (verstorben war ein gewisses Fräulein Dorothea Fröhlich, Oberaufschlagsbeamtentochter; die Überschrift kam uns seltsam vor: »In tiefer Trauer gibt Familie Fröhlich bekannt ...«) herausgetrennt, mit einem Blatt einer Linde, die vor dem Gasthaus stand, beklebt, mit der Darstellung einer unbekleideten weiblichen Person versehen sowie mit einer Briefmarke und weggeschickt. Wohin? Ja – wohin ...

Wie man sich vielleicht erinnert, hatte der urtümlich-wackersteinisch redende Hirte unten im großen Tal im Gasthof »Posthirsch« einen Graukäse gegessen. Der Graukäse sei, so der Hirte, eine Spezialität seiner, also des Hirten Heimat. (Heimat?! Oh Heimat, Heimat zumindest des Graukäses.) Er warne aber jeden Nicht-Eingeborenen vor dem Verzehr des Graukäses –

Tschgynglz sei, so stand auf einem allerdings schon leicht abgeblätterten Emailschild, das Zentrum der Graukäse-Erzeugung. (Darunter stand in drei Sprachen, eine davon unverständlich – soweit also nur vermutlich –, daß Tschgynglz mit dem Ort *Lederhose* im Vogtland verschwistert sei.) Mein Begleiter ließ sich durch die Warnung des Hirten nicht abhalten und bestellte Graukäse. Er wurde in Essig und Öl mit Zwiebelringen und stark hartem Brot serviert. Der Ortsarzt konnte meinen Begleiter wiederbeleben. Zum Glück ist mein Begleiter von robuster Natur. Es blieben keine weiteren Folgen, außer daß er kein i mehr aussprechen konnte. Das besorgte dann in bewährter Weise ich für ihn, sofern er nicht Ü statt i verwendete.

Den Rest des sehr hart gewordenen Graukäses (viereckig, ca. 17 × 10cm) verwandte mein Begleiter als Postkarte.

Inzwischen waren auch die Schwestern Aubeth, Cubeth und Strohdrun (so wußten wir endlich, wie die dritte heißt) zurückgekehrt. Sie waren beim Pilzesuchen gewesen. Sie waren wirklich sehr schön, wenngleich nicht so grün im Gesicht, wie ich erwartet hatte. Es waren übrigens nur Halbschwestern, Schwestern von drei verschiedenen Müttern. Der Vater war der Bischof von Chur. Mein Begleiter bat die Halbschwestern sich zu entkleiden und nahm dann eine photographische Aufnahme von ihnen. Danach schwangen wir uns auf unsere Einräder und fuhren, solang die jetzt einigermaßen gut asphaltierte Straße gradaus ging, taleinwärts. Danach begannen die extremen Steigungen, und wir mußten die Einräder zu unserem ohnedies nicht unbeträchtlichen Gepäck tragen. Aber, so mein Begleiter,

»wenn wür düe Paßhöhe erreücht haben, geht es ja vermutlüch bergab, und da können wür düe Eünräder dann gut gebrauchen!«

»Jä«, sagte ich.

Wir erreichten die unendlich alte Stadt Epistaxia (schwesterlich verbunden mit, wie wir im Rathaus erfuhren, Worms und Narvik sowie Au am Inn) nach äußerst abenteuerlicher Einradfahrt über den mehr als viertausend Meter hohen Hagenmanier-Paß gegen Spätnachmittag. Auf der Paßhöhe hatte mein Begleiter ein ca. 17 × 10 cm großes Stück aus der Eisdecke der Straße geschnitten, mit einer Briefmarke versehen und dort, am höchsten Postamt der Welt, aufgegeben.

»Än wen?« fragte ich.

»Oje«, sagte er, »das üst doch meün Problem.«

Wie immer. Das Problem der Heimat. Auch Strohdrun, die jüngste der drei grünlichen Halbschwestern und Bischofstöchter aus Tschgynglz, konnte es nicht lösen. Wir hatten uns mit ihr vor dem Rathaus von Epistaxia verabredet. Sie war pünktlich. Es war ein milder Abend. Die Kastanien rauschten, die Ladenbesitzer schlossen eben mit nicht endenwollendem, donnerartigem Krachen und Rollen und Scheppern ihre Rolläden und -gitter. Die uralten Mauern der meist schon baufälligen roten Häuser schauten auf uns hernieder, die wir jetzt da am Brunnen saßen, während Strohdrun, die über und über mit Blüten bekleidet war, sich mit geschickten, tänzerischen Bewegungen einer Blüte nach der anderen entledigte … ihr grünlicher Leib (wenngleich nicht so grün, wie ich ursprünglich angenommen, wie gesagt) leuchtete in der Dämmerung wie Glas …

Als sie restlos entkleidet war, stieg sie auf die Freitreppe des noch aus etruskischer Zeit stammenden Rathauses und hielt ihre später berühmte Rede über das Problem der Heimat. Aber auch sie konnte es, wie gesagt, nicht lösen.

Das Wappentier von Worms ist der Grüne Hamster; das Wappentier von Narvik ist das Grüne Meerschweinchen; das Wappentier von Au am Inn ist die Grüne Inn-Schildkröte. Das wäre also alles nicht weiter tragisch gewesen, aber das Wappentier von Epistaxia ist der gefährliche Grüne Hungergurtus, und der stürzte sich unversehens auf die splitternackte, daher wehrlose Strohdrun. Ich dazwischen. Schon hackte mir der Hungergurtus in das Nasenbein. Mein Begleiter stürzt sich todesmutig auf den Hungergurtus, reißt ihm ein paar Federn aus und vertreibt ihn.

Strohdrun war in Ohnmacht gesunken. Mein Nasenbein blutete. (Die Wunde verheilte bald, nur konnte ich danach kein N mehr aussprechen. Ich behalf mich mit W stattdessen, was allerdings leider zu Mißverständnissen führte, wie man gleich sehen wird.) Wir betteten Strohdrun, die, aufgewacht, sich weigerte, sich in irgendwelche Textilien zu hüllen – schamlos, wie nur Bischofstöchter zu sein pflegen, auf ein Sofa im Hotel »Blauglockenbaum«, in dem wir uns einmieteten, und mein Begleiter schrieb einige Kartengrüße auf die ausgerupften Hungergurtus-Federn, die wir dann am nächsten Tag zur Post brachten. Mein Begleiter kaufte Briefmarken, auch Strohdrun kaufte einige größere Briefmarken, die sie sich auf die alleranstößigsten Stellen ihres grünlichen Körpers klebte, und als der Postbeamte mich fragte, ob ich auch Briefmarken kaufen wolle, sagte ich: »Nein« – was sich leider bei mir als »Weiw« anhörte, worauf der Postbeamte seine vier sehr leichtlebigen Töchter holte, eine Flasche Rotalliano Jahrgang 88 öffnete, später noch eine, dann noch eine, dann sperrte er sein Postamt zu, Strohdrun bot einen ihrer Reigen dar, die Töchter sangen dazu, und dann schliefen wir ungefähr drei Wochen.

Als wir danach – Strohdrun hatte uns verlassen und war, nun über und über mit Briefmarken beklebt, nach Tschgynglz zurückgekehrt – den Oberlauf der Seganda Fredda entlang wieder nach Norden fuhren, die Straße war gut, wir konnten unsere Einräder benutzen, holte uns jener Autofahrer ein, der uns damals nahe dem Tanubrail-Bach photographiert hatte, und gab uns einige Abzüge des inzwischen entwickelten und vergrößerten Bildes. Es war der Tag des hl. Meleagrinus. Wir bedankten uns, und mein Begleiter fragte den Autofahrer:

»Wo fahren S-«

Ich: »-i-«

Er: »h-«

Ich: »-i-«

Er: »n?«

Der Autofahrer sagte: »Nach Hause.«

»Also he-«

Ich: »-i-«

Er: »-m?«

Ich: »I-«

Er: »-n d-«

Ich: »-i-«

Er: »He-«

Ich: »-i-«

Er: »-mat?«

Ja. Und auf unsere weitere, verständlicherweise von brennendem Interesse geprägte Frage antwortete der Autofahrer: Heimat sei dort, wo man die Feuerwehr kenne, wo einen die Feuerwehr kenne, wo einen der Schutzpatron finde, wenn er einen suche, wo man die Unterwäsche wie von alleine, sozusagen unbewußt wechsle, wo man dies und jenes nicht zu wissen brauche, kurzum ... und so weiter. Dann fuhr er davon. Mein Begleiter verwendete die von ihm durch Aufklebungen und dergleichen verfeinerten Photographien, um verschiedene Muttertagsgrüße zu verschicken. Es komme, sagte er, nur alle 104 Jahre vor, daß der Muttertag auf St. Meleagrini falle, auf den Tag also seines Namenspatrons.

»Ich dächte, Sie heiße Coroäris?«

Ja, erwiderte er, aber auch Meleagrinus.

Hier folgt nun die Legende des hl. Meleagrinus, so wie sie mir – mit ü stets statt mit i – mein Begleiter erzählte.

Der hl. Meleagrinus, Asket und Dulder, lebte in der Nähe von Innsbruck im sogenannten Gnadenwald zur Zeit Papst Pelagius' I. Mit sechzehn Jahren beschloß er, für vier Wochen – zu Ehren der Gottesgebärerin – auf einem Fuß zu stehen. Sein Vater, der Meleagrinus eigentlich als Nachfolger in seinem Geschäft als Gemischtwarenhändler ausbilden wollte, tobte und schrie und verstieg sich zu der Gotteslästerung: sein Sohn stehe nur auf einem Fuß, damit er nicht arbeiten müsse. Aber die Strafe ereilte den alten Meleagrinus, der zudem der häretischen Richtung der Semi-Donatisten anhing, unverzüglich. Es fielen ihm die Ohren ab, worauf er dem Semi-Donatismus abschwor und seinen Sohn in Ruhe ließ.

Nach dem Ablauf der ersten, vierwöchigen Askese beschloß der junge Dulder nunmehr zu Ehren der hl. Georg, Clatus, Sigismund, Wolfhilde, Pontianus und Piuselius von Akka vier Monate auf einem Bein zu stehen. Das Essen mußte ihm gebracht werden, auf den Abtritt wurde er von frommen Mönchen eines nahe gelegenen Klosters getragen, die ihn auch beim Schlaf aufrecht hielten. Vier Mönche versahen in turnusgemäßem Wechsel den Dienst.

Danach stand St. Meleagrinus zu Ehren der Zwölf Apostel vier Jahre lang auf einem Bein, und dann – da war der Dulder zwanzig Jahre alt – vierzig Jahre lang zu Ehren der Dreifaltigkeit. Da stand er längst im Geruch der Heiligkeit, versteht sich. Es hätte weiterer Askese nicht bedurft; aber St. Meleagrinus genügte es noch nicht. Um das zehnte Jahr seiner Ein-Bein-Askese beschloß er, fortan ständig den rechten Arm ausgestreckt nach oben zu halten, zu Ehren der Vier Gekrönten Märtyrer, der Zehntausend Jungfrauen, der hl. Thebäischen Legion und der Neunundneunzig Seligen Sakkophoren. Und endlich, im dreißigsten Jahr der Ein-Bein-Askese und im zwanzigsten Jahr der Arm-Hoch-Askese, beschloß er, von nun an als Sühne für den Frevel der Rotte Korah den Mund sperrangelweit offenzuhalten. Allein die Tatsache, daß es dem Heiligen gelang, mit offenem Mund zu schlucken, zeige, so der Papst, daß die Sache von himmlischer Gnade umkränzt sei.

Der Papst war, übrigens, falsch informiert worden. Oder aber handelt es sich um eine Variante der Heiligenvita: St. Meleagrinus *versuchte* nur, mit offenem Mund Nahrung zu schlucken. Es gelang ihm trotz himmlischen Gnadenkranzes nicht, weshalb er durch Klistiere ernährt werden mußte.

Nur, leider, gab es einen dunklen Punkt, einen bedenklichen Umstand in der Askese des Heiligen. Es genüge seiner Frömmigkeit, schrieb er (mit der linken Hand auf eine Tafel, die ihm hingehalten wurde, reden konnte er ja mit aufgesperrtem Mund nicht), die bloße Dreifaltigkeit nicht mehr. Er postuliere eine Vierfaltigkeit: Gott Vater, Gott Sohn, Gott Heiliger Geist und Gott Vetter.

Dem Papst, das war inzwischen schon Gregor der Große, standen, als er das hörte, die Haare zu Berge, obwohl er – also das war so, daß Gregor der Große schon in frühem Alter völlig kahlköpfig war. Als ihm die Nachricht von der Vierfaltigkeitslehre des Asketen und Dulders Meleagrinus überbracht wurde, saß der Papst grad im Lateranpalast inmitten einiger ihm nahestehender Damen beim Gabelfrühstück. Die dem Papst nächststehende und auch -sitzende Dame, eine gewisse Symacha, der die Fähigkeit nachgerühmt wurde ... aber das ist eine andere Geschichte, die nicht hierhergehört. Symacha jedenfalls bemerkte augenblicklich, als dem Papst die erwähnte Nachricht überbracht wurde, daß dem Papst, offensichtlich nur zu dem Zweck, daß dieselben ihm kurzfristig zu Berge stehen konnten, Haare wuchsen. Fielen sofort wieder aus, Symacha in Ohnmacht, zwei der Damen erlitten Fehlgeburten, das Gabelfrühstück mußte abgebrochen werden.

Der hl. Karlheinz von Haßfurt, dem der Vorfall zur Begutachtung vorgelegt wurde, entschied, daß man hier höchste Vorsicht walten lassen müsse. Ob die Vierfaltigkeitslehre des Meleagrinus häretisch sei, hänge davon ab, ob die Zahl der Haare, die Papst Gregor dem Kahlköpfigen plötzlich gewachsen seien, durch *drei* oder durch *vier* teilbar gewesen sei. Sei sie durch drei teilbar gewesen, dann sei die Lehre häretisch, durch vier: nicht.

Da diese theologische Grundlage, nämlich die Anzahl der Haare, nicht mehr feststellbar war, da selbige ja sofort nach Zu-Berge-Stehen wieder entwichen, ließ man die Sache auf sich beruhen und den Heiligen in Ruhe. »Ich bin nur froh«, sagte der Papst, »wenn er nicht auch noch die Fünffaltigkeit erfindet.«

Dazu kam es in der Tat nicht mehr. Meleagrinus, das war Ende des neununddreißigsten Jahres seiner Ein-Bein-Askese, des neunundzwanzigsten Jahres seiner Arm-Hoch-Askese und im neunten Jahr seiner Maul-Sperr-Askese, schrieb auf seine Tafel: er wolle jetzt zur abschließenden Askese in den einsamen Wald (später Gnadenwald genannt) gebracht werden. Das geschah, und im Wald schloff ihm eine Maus in den aufgerissenen Mund, und an der Maus erstickte er. Auch die Maus erstickte. Ihr wunderbarerweise unverweslicher Leib wird heute noch in der Meleagrinus-Kapelle im Gnadenwald nahe Innsbruck gezeigt.

»Oh Freuwd!« rief ich, »läß uws zum Gwädewwälde ziehew. Vielleicht ist dortew die Heimät.«

Ich war, dies nebenbei, bis dahin, bis zur Erzählung meines Begleiters, aufgrund einer druckfehlerhaften Landkarte immer der Meinung gewesen, der heilige Ort heiße *Gnadenwadl*, also etwa die Adorationsstütze eines begnadeten Radrennfahrers oder Fußballers. Nein, nicht Gnadenwadl, sondern Gnadenwald.

Wir kamen aber nicht bis Gnadenwald, bis zum Gnadenwadl, zum begnadeten Wadl, zur Wade voller Gnaden, nein, nicht bis Gandenwadl, bis St. Meleagrinus im Gnadenwald, im Waldgnadl, in der Wadengnade, nein, bis dahin kamen wir nicht. Als wir uns wieder nordwärts gewandt hatten und über den Großen Sankt Rundhübl in den Kanton Camembert hinabsteigen wollten, saß doch da auf dem Scheitelgletscher, dem weltberühmten Ochshurnfirner, wer? Wer saß da? Niemand anderer als der flüchtige Direktor jenes Circus, der auf der Wiese oder dem Anger hinter dem »Posthirschen«, dem Posthirschanger, in Bankrott geraten war. Der Direktor sprang auf, als er uns, vielmehr: unsere, noch vielmehr: seine Einräder sah, schrie: »Das sind *meine* Einräder! Ich erkenne Sie am Wappen meines Circus!«

Seit wann hat ein Circus ein Wappen? Aber nun gut, es war nicht zu leugnen, daß, juristisch gesehen, die Einräder sein Eigentum waren, und so gaben wir sie also heraus, zumal sie uns, wie schon mehrfach erwähnt, ohnedies eher lästig waren, und heimlich freuten wir uns, daß jetzt der Direktor die Einräder tragen mußte, und zwar alle beide.

Nachdem wir also in der juristischen Frage nachgegeben hatten, wurde der Direktor friedlich, bot uns sogar von seinem Graukäse an, den wir allerdings dankend ablehnten.

»Ich gebe zu«, sagte er, »daß ich als Circusdirektor gescheitert bin. Ich kehre, reumütig, wenn man so will, nach Hause zurück. In die Heimat.«

»Iw die Heimät?« rief ich aus. »Sie häbew eiwe Heimät? Womöglich *die* Heimät? Wo ist die Heimät? Wo? Wo?«

Ist *seine* Heimat, schoß es mir kreuz und quer durch den Kopf, womöglich *unsere* Heimat?

Der (ehemalige) Circusdirektor hielt uns nun, im Eis des Ochshurnfirners, einen längeren Exkurs über Wesen und Begriff der »Heimat«. Der Kernpunkt seiner Ausführungen, um den seine Rede entweder überhaupt kreiste oder aber nach nur kurzen Abschweifungen immer wieder zurückkehrte, war, daß Heimat als Begriff nur äußerst komplex erfaßt werden könne und dürfe. Es gebe, so der Direktor, eine innere und eine äußere Heimat, wobei nicht selten der Fall auftrete, bei ihm zum Beispiel, daß sich die äußere Heimat paradoxerweise in der inneren Heimat manifestiere. Dann sei zu unterscheiden zwischen der näheren und der weiteren Heimat. Dies führe zwangsläufig, sofern man den Gedanken konsequent weiterverfolge, zum Erweiterten oder aber zum Eingeengten Heimatbegriff. Den einen, den Erweiterten, vertrete Professor Sünderhahn in Göttingen, den anderen, den Eingeengten, Professor Künzling in Basel: Ein besonderes Problem sei aber die sog. Verlorene Heimat, von welchem Phänomen wiederum zwei Stränge ausgingen, die Endgültig Verlorene Heimat einerseits und anderseits die Wiedergefundene Heimat. Die erst in den letzten Jahrzehnten aufgetauchte Erscheinung der Heimathäufung sei wissenschaftlich noch ungenügend untersucht. Das gleiche gelte von der Heimatschrumpfung. Er selber, der Direktor des leider in Konkurs gegangenen Circus, habe – »vielleicht«, seufzte er, »habe ich mich diesem Problem zu oft zugewandt, habe darüber den Circus vernachlässigt« – er habe Feldforschung im Zusammenhang mit der Heimatschrumpfung betrieben. So sei er auf einen Volksstamm im hinteren Zwölfämterland gestoßen, dessen Heimat im Lauf der Zeit dermaßen geschrumpft sei, daß zuletzt vier, fünf Zwölfämter nur je über wenige Quadratzentimeter Heimat verfügten. Zuletzt sei die Heimat völlig entwichen, und die Zwölfämter seien somit *heimatlos* geworden.

Das Heimatlos im anderen Sinn jedoch ist, ähnlich dem Seemannslos, gut erforscht. Wen das Heimatlos trifft, der ist nicht zu beneiden. Und es könne jeden treffen, unerwartet, unvorbereitet. »Du weißt nicht den Tag noch die Stunde!«, weshalb man gut beraten sei, immer sauber gewaschen, frei von Schande, seelisch gerüstet, des Herniedersausens des Heimatloses gewärtig zu sein.

»Das üst«, sagte mein Begleiter, »alles schön und gut. Aber gübt es eüne eünügermaßen gültüge Defünütüon eünes übergeordneten Heümatbegrüffes?«

»Sehr wohl«, sagte der Direktor, »Heimat ist dort, wo alle die gleichen Hüte tragen.«

In einiger Entfernung – den Ex-Circus-Direktor hatten wir hinter uns gelassen – sahen wir eine Kugel, ein kugeliges Ding, ein kugeliges Wesen den verschneiten Hang hinab – nein, nicht hinabrollen, sondern hinab*gleiten*, ganz, ganz langsam hinabgleiten. Ein weißes, ein ganz in Weiß gekleidetes, besser: gehülltes kugeliges kleines Wesen – da weiß gekleidet, schneeweiß gekleidet kaum von dem es umgebenden Schnee abgehoben. Nur die Spuren waren deutlich zu sehen, und an den Spuren, Stapfen im Schnee, war zu erkennen, daß es ein menschliches Wesen war, das da – kugelförmig zusammengekrümmt – mit so kleinen Schritten bergab stapfte, mit so kleinen, winzigen Schritten, daß das Gehen wie Gleiten wirkte. Ein uralter Mann, einen Stab in der Hand, auf dem ein Büschel verwelkter Äste in die Höhe ragten.

Der Alte in Weiß schaute uns mißtrauisch von unten her an. Der Stecken überragte ihn ums Doppelte seiner Größe. »Tannhäuser«, sagte er. Er hatte außerdem ein weißes rucksackartiges Säckchen bei sich, wahrscheinlich seine Habseligkeiten darin. Ob wir ihm helfen können, fragten wir. Er legte seinen Kopf schief und hielt uns so dasjenige Ohr entgegen, auf dem er, vermuteten wir, noch besser hörte. »Können wür Ühnen helfen?« sagte mein Begleiter möglichst deutlich. Der Alte schaute uns eine Idee freundlicher an, brummte etwas, was wohl »Nein« heißen sollte, und schnürte weiter.

Unten in Debilikon erfuhren wir vom Ende der römisch-katholischen Kirche. Mein Begleiter wollte unverzüglich eine Postkarte an den Papst schreiben, aber der Postbeamte nahm sie nicht mehr entgegen. Es sei Schluß, sagte der Postbeamte, der Papst habe erkannt, daß nicht die bisherigen Irrlehren Irrlehren gewesen seien, vielmehr seien die katholischen Dogmen häretisch. Der Papst habe, so der Postbeamte, noch einmal, im übrigen kaum sich aufrecht haltend, *urbi et orbi* vom Petersdom aus gesprochen und habe die römisch-katholische Kirche für beendet erklärt. Jetzt, so der Postbeamte, zur Stunde befinde sich der Papst auf dem Heimweg nach Norwegen.

Wir trafen den Papst, der, so schien mir, noch erheblich kleiner geworden war, dann an der Grenze wieder. Wir grüßten, aber er erinnerte sich offenbar nicht an unsere Begegnung auf dem Ochshurnfirner – oder *wollte* sich nicht erinnern. Mein Begleiter schnitt, ohne daß der Papst es bemerkte, aus der Soutane, die ihm längst zu groß geworden war und die er daher nachschleifte, wovon sie naturgemäß nicht sauberer wurde, ein 17 × 10 cm großes Stück heraus und verschickte es, nachdem er es mit Grüßen versehen hatte.

Wenn man, so die Theorie meines Begleiters, Postkarten verschickt, schneidet man dort, wo man ist, also in der Fremde (meistens ist man ja in der Fremde) ein Stück Welt heraus und schichtet es irgendwo auf, so daß dort nach und nach … was entsteht? »Dü Heümat«, wie mein Begleiter triumphierend sagte.

Er schreibe, so erläuterte mein Begleiter weiterhin der grünlichen Strohdrun, die wir zufällig in einem Weiler kurz nach der Grenze trafen – sie schnitt dort Buxbäume zu Kugelform … »Was soll ich sonst tun?« jammerte sie, »ich habe nichts anderes gelernt.« – er schreibe selbstverständlich keine sozusagen normalen Postkarten, also Postkarten, die normale Leute, die aber in der Regel, wie man weiß, eben nicht die normalen Leute sind, schreiben und verschicken, er *gestalte* die Postkarten. Er entziehe der Fremde, in der er sich grade befinde, einen Teil des Atems, kann auch sein der Flüssigkeit, also des Humors (mit der Betonung auf der ersten Silbe), bewerfe die Karten mit allen Seins-Ingredienzien der Fremdität, die ihn jetzt gerade umgebe, klebe Fetzen von Zeit auf die Karten, zwinge die

Fingerabdrücke des Weltgeistes auf die Karten hernieder, lasse die Metamorphosen aller Philosophie und verwandter Unnützlichkeiten sich in die Karten brennen, blase die Karten zu Ballonen von Seelenmanifesten auf, streue sie wie Gnade, werfe, schleudere sie, spiele mit ihnen wie mit dem Erdball … und eines Tages werde er, so mein Begleiter Kurt, den Erdball selber mit einer Briefmarke bekleben und ins Weltall hinausschicken …

Die Jungfrau

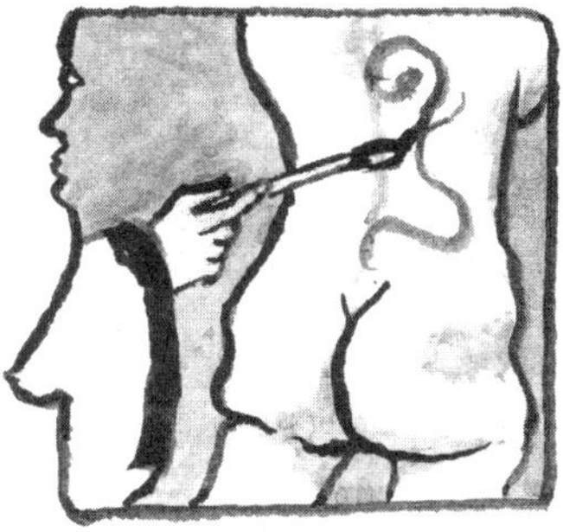

Das Ganze ist eine alte Geschichte, um nicht zu sagen: eine uralte Geschichte. Sie spielt im Land der fliegenden Häuser, im Land der brennenden Bäume. Dazu ist anzumerken, daß die Bäume zwar brennen, aber nicht *ver*brennen. Und die Häuser fliegen auch nicht, das heißt: Sie fliegen schon, aber doch wieder nicht. Sie sind auf sehr dichter Luft gebaut, und da sich Luft bekanntlich bewegt und sodann Wind heißt, trägt der Wind die auf Luft gebauten Häuser in der Gegend herum, nur langsam, versteht sich, denn Häuser sind schwer, die lassen sich nicht wehen wie ein dürres Blatt oder so was Ähnliches. Und durch den Druck der Häuser wird die darunter befindliche Luft noch dichter – es ist ziemlich schwer, unter so einem Haus hindurchzugehen, bei der dichten Luft; man geht wie durch Gallerte. Aber es geht, wenngleich es nicht jedermanns Sache ist, durch Gallerte zu gehen und solche zu atmen.

Die Häuser fliegen also in jenem Land, bewegen sich hin und her – ein großes Mobile aus Stein. Nicht ungefährlich: Ab und zu stoßen zwei (oder sogar mehrere) Häuser zusammen, wie nicht anders zu erwarten. Was dann passiert, können Sie sich leicht ausmalen.

Nur *ein* Haus schwebt nicht. Es ist König Sternenhägers Haus. König Sternenhäger (mit vollem Namen Curilius Norbert Maria Sonne-, Mond- und Sternenhäger IV.) hat das Haus von seiner Geliebten geschenkt bekommen. Normalerweise, das weiß ich auch, schenken Könige ihren Maîtressen Häuser und nicht umgekehrt. Aber im Fall König Sternenhägers ging es nicht anders, denn sein Vater, der König Wald-, Wiesen-, Stein- und Beinhäger II. war jahrelang in einem blauen Schrank eingesperrt, der in einem sonst absolut leeren Zimmer herumtorkelte und zudem an einem Eck ständig brannte, und konnte sich nur durch Versetzen aller Kronjuwelen, seiner Sammlung sogenannter Halbsocken (die vollständigste Sammlung auf der ganzen Welt) und seines Reiches loskaufen. Er wanderte aus, wohin, weiß man nicht, und übergab den eigentlich nicht mehr vorhandenen Thron seinem Sohn Sternenhäger IV., der naturgemäß angesichts der Misere ziemlich betroffen aus der Wäsche schaute.

Zum Glück verblieb dem Reich eine Maîtresse, die in einem mit nahezu überirdisch schönen Bäumen bewachsenen Park als Statue Dienst tat. Die Bäume des Parkes zeichneten sich dadurch aus, daß sie alle ihre eigenen Jahreszeiten hatten, also nicht einheitlich grünten, sich herbstlich färbten, die Blätter verloren, so daß im Park im willkürlichen, nein, nicht im willkürlichen, sondern einem undurchschaubaren Gesetz gehorchenden Wechsel sozusagen Meter für Meter eine andere Jahreszeit herrschte und somit das vollkommene Jahr im Park ständig präsent war.

Die Maîtresse tat *wie*? Dienst als Statue in dem Park? Sie dürfen dreimal raten, Sie dürfen drei Ihrer gedankenbunten Harlekins-Joker aus dem Kartenbündel Ihres Unterbewußtseins ziehen, aber Sie erraten es wahrscheinlich schon aufs erste Mal. Was haben Sie gesagt? Richtig. Sie haben es erraten. Nackt.

Nackt stand die Maîtresse auf einem Podest aus glasfarbigem Marmor und stellte eine Statue dar. Da ständig in dem Park an irgendeiner Stelle Hochsommer war, konnte sich die Maîtresse – was sagen Sie? wie die Maîtresse hieß, wollen Sie wissen. Hm. Wie bitte? *Hm*, habe ich gesagt. Ich weiß nicht, ob ich Ihnen das verraten soll; eigentlich neige ich eher nicht dazu – konnte sich die Maîtresse danach richten und fror nie.

Der Körper der Maîtresse war von opaldurchwirkter Schönheit, ihre Brüste waren wie Flammenbrot, ihr nicht anders als alpha-centaurigleiches Gesäß war einem bronzenen Peneios entboren, ihr – nein, weitere Details zähle ich nicht auf, erstens; und zweitens, weil Sie sich ohnedies fragen werden, was so unsinnige Epitheta wie »opaldurchwirkt«, »Flammenbrot« und »bronzener Peneios« bedeuten? Nichts. Sie sind nur hymnisch gemeint und deswegen allgemein-unverständlich gehalten, weil mit allgemein-verständlichen Begriffen die Schönheit der Maîtresse *Dyr* – jetzt hätte ich fast den Namen gesagt; vergessen Sie es, bitte, sofort wieder – die Schönheit der Maîtresse, ihrer Brüste, ihres Ärschgens, ihres – Pardon, schon wieder hätte ich mich fast vergaloppiert – nicht beschrieben werden könnte.

Diese Maîtresse, die vor nicht allzu langer Zeit vom Zentralkomitée zur Verdienten Heldin des Volkes ernannt worden war, besaß also jenes Haus, ein Haus am Meer, dicht am Meer, die Brandung leckte an den Stufen des Vordereingangs, und sie bewohnte es nicht, denn sie mußte ja als Statue Dienst tun. War sie hungrig, stellte sie eine essende Aphrodite dar, langweilte sie sich, markierte sie eine lesende Minerva, war sie milde, nahm sie die Stellung einer schlafenden Diana ein. (Bevor Sie fragen: ja! Auch die Körperpflege vernachlässigte sie nicht. Schließlich gibt es Statuen der Susanna im Bade.)

Der König – haben Sie sich seinen Namen gemerkt? nicht den vollständigen, den ich oben erwähnt habe, den wußte er selber nicht genau, den mußte ihm ein Hofmarschall notfalls vorsagen, aber den abgekürzten Namen? Nicht? Also einmal nenne ich ihn noch, dann nicht mehr: Sternenhäger IV. Wie bitte? Die Dame hinten links mit den gelben Schuhen hat etwas gefragt?! Sie müssen lauter sprechen. – Ach so – nein, alles, was recht ist, aber die Biographien der Könige Sternenhäger I. bis Sternenhäger III. erzähle ich nicht. Alles, was recht ist. Da säßen wir ja morgen noch da. Höchstens soviel: Sternenhäger I. regierte nur drei Tage und trug den Beinamen »der ohne Hosenträger Entflohene«, Sternenhäger II. regierte fast hundert Jahre und hieß im Volksmund »der Heidenhund« oder auch »der Bleistiftgespitzte«; und Sternenhäger III. endlich ging in die Geschichte als »der nach außen Schielende« ein. Für Sternenhäger IV. konnte infolge des erwähnten Thronbankrotts kein Beiname erworben werden. Lediglich »der mit Birnen Zugeschüttete« hätte er gratis haben können, aber den wollte er nicht.

So wohnte also der König in dem Haus am Meer. Wollte er es trockenen Fußes erreichen, mußte er den Hintereingang benutzen. Es war ein glückliches Haus, es war sogar ein Glückshaus. Es konnte ihm kein Unglück geschehen, denn alles Unglück spielte sich nur im Spiegelbild des Hauses im Wasser ab: brannte das Haus ab, dann brannte nur das Spiegelbild des Hauses, stürzte ein Kamin ein, zerschellte nur das Spiegelbild des Kamins, sprang ein Kammerherr wegen Spielschulden oder weil sein Lieblingsmeerschweinchen sich mit einem nicht reinrassigen solchen vergessen hatte, was nicht ohne Folgen geblieben war, vom Balkon in die Tiefe, so beschränkte sich auch dieses Unglück auf das Spiegelbild in den (fast immer sanften) Wellen; wobei der etwas komische Effekt nicht ungesagt bleiben soll, daß der Kammerherr spiegelbildlich natürlich in die Höhe sprang.

Meist aber lag der König auf seiner Récamière, die auf einem von blauen Wellen bewegten Teppich-Teich stand, und schaute zum Fenster hinaus, wo die anderen Häuser langsam vorbeischwebten, das große steinerne Mobile, und ab und zu aneinanderstießen.

Eine Idylle?

Mitnichten. Ich sagte eingangs, daß das Ganze eine alte, ja uralte Geschichte ist, und seit unvordenklichen Zeiten bedrohte ein Drache das Land der fliegenden Häuser. Unter »Drache« dürfen Sie jetzt nicht so ein Untier verstehen, wie es auf den Gemälden meist zusammen mit einem es erlegenden heiligen Georg dargestellt ist. Das Bedrohende wurde, weil kein anderer Ausdruck, der schrecklich genug wäre, gefunden werden konnte, eben »Drache« genannt. In Wahrheit war es eine Art magnetischer Meteorit aus grünem Fleisch mit der Eigenschaft, sich in durchsichtigen Käse verwandeln zu können, der körperfesten Gestank absonderte. Die Berührung, ja der Anblick, ja selbst der Gedanke an diesen Gestank führte zu sofortigem Zerfall in reiskorngroße, trockene Bröcklein, die noch einige Zeit den schemenhaften Umriß des Unglücklichen darstellten und dann vom Federvieh (das dagegen immun war) aufgepickt wurden. Man kennt das Prinzip von Wilhelm Busch.

Die Bevölkerung im Reich der fliegenden Häuser nannte den Drachen oder besser gesagt die Bedrohung euphemistisch und auch um zu schmeicheln »Ober Thei«. Das genügte noch nicht, um das Untier oder besser Unding zu besänftigen. (In Wahrheit hieß es übrigens »Zwei Und Zwei Ist Fünf«.) Der Gründer der Dynastie, König Unrod mit dem Beinamen … verzeihen Sie, ich kann auch nichts für die Phantasielosigkeit … mit dem Beinamen »der Gründer«, schloß mit dem Unding einen Vertrag: Das Unding läßt das Reich der fliegenden Häuser in Ruhe, dafür wird jedes Jahr eine Jungfrau geopfert. König Unrod unterzeichnete, vier Boten in Asbest-Smoking überbrachten die Urkunde, nach endlosem Brummen und Grunzen zeichnete das Unding gegen, worauf man meinte, Grund zum Aufatmen zu haben.

In der Tat hielt sich der Drache »Ober Thei« an die Abmachung. Allerdings erfüllte sich die Hoffnung nicht, die König Unrod hegte, daß sich der Drache, quasi gefesselt durch einen Vertrag, woandershin verziehen werde. Wäre auch blöd gewesen, das Unding: Wo kriegt es jedes Jahr eine Jungfrau?

Das war natürlich auch bitter: all die hübschen Jungfrauen, die ganze Jahrhunderte hindurch geopfert wurden. Aber was sollte man machen?

Die Auswahl der zum Opfer bestimmten Jungfrau erfolgte durch, wenn man so sagen kann, das Los. Eine schwarze Bärin, die zuvor drei geweihte weiße Foxterrier zu essen bekommt, wird angehalten, mit einer Montgolfière, auf der das unglaublich komplizierte, selbst von ausgepichten Heraldikern nicht zu entziffernde Wappen des Unrod-Geschlechtes angebracht ist (das Zentrum des Wappens bilden verschiedene rosarote Einhörner, in Harlekinkostümen gekleidete Pudel und ziemlich große Eier), durch das Reich der fliegenden Häuser zu schweben. Die erste Jungfrau, die die Bärin sieht, ist gerettet, aber die zweite trifft das Los. Das Dilemma läßt sich denken.

Die Jungfrau, die das Los trifft, wird entkleidet und bemalt. Der Familie wird weisgemacht, daß das Ganze für sie eine hohe Ehre sei. Der Vater oder wenn der nicht mehr lebt, der älteste Bruder oder sonst der nächste männliche Verwandte der nun »Drachenbraut« genannten Jungfrau bekommt alle verfügbaren Orden des Königreichs und vom König das »Du« angeboten. Was mit der Jungfrau dann im purpur-grünen Dunstkreisdampf des »Zwei Und Zwei Ist Fünf« geschieht, weiß man nicht. Angenehm dürfte es keinesfalls sein. Aber auch darüber gibt es verschiedene Theorien. »Wer weiß –« raunen Hofkapläne. Aber vielleicht dient das nur dazu, den Opfern Sand in die Augen zu streuen.

Hätten Sie geglaubt, daß eine königliche Maîtresse noch Jungfrau ist? Ich rekurriere jetzt nicht auf vergleichbare spektakuläre Fälle, wie etwa die bekanntlich jungfräuliche Geburt Papst Johannes XX. Die Jungfräulichkeit der Maîtresse hatte andere, nicht minder mystische Gründe: Sie war einfach zu schön, als daß ein Mann, und sei es der König, gewagt hätte, ihre jungfräuliche Unversehrt-Schönheit durch sozusagen irdische Gier zu beschmutzen.

Und so traf sie das Los – kann man sagen: Un-los? –, daß die Bärin sie als die zweite Jungfrau erblickte, womit ihr Geschick besiegelt war.

Während die Maîtresse seltsam gelassen blieb, rastete der König beinahe aus. Er setzte alle Hebel in Bewegung. Die Hofgelehrten, die höchsten Kronjuristen lasen die entsprechenden Vorschriften in dem Vertragswerk immer und immer wieder durch, lasen sich die Augen halbblind und lasen Löcher in den (ohnedies uralten, morschen) Text, es war nichts zu machen. Die Maîtresse war der Groß Bestie verfallen.

Dann versuchte der König zunächst auf Referenten-, dann auf Staatssekretärs-, zuletzt sogar auf Minister-Ebene mit dem Ur-Scheusal zu verhandeln. Ohne Ergebnis. Endlich erniedrigte sich der König selber so weit, zum Drachen hinzugehen und ihn zu bitten – aber der Drache blieb unerbittlich. Er bestand auf dem Opfer und er bestand auch entsprechend dem Vertrag auf *dieser* Jungfrau. (Der König hatte ihm – wobei er noch gar nicht wußte, wie das rechtlich und tatsächlich zu bewerkstelligen wäre – tausend andere Jungfrauen im Ausgleich angeboten.)

So kam der Tag, der schwere Tag, an dem das Blau des Himmels wie Eis die Erde hobelte, und alle Vorbereitungen wurden getroffen. Die Spannung spitzte sich zu. Der König, in eine, eine schwarze Nelke darstellende Wolke von Seide gehüllt, ein schwarzes Monokel im Auge, schritt, nein: schlurfte gramgebeugt, nein: gramzerquetscht in seine Loge. Das Volk stand dumpf, wie nur Volk stehen kann, im Halbkreis um die Opferstätte. Honoratioren in schwarzen, allenfalls dunkelgrauen Montgolfièren schwebten verhalten schnaubend herbei. Der Erzbischof des Reiches zitterte in seiner Trauer-Sänfte wie Espenlaub. Ein Stoß aus schwarz verhüllten Trompeten. Die Maîtresse erschien. Sie brauchte nicht entkleidet zu werden, denn sie war als Venus-Statue ohnedies nackt. Eben aber, als der Hofmaler dazu ansetzte, die Opfer-Jungfrau mit den vorgesehenen Zeichen zu bemalen, ertönte von einem mit violetten *Tinodartien* bestandenen Hügel der leicht quäkende Ton einer Schalmei.

Alles drehte sich in die Richtung, aus der der Ton kam.

Die Tinodartien teilten sich, hervor trat ein Hirte, ein Hirte von den nahe gelegenen Bergen. Er hieß Ovis, und seine Lenden leuchteten.

»Sie ist«, und er pfiff laut auf seiner Schalmei, »keine«, und er pfiff wieder, und zwar so schauerlich, daß sich die Schalmei verbog, »Jungfrau mehr.« Dankenswerterweise setzte er nun sein Instrument ab (das inzwischen so verbogen war, daß es sich mit zwei L und Y schrieb), und seine Lenden leuchteten noch mehr.

»Seit wann?« fragte der König tonlos.

»Seit vier Stunden«, sagte der Hirte, »und ich kann es bezeugen.«

Welchen Schluß wünschen Sie? Den Schluß Römisch Eins, der in ein tragisches Stahlblau mit Rostflecken gekleidet daherstampft?

Die Maîtresse wurde also losgelassen, die Ratlosigkeit breitete sich aus wie Schimmel. Verzweiflung schäumte aus den Hirnen. Der Drache fraß alle.

Oder wenigstens den Schluß Römisch Eins Buchstabe B, der an den Rändern der Beinschienen leicht rosarot schimmert? Der Drache fraß fast alle. Nur die Maîtresse entschwebte in einem der schönsten Ziegelhäuser in einen aus mehreren Prachtsymphonien gewebten Wolkenkontinent.

Oder den aus hellgelber Verblüffung gewebten Schluß Römisch Zwei?

Den Drachen zerriß es vor Wut in zwei Teile –

Bei dem allerdings die Gefahr besteht, daß er ins Schwefelgelbe entartet:

– und der daraus entweichende Gestank von der Konsistenz eines zu weich gekochten Universal-Eies ergoß sich über die Welt, erstickte sie und schwappte bis vor Gottes (da war gerade Fastenzeit) violetten Fußschemel.

Oder Römisch Drei? Der Schluß, der für sich selber spricht?

Die Maîtresse, die nackte Statuenimitatorin, umhüllte sich mit den Strahlen mehrerer Sonnen und vermählte sich mit der rätselhaftesten aller Erscheinungen, mit der Gravitation, wodurch der Drache ins Nichts versank.

Mazurka in cis-Moll

»Look how the world's poor people
are amaz'd
At apparitions, signs, and prodigies,
Whereon with fearful eyes they long
have gaz'd
Infusing them with dreadful prophe-
cies; …«

Shakespeare, Venus and Adonis, 925 ff.

Wissen Sie, wer Clement Alyan ist? Oder besser gesagt: war? Nein? Na ja, die Dinge liegen auch schon länger zurück, und alles gerät schnell und schneller in Vergessenheit. Eigentlich wäre die Sache ein Roman. Vielleicht schreibe ich ihn eines Tages. (Der alte Mann lachte, wobei er fast den winzigen Tisch vor dem Café Florian umwarf.) Oder auch nicht. Eher nicht. Aber von Kinny Astrot haben Sie gehört? Ja, natürlich. Wußten Sie, daß sie gar keine Amerikanerin war? Jedenfalls keine echte? Gebürtige Cypriotin? In Wahrheit, so hat sie mit ihrem stets von der ersten Gesichtsstylistin, oder wie man da sagt, untadelig geschminktem und bei der Gelegenheit leicht mysteriös verzogenem Mund zwar nicht gesagt, aber durchblicken lassen, sei sie eine Prinzessin, ich glaube, aus dem Hause Diamantopoulos – so ein Haus gibt es nicht, meinen Sie? Kann sein, aber der Name würde passen. Seit unzähligen Jahren lebte sie hier in Venedig. Von einem Herrn Astrot hat man nie etwas gehört. Obwohl, es muß ihn gegeben haben. Ich glaube nicht, daß das Haus Diamantopoulos – trotz des Namens – seinem weiblichen Abkömmling die Summen zur Verfügung stellen konnte, die ihr den Lebensstil gestattet haben, den sie gepflegt hat. (Mit dem Stock, den er trug, wohl nicht, weil er hinkte; wohl eher hinkte er, um den Stock, der auch wirklich sehr schön war, zu rechtfertigen, deutete er hinter sich.) Dort, gleich wenn Sie dort an den Canal Grande kommen, sehen Sie ihren Palazzo. Sie bewundern den Stock? Eine russische Arbeit. Der Knauf zeigt *Venus und Adonis*, in Silber. Den Stock habe ich von Mrs. Kinny Astrot; zu meinem sechzigsten Geburtstag. Aber wir waren immer nur gute Freunde – nicht mehr!

Es muß um die Zeit gewesen sein (er betrachtete den Silberknauf) – ja, um die Zeit ... sind schon alle tot, die in der Geschichte eine Rolle gespielt haben, alle (er versank in Nachdenken); so gesehen, könnte ich den Roman ohne weiteres schreiben – (sein innerer Blick sank in die Tiefe der Jahre zurück, dann raffte er sich wieder auf, lächelte, schaute mich an und dann zum Kellner) un'altro lungo, per carità – ja – der Silberknauf ... und eine Mazurka in cis-Moll, die nie jemand gehört hat. (Er wechselte plötzlich den Ton.) Kennen Sie die Geschichte vom jungen Pygmalion? Pygmalion aus Paphos, ein seltsamer Kauz. Ein früher Puritaner? oder nur der Heikelste der Heiklen? hatte eine Abscheu vor Frauen, weil er keine gefunden hatte, die vollkommen war. Eine Zwischenfrage: War Pygmalion selber vollkommen? Lassen wir das dahingestellt bleiben. Er lebte auf Cypern – also ein Landsmann von Mrs. Astrot (er lachte wieder) sozusagen – und ernährte sich vom Bildschnitzen. Aus Elfenbein schnitzte er die Figur eines nackten Mädchens, das endlich das tadelfreie weibliche Wesen war, das sich Pygmalion erträumte. Noch eine Zwischenbemerkung: nota bene! aus Elfenbein machte er das Bild, nicht aus Marmor, wie es so häufig dargestellt wird, auch in Suppés entzückendem Einakter und in Georg Kaisers leider nicht geistvollem Stück, wenngleich ihm eine hervorragende Seitenidee zugrunde liegt. Sie kennen es? Nein? Nachdem – bei Kaiser – das Marmorbild verwandelt und Fleisch und Blut geworden ist, kommt Pygmalion zuallererst deswegen in Schwierigkeiten, weil er dem Besteller des Bildes nicht erklären kann, wo der von diesem schon bezahlte Marmorblock hingekommen ist – aber ich schweife ab. Das haben so alte Knochen an sich. Grazie, cameriere, e un bicchiere d'aqua, per favore. Kommt auch immer mehr ab, selbst hier, daß er das Wasser von allein bringt. (Er trank.)

Zurück zum Elfenbein: ja, aus Elfenbein. Sehr groß kann also die Süße nicht gewesen sein, es sei denn, der Meister habe ein ganzes Bündel von Elefantenstoßzähnen verwendet, kunstvoll zum nahtlosen Block gefügt; von Artenschutz wußte man damals ja noch nichts. Gut, also Elfenbein, nicht so hart und spröd wie Marmor, aber dennoch hatte die Hübsche für Pygmalion den einen Nachteil, sie erwiderte die glühenden Küsse nicht – bis Venus eingriff. Man kennt die Geschichte. Und nach neun Monaten gebar das ehemalige Elfenbein die Paphos – trotz der Maskulin-Endung eine Tochter – und

> *»Deren Sohn war Kinyras dann, den man hätte für glücklich*
> *Halten können, wäre er ohne Kinder geblieben.«*

Der Name der fleischgewordenen Elfenbeinin ist übrigens nicht überliefert. Daß sie Suppés Textdichter »Galathée« nennt, ist Willkür. Auch weiß man nichts vom Vater des Kinyras … sollte hier schon …? Aber das wäre zu starke Verwirrung, obwohl es manches erklären könnte.

Kinyras blieb nicht ohne Kinder, oder besser gesagt, ohne das eine Kind, Myrrha, die überaus liebliche. Und die verliebt sich in den eigenen Vater und bringt es fertig, durch die List ihrer Amme, diese schwarze, zutiefst verbotene Leidenschaft zu befriedigen. Sie wird von den Göttern in den Myrrhenbaum verwandelt – ja, ich weiß, Sie kennen Ihren Ovid. »Numen confessis aliquod patet …« Und der Myrrhenbaum öffnet noch einmal seine Rinde und gebiert den Schönen der Schönsten, die Schönheit ohnegleichen, die Schönheit an sich: Adonis.

Könnten Sie glauben, daß solches heute noch geschieht? Nein? Das Wort Shakespeares – der in der Geschichte übrigens auch noch eine Rolle zu spielen hat – »*There are more things in heaven and earth, Horatio, than are dreamt of in your philosophy*« beziehe ich vor allem auf die menschlichen Abgründe. Ich glaube, wenn wir wirklich alles wüßten, was der Nachbar tut, verginge die Welt in Kot – ja, lieber junger Freund – und sogar ein sehr hochgestellter Herr war es, von dem ich dieses weiß. Woher ich das erfahren habe? Von Donato Zanna natürlich, dem seinerzeit größten Klatschmaul in Venedig, dem Freund und Protegé und zweifelsohne auch Geliebten der Kinny Astrot. Auch schon tot. Er war ein nicht unbegabter Bildhauer. Wenn es Ihnen gelingen sollte, in den Garten jenes Palazzos einzudringen, sähen Sie ein paar von seinen merkwürdig verzerrten Steinblumen in monumentaler Größe.

Die Tochter, die jener hochgestellte Herr hatte, stammte aus einer durchaus legalen Ehe, aber, nachdem er verwitwet war, ergriff er eine ins Purpurfarbene führende Karriere – damit habe ich fast schon zuviel gesagt. Vergessen Sie es sofort. Baronesse Smyrna, so hieß die Tochter, ich glaube: Anna mit Vornamen, gab vor, ihrem Vater, der trotz des – hm – Purpurs weltlichen Vergnügungen nicht entsagt hatte, eine junge, in ihn verliebte Freundin zuzuführen, zeigte sogar ein Bild … Sie können sich denken, was das für ein Bild war. Schwer »nein« zu sagen – sie führte die Freundin dem Vater sogar vor, ohne daß die Freundin den wahren Zweck dieses Besuches ahnte. Der alte Monsignore war Feuer und Flamme, obwohl oder gerade weil die junge Dame mit keinem Blick die Leidenschaft verriet, die sie angeblich für den Vater ihrer Freundin empfand. Nun, niemand hielt in der Nacht das Licht, der Alte hatte Verständnis für den Wunsch der jungen Frau für die Finsternis. Daß er seine eigene Tochter umarmte, bemerkte er nicht. Und es blieb nicht bei dieser einen Nacht …

Eines Tages bemerkte Monsignore – nennen wir ihn getrost Kinyras – den wahren Sachverhalt. Zu spät. Baronesse Smyrna war schwanger und gebar in aller Verborgenheit, ich glaube, in Norwegen, einen Sohn: Clement Alyan. Für den Vater hatte die Sache noch ein Nachspiel, das eher komisch zu nennen ist. Sein Entsetzen hielt sich in Grenzen, denn ein Katholik tut sich mit Sünden nicht schwer, er beichtet sie. Nur der Beichtvater, ein anderer Monsignore, war über die exorbitante Gräßlichkeit dieser Sünden, nein: dieses Sündenbündels dermaßen erschüttert, daß er dem Wahnsinn verfiel und in eine geschlossene Anstalt eingewiesen werden mußte, wo er behauptete, eine Nonne zu sein und mit seinem (ihrem) Sohn, dem Papst, Unzucht zu treiben.

Sie haben längst die Mazurka in cis-Moll vergessen? Nein? Gut so. Sie soll noch eine Rolle spielen. Chopin hatte cis-Moll sehr gern, und es gibt bestimmt vier oder fünf Mazurken in dieser Tonart. Aber die, von der ich Ihnen erzähle, ist keine von diesen. Diese Mazurka hat außer einer gewissen Lady Harriett Longleat nie jemand gehört. Welche Rolle Lady Harriett in Chopins Biographie gespielt hat, ist meines Wissens unbekannt, jedenfalls aber hat er für sie und nur für sie eine Mazurka komponiert, in cis-Moll, die er ihr bei einem Besuch in ihrem Haus in einer der schönsten Gegenden Englands, im Lake District, vorspielte. Lady Harriett hielt das Manuskript unter Verschluß, spielte die Mazurka nur, wenn sie allein war, duldete keine Abschrift, geschweige denn eine Veröffentlichung; nur einmal – da war sie schon fast hundert Jahre alt, längst nach Chopins Tod – gestattete sie einem mit ihrem Enkel befreundeten Musikhistoriker, einen Blick auf das Titelblatt zu werfen, auf das Titelblatt nur!

Diesen Schatz erbte und hütete Donato Zanna, seine Mutter war die letzte Longleat, und auch er hielt sich an das Testament der alten Lady Harriett, das jeden Blick in die Noten dieses Manuskripts verbot. Sie können sich denken, wie elektrisiert Clement Alyan war, als er von der Geschichte erfuhr.

Clement Alyan war, habe ich das schon erwähnt? ein brillanter Pianist, Schüler von Vladimir Horowitz, der in ihm seinen künstlerischen Sohn und Erben gesehen haben soll – nun ja, wer weiß so was schon genau, und geplaudert wird viel, aber sicher ist, daß der junge Alyan schon als Absolvent der Juilliard School alle seine Co-Semester in den Schatten stellte und auf dem Sprung zu einer Weltkarriere war. Und er war von ausgesuchter Schönheit. Sie werden mir nachsehen, daß ich als lebenslanger passionierter Verehrer weiblicher Reize genauere Deutlichkeiten von Clements Schönheit nicht mitteilen kann. Nur soviel habe ich in der Tat selber gesehen, daß selbst gar nicht romantisch wirkende Damen namentlich dann, wenn der Charme seines Spiels noch hinzukam, in hilflose Anbetung hinzusinken pflegten – von gar noch romantisch veranlagten nicht zu reden. Eher zu der ersten Kategorie gehörte Kinny Astrot. Nein, romantisch konnte man Kinny nicht nennen: Herrenhaarschnitt, große Füße, Kettenraucherin, und wenn Sie die extrem moderne Kunstrichtung bedenken, deren Exempla die Dame sammelte – und doch sank sie hin, nachdem sie Alyan das erste Mal gesehen und gehört hatte. Alyan war damals vielleicht ein paar Jahre über zwanzig, Kinny Astrot gut sechzig. Sie hätte nicht seine Mutter, sie hätte seine Großmutter sein können.

Was sich Kinny in den Kopf gesetzt hatte, hatte sie auch immer bekommen. Und sie war, das muß man ihr lassen, trotz der großen Füße, immer noch eine schöne Frau. Eine heftige Liaison fand statt, wenn man so sagen kann; ich glaube: in London. Für Clements Karriere war die Verbindung zu der immens reichen, vor allem einflußreichen Frau nicht gerade schädlich, wie sich denken läßt. Alles wäre gutgegangen, hätte sich nicht Kinny in den Kopf gesetzt, ihren Mignon unbedingt, wenn auch nur vorübergehend, nach Venedig zu holen. In Venedig gab es nämlich den schon erwähnten Donato Zanna, dem das Manuskript der geheimen Chopin-Mazurka gehörte und der der langjährige sozusagen offizielle Liebhaber Kinny Astrots war. Zanna war zehn Jahre älter als Kinny, also gut siebzig. Er war Professor an der Kunstakademie und Bildhauer. Er genoß unter Freunden progressiver Kunst einen gewissen Ruf als Schöpfer, wenn nicht Erfinder der Wurfplastiken. Die Werke Zannas erfuhren, so Zanna, ihre künstlerische Erfüllung erst im Wurf. In seinen Ausstellungen wurde also geschleudert. Dennoch konnte er davon leben; vom Verkauf der Scherben. Es versteht sich, daß in den Vitrinen Kinny Astrots mehrere dieser Geworfenen Werke lagen.

Kann man es anders als mit Kinny Astrots verliebter Verblendung erklären, daß sie sich dazu verstieg, von Zanna zu verlangen, er solle Clements Adonis-Gestalt in Marmor meißeln? Ohne ihn danach zu schleudern? »Du hast in deiner Jugend«, soll sie zu Zanna gesagt haben, »so schöne Statuen gemeißelt, daß Canova im Grab erblaßt ist –« Zanna lehnte natürlich ab. Aber er kam dadurch unschwer hinter die Affäre, tobte in Eifersucht und gekränkter Eitelkeit, warf mit Gegenständen, die nicht als Wurfplastiken gedacht waren, und behauptete, vor allem deswegen von seiner Geliebten enttäuscht zu sein, weil sich durch die Sache ihr wahrer Kunstgeschmack, nämlich heimliche Kitsch-Sucht, herausgestellt habe.

Clement Alyan war damals in Venedig, weil Kinny Astrot ein musikalisches Jahrhundertereignis initiiert und finanziell nicht unerheblich unterpolstert hatte: die Aufführung der Ballett-Oper mit dem Titel – ich zitiere nur ungenau, weil ich die ganzen barocken Schnörkel nicht mehr in Erinnerung habe – »*The History Of The Red And White Horses*«. Der Komponist dieser Masque, wie man diese Kunstform damals in England nannte, war unbekannt. Ein bedeutender Musikforscher, der auch einmal Kinnys Liebhaber gewesen war (er lebt noch, ich nenne deshalb seinen Namen nicht), hatte das Manuskript – eine Abschrift – im Speicher irgendeines Herrensitzes in Kent entdeckt. Man konnte es nicht zuordnen: spätes XVII. Jahrhundert gewiß. Vielleicht sogar Purcell? Die Nähe zu Shakespeares Vers-Roman von *Venus und Adonis* war unverkennbar. Für die Entstehungszeit des Werkes völlig ungewöhnlich war die Cembalostimme in der Partitur. Sie wies neben dem Continuo-Instrument auch einen Solo-Part auf, außerordentlich virtuos gehalten, der immer in Erscheinung trat, wenn Tonmalerisches gefordert war. Seltsamerweise war der Part abwechselnd mit »Weiß« und »Rot« bezeichnet. Verband der anonyme Komponist schon Farbvorstellungen mit den Klängen? Der ganze Vers-Roman Shakespeares schillert zwischen diesen Farben hin und her, spielt kunstvoll mit ihnen, man kann fast sagen, daß er seine Dramaturgie daraus bezieht. Die weißen und die roten Rosse – gibt es rote Rosse? Ich verstehe nichts davon. Shakespeare wird es gewußt haben. Rot und

Weiß – oder Weiß und Rot, vielleicht waren es die Wappenfarben jenes Grafen von Southampton, dem das Werk gewidmet ist.

Zurück zum Solo-Cembalo: Die Musik klang so, es ist nicht anders auszudrücken, »daß Mr. von Webern sich ihrer nicht hätte zu schämen brauchen«, um Kinny Astrot zu zitieren. (Später tauchte die nie ganz widerlegte These auf, das Ganze sei eine Fälschung. Sollte das stimmen, wäre der Fälscher genial.) Jedenfalls aber betrieb Kinny Astrot energisch und unter Einsatz all ihrer Verbindungen die Aufführung – womöglich Uraufführung – dieses Stückes im Fenice. Warum? Dreimal dürfen Sie raten, geehrter Herr. Es gelang ihr natürlich, wie alles. Das Beste vom Besten war aufgeboten. Leonard Bernstein als Dirigent, Alexis Basswaldt als Choreograph ... Ludmilla Tscherina und wer weiß, wer noch alles, ich glaube, bis herunter zu den Garderobieren, die aus New York eingeflogen wurden. Und Clement Alyan spielte natürlich den Cembalo-Solo-Part. Sollte spielen. Es kam nicht dazu.

Als Alyan von der geheimen Chopin-Mazurka hörte, wurde er gemsig wie Don Juan beim Geruch einer schönen Frau. Als Horowitz-Schüler war Alyan naturgemäß auf die Romantik geeicht – das barocke Zeug (so Alyan hinter Mrs. Astrots Rücken) wollte er nur spielen, weil er sich davon Aufsehen erhoffte.

Und so nahm das, was man Verhängnis nennt, seinen Lauf. Kinny Astrot heulte warnend, daß ja Alyan das Atelier des othellisch eifersüchtigen Zanna meiden solle wie der Teufel das Weihwasser. Alyan schwor es hoch und heilig, trat dennoch heimlich mit Zanna in Verbindung. Zanna tat freundlich und lud Alyan scheinheilig am Nachmittag vor der Uraufführung zum Kaffee. Alyan schwänzte dafür eine Probe. Astrot erfuhr natürlich von diesem Skandal, denn Lenny Bernstein erlitt wegen des gewissenlosen Solisten erst einen Ohnmachts-, dann einen Tobsuchts- und dann einen Herzanfall; sie ahnte sofort, wo Clement war, eilte hin – zu spät. Die Motorgondel des Notarztes dümpelte schon vor Zannas Atelier im trüben Wasser eines Rio in Cannaregio.

Zanna hatte Kaffee serviert, dann die Mazurka gezeigt. Clement Alyan setzte sich mit Erlaubnis des Professors an das – greulich verstimmte – Klavier und spielte ergriffen aus der heiligen Handschrift die seit hundertfünfzig Jahren von niemandem gehörte Mazurka – und dann fiel unglücklicherweise eine Jugendarbeit Zannas – »... hätte ich sie doch weggeworfen!« log er danach, »sie war eh' nicht wert, aufbewahrt zu werden!« – ein Eber aus Bronze von einem hochgelegenen Bord und zertrümmerte Clement Alyans Schädel.

Wie, glauben Sie, lieber Freund, geht die Geschichte weiter? Kinny Astrot warf sich über Clements Leiche, schrie ein paarmal auf und verschied, nicht ohne vorher Prof. Donato Zanna ein Brotmesser in den Leib gerammt zu haben. Leonard Bernstein starb sofort, als er hörte, daß die Aufführung morgen nicht stattfinden könne, Venedig ging unter, und dort, wo es stand, blühten die weiß-roten Adonisröschen, *Adonis flammens Jacq.*, auch Teufelsauge genannt –?

Nein. Leonard Bernstein reiste nur ab. Der Manager des Fenice raufte sich die Haare, Zanna wurde mit einiger Mühe mangels Beweises freigesprochen, und Kinny Astrot tröstete sich nach einiger Zeit mit einem international bedeutenden Möbelrestaurateur.

(Der alte Herr starrte in düsteren Erinnerungen in seine leere Espresso-Tasse.) Und so sind nun alle tot; einschließlich Lenny Bernstein. Fast alle, wie gesagt. Woher ich die ganze Geschichte kenne? Das verrate ich ungern.

(Er winkte dem Ober.) Un Grappa, ma morbide, morbidissimo, grazie. (Und er murmelte, sich wieder dem Tisch zuwendend:)

»Nicht stillt Aphrodite dem schönen Knaben die Wunde,
Die in den zierlichen Leib grausam der Eber geritzt.«

Wenn er nur geritzt hätte, der Eber … aber eine hübsche, verhalten-elegante Formulierung Ihres Schillers: »grausam der Eber geritzt.«

Kinny Astrot ließ über ihrem Bett aber die Inschrift anbringen:

»Auch ein Klaglied zu sein im Mund der Geliebten ist herrlich,
Denn das Gemeine geht klanglos zum Orkus hinab.«

Es sollen dies, dem Vernehmen nach, auch nach dem Möbelrestaurateur noch mehrere gelesen haben. So war sie eben, Kinny Astrot, die große Mäzenin mit dem kühnen Herzen.

Die Mazurka, fragen Sie, die Mazurka in cis-Moll? Die wurde im Nachlaß Zannas leider nicht gefunden.

Gnadenwald

Meine ursprüngliche Absicht war, mir in Innsbruck eine Hose zu kaufen. Innsbruck sei, so hatte ich von verschiedenen Seiten gehört, für Hosenkauf besonders günstig. Ansonsten, habe ich gehört, könne man die Stadt vergessen. Es waren aber, als ich in Innsbruck ankam, alle Hosengeschäfte geschlossen, alle anderen Geschäfte auch. Es herrschte nämlich einer der überraschenden, völlig unvermutet auftauchenden, zahlreichen christlich-patriotischen Feiertage, für die Innsbruck – außer für seine vorzügliche Einkaufsmöglichkeit für Hosen – berühmt ist. So beschloß ich, den mir von verschiedenen Kongressen her bekannten, in Innsbruck ansässigen Dr. Kranebitter aufzusuchen. Herr Dr. Kranebitter, eine auf einem etwas entlegenen Seitengebiet seines Faches weltweit anerkannte Koryphäe, hatte mir seinerzeit seine Karte mit der Bemerkung gegeben, daß ich, sollte ich jemals in die im übrigen nicht aufregende Stadt Innsbruck kommen, ihn unbedingt aufsuchen solle. Man kriegt, wie jeder weiß, auf Kongressen ständig solche Karten mit ähnlichen Bemerkungen, meist sogar ehrlich gemeint, und der normale Mensch wirft die Karte weg, sobald der Geber außer Sichtweite ist; ich aber bin kein normaler Mensch, weshalb ich diese Karten, die im Lauf des

Lebens einen nicht unbeträchtlichen Teil dessen ausmachen, was ich in meinen Taschen, unter anderem in den Hosentaschen, mit mir trage: Die schon sehr stark angeschwollene Zahl jener Karten war auch der Grund, warum ich mir in Innsbruck eine neue Hose kaufen wollte. Die bisherige Hose war bereits bis zur Unkenntlichkeit ausgebeult vor lauter Karten.

Da ich kein Pedant bin, sind die Karten ungeordnet. Ab und zu, in den Zeiten, in denen ich nicht unterwegs zu oder von Kongressen bin, setzte ich dazu an, die vielen, inzwischen förmlich unzählig zu nennenden Karten nach dem Alphabet zu ordnen, aber es sind einfach zu viele Karten und auch zu viele Kongresse. Ich setzte mich also in einen Park, ich glaube, es handelte sich um den Hofgarten, entnahm allen meinen Taschen die Bündel von Karten und suchte nach der mit der Adresse von Herrn Dr. Kranebitter. Tatsächlich fand sie sich schon relativ bald, und es stellte sich heraus, daß sich seine Wohnung nahe dem Hofgarten befand. Das erfuhr ich von einer jungen, engerlinghaften Frau mit blonden Zopfschnecken an den Ohren, die in einem Eimer mehrere Goldfische transportierte und außerdem ein ebenfalls engerlinghaftes Kind an der Hand führte, dessen Mutter die Zopfschnecke zweifelsohne war. Bei dieser Gelegenheit, nämlich meiner Frage nach der Straße, in der Dr. Kranebitter wohnte, die mit »gleich da hinten« beantwortet wurde, wobei die Zopfschnecke die Hand, in der sie den Goldfischeimer hielt, in die entsprechende Richtung ausstreckte, erfuhr ich zum ersten Mal von der Existenz des Gnadenwaldes. Die Zopfschnecke nämlich ergänzte ihre Auskunft mit der Bemerkung: »Ich kann Sie leider nicht hinbegleiten, denn wir sind auf dem Weg nach Gnadenwald.«

Ich traf Herrn Dr. Kranebitter nicht an. Die enge Gasse, an der das Haus lag, in der der Gelehrte und weltweit bekannte Experte lebte, lag im Schatten hoher, alter Gebäude, die nach hierorts verbreiteter Sitte kahle Wände, nur von Klosettfenstern durchbrochen, nach außen kehrten. Immerhin stimmte es noch, daß Dr. Kranebitter hier wohnte, nicht inzwischen umgezogen war. Es war ja Jahre her, daß mir Dr. Kranebitter auf jenem Kongreß seine Karte gegeben hatte. Er hätte in der Zwischenzeit gut und gern dreimal umziehen können, war aber nicht umgezogen. Vielleicht vermeidet man es in Innsbruck umzuziehen, ein an und für sich vernünftiger Standpunkt.

Neben der Haustür befand sich, wie auch in Innsbruck üblich, eine Tafel mit Klingelknöpfen und Namensschildern. Ich betätigte den Knopf unterhalb des Schildchens mit der sehr altertümlich-verschnörkelten Schrift »Dr. Kranebitter«. Ich bemerkte erst später, daß ich mich geirrt hatte. Nicht der untere, sondern der obere Klingelknopf gehörte, wenn man so sagen kann, Dr. Kranebitter. Die Anordnung war nämlich verwirrend wie, so mußte ich nach und nach feststellen, so manches in Innsbruck.

Im gewissen Sinn war dieser Irrtum günstig für mich, wie sich dem Leser gleich erhellen wird. Es öffnete sich nämlich eins der schmalen, hohen Abortfenster über mir, aus dem eine madenhafte ältere Frau ihren Kopf streckte. »Und?« fragte sie. »Kann ich Herrn Dr. Kranebitter sprechen?« schrie ich hinauf. »Da haben Sie falsch geläutet. Hier ist Stuffer.« »Verzeihung«, sagte ich und wollte mich wieder der Klingeltafel zuwenden, da sagte Frau Stuffer: »Sie brauchen gar nicht bei Dr. Kranebitter zu läuten. Der ist nach Gnadenwald gefahren.«

Beim Sortieren der Visitenkarten dort im Park oder besser, genauer: Hofgarten hatte ich mein Augenmerk zwar hauptsächlich auf den Namen *Dr. Kranebitter* gerichtet gehabt, logisch, aber nebenbei streiften natürlich auch andere Namen meine Aufmerksamkeit, und so erinnerte ich mich, daß mir bei einem Symposion ein gewisser Prof. von Hadermur seine Karte gegeben hatte mit dem Vermerk, ich solle ihn unbedingt besuchen, wenn ich nach Innsbruck komme. Vorsorglich hatte ich, an sich noch in der Hoffnung, Dr. Kranebitter anzutreffen, die Karte Prof. von Hadermurs beiseite gesteckt, zog sie aber jetzt hervor und fragte Frau Stuffer nach der Straße, in der Hadermur wohnt – an den ich mich im optischen Sinn überhaupt nicht erinnerte, war er groß oder klein? Alt oder jung? Mit oder ohne Haare? Ich verstand die Antwort nicht, denn ein Auto kam herangefahren, das mich erstens zwang, mich in der engen Gasse dicht an die Hausmauer zu drücken, und zweitens laut hupte. »Ja ja!« schrie Frau Stuffer von oben dem Fahrer zu, »ich komme sofort.« Ihr Kopf verschwand aus dem Abortfenster.

Ich legte nun meine Frage dem Autofahrer vor, bei dem, so vermutete ich, es sich um den Herrn Stuffer handelte. Es war ein sehr dicker, in leichten, reichlich grün ausgeschlagenen Loden gekleideter Mann mit Oberlippenbart, der erklärte, er und seine Frau seien im Begriff, einen Ausflug nach Gnadenwald zu machen, weswegen der Weg nahe jener Straße vorbeiführe, in der Prof. von Hadermur (Herrn Stuffer sogar dem Namen nach bekannt) wohne, und der sich freundlichsterweise erbot, mich mitzunehmen.

Aber auch Herr Prof. von Hadermur hatte das schöne Wetter und den unvermutet herangekommenen Feiertag ausgenützt, um einen Ausflug nach Gnadenwald zu machen. Ich erfuhr es von der Hausmeisterin, die, sagte sie, nur deshalb nicht nach Gnadenwald gefahren sei, weil sie eine Gurkenkur gegen ihre Gürtelrose mache.

O Gnadenwald. Ein begnadeter Wald? Ein Wald, der Gnaden schenkt? Leichte Stämme, vielleicht Birken mit hellem Laub? Oder schwere, alte Fichten, die feierliche Finsternis verbreiten? Gnadenwald. Wir sind in Tirol, also ist der Gnadenwald nicht vorstellbar ohne Kapelle, Waldkapelle, Gnadenwaldkapelle, vielleicht jenem Heiligen oder jener Heiligen gewidmet, dessentwegen bzw. derentwegen heute die vielgerühmten Hosengeschäfte Innsbrucks geschlossen sind, ich also in der alten, von den faustgroßen, ja kinderkopfgroßen Bündeln von Visitenkarten ausgebeulten Hose herumlaufen muß. Ich pflege in Hosengeschäften, wenn ich mich, was beiläufig alle vier, fünf Jahre der Fall ist, zum Kauf einer neuen Hose entschlossen habe, auf meine alte Hose zu deuten und zu sagen: »Bitte so eine Hose, nur neu.« Vor Jahren allerdings hat mir der Hosenverkäufer geraten, anstelle meiner alten, grauen Hose ein bestimmtes Modell zu nehmen, das sozusagen überhaupt keine Farbe hatte: grau-grünlichbräunlich mit je einem Stich ins Gelbe und ins Violette. »Kein Mensch«, sagte der Verkäufer, »kann angeben, was das für eine Farbe ist. Anders ausgedrückt: Jeder Befragte wird, je nach Standort, Lichteinfall, Blickwinkel eine andere Farbe nennen. Bedenken Sie den Vorteil, wenn Sie eventuell auf der Flucht wären. So eine Hose entzieht sich und damit auch Sie jeder kriminalistischen Beschreibung.«

Seitdem trage ich solch kriminalistische Hosen, wenngleich der Effekt inzwischen nicht mehr gegeben ist oder eingeebnet, weil meine Hose von den vielen Visitenkarten derart ausgebeult ist, daß man, vorausgesetzt, ich sei auf der Flucht, sagen würde: »Da rennt einer mit einer Hose, deren Farbe zu beschreiben unmöglich, die aber unübersehbar ausgebeult ist …«

Ich bin allerdings nicht auf der Flucht.

Professor von Hadermur wohnte am Stadtrand. Wie komme ich, da er, wie schon fast nicht anders zu erwarten war, einen Ausflug nach Gnadenwald gemacht hat, in die Innenstadt zurück? Breite Straßen mit großen, eher neuen, gelblich gestrichenen Häusern. Die gelbe Farbe blendet im Sonnenlicht. Kein Mensch ist unterwegs. Wahrscheinlich sind alle in Gnadenwald. Wenn ich wenigstens die Himmelsrichtung wüßte. Ich habe versäumt, das Ehepaar Stuffer vorsorglich zu fragen, wie ich ein öffentliches Verkehrsmittel erreiche. Die Straßen sind ziellos lang und breit. Ich gehe dorthin, wo ich den Norden vermute. Dies signalisiert in Innsbruck dankenswerterweise eine Art riesigen Greisengebisses, das »die Nordkette« heißt, offensichtlich aus Stein ist und die Fernsicht unschön einschränkt.

Nach etwa einer Stunde begannen fern die Mittagsglokken zu läuten. Es hilft zur Orientierung auch nichts, denn der Klang kommt von allen Seiten. Aber ich treffe endlich einen Menschen. Er führt seinen Hund aus, der sogleich rotzend an meiner Hose schnüffelt. An und für sich würde ich, außer in der Not, wie jetzt, niemals einen Menschen (oder vielmehr: Unmenschen) anreden, der einen Hund ausführt. Ich erfahre von dem hundausführenden Menschen, daß sich zwar unweit von hier, an einem Platz, der, wenn ich mich recht erinnere, so ähnlich wie Sardellen-Platz heißt, die Endstation einer Omnibuslinie befinde, daß aber heute nicht mit öffentlichem Omnibusverkehr zu rechnen sei.

»Alle Omnibusfahrer, Trambahnschaffner und so fort sind hier in Innsbruck selbstredend Schützen, zumindest der Blasmusik Angehörige, allermindestens Mitglieder von Trachtenvereinen, und heute, an diesem hohen Feiertag, wird ausgerückt.«

»Jetzt?« fragte ich.

»Wo denken Sie hin. Jetzt ist Mittag. Um sechs Uhr in der Früh wurde ausgerückt. Haben Sie die Böller nicht gehört?«

Doch. Ich hatte sie gehört oder besser gesagt, gespürt, als die Detonationen das Hotel erschütterten. Ich hatte mich ans Kopfteil geklammert und angenommen, die Nordkette werde weggesprengt.

Also bestand bis morgen keine Hoffnung. Ich verabschiedete mich vom Hundehalter. »Und Sie«, fragte ich, »sind weder Schütze noch Blasmusiker noch Trachtenfreund?«

Er senkte seinen Kopf: »Ich wurde ausgeschlossen«, sagte er, »wegen sittlicher Verfehlungen. Aber jetzt, sobald Sternlein sein Häuferl gemacht hat, muß ich weiter –«

»Nach Gnadenwald?« fragte ich.

»Woher wissen Sie das?«

Wie soll man sich Gnadenwald vorstellen an so einem Feiertag wie heute? Daß auch alle Schützenkompanien, Trachtenvereine und Musikkapellen nach Gnadenwald gezogen sind, bedarf keiner weiteren Erwähnung. Hallt ihr gewaltiger Ton durch Gnadenwald? Schütteln sie die Gnade von den Ästen? Ereignen sich wunderbare Heilungen? Können Analphabeten plötzlich lesen? Gebären für unfruchtbar gehaltene Greisinnen Zwillinge? Erscheinen Hosenverkäufern Erzengel in unbeschreiblichen Farben? Regnet es

Mannah? Denn ich kann mir nicht vorstellen, wie sonst die Massen der nach Gnadenwald gewallten Innsbrucker ernährt werden können. Oder reicht die Stärkung durch die Gnade?

Gegen Abend, die Nordkette flammte in Gold, fand ich in die immer noch so gut wie leere Innenstadt zurück. O Gnadenwald.

Steinmann

Er hieß nicht Steinmann, er war nur einer. *Der* Steinmann, denn es gab wohl keinen anderen. Zepper war sein Name, sein Vorname Alben. Nicht: Albin, sondern Alben. Was sich seine Eltern dabei gedacht haben, hat Zepper nie erfahren. Fragen konnte er sie nicht, denn sie starben bei der Explosion eines Hauses am Heiligabend, als Zepper grad eineinhalb Jahre alt war. Das Haus explodierte wegen einer defekten Gasleitung, was sonst. Man weiß, daß nahezu wöchentlich Häuser wegen defekter Gasleitungen explodieren. Aber das ist, wie man so sagt, eine andere Geschichte. Jenes Haus explodierte, als – es war so, muß weiter ausgeholt werden, daß Zeppers, also des kleinen Alben Zeppers (er betonte später seinen Vornamen elegant auf der zweiten Silbe: Albén) Eltern an jenem verhängnisvollen Weihnachten beschlossen hatten, den Heiligabend bei Freunden zu verbringen. Es wurden also alle Geschenke nochmals in Taschen und so weiter verpackt – eins der Geschenkpakete, das einen rosafarbenen sogenannten Hüfthalter, für Frau Zepper bestimmt, enthielt, wurde später auf der Ladefläche eines, sage und schreibe, dreihundertundfünfzig Meter entfernt geparkten LKW gefunden. Das weitere Schicksal des Hüftgürtels ist unbekannt. Um es kurz zu machen: Die befreundete Familie hatte den Christbaum geschmückt, die Kerzen angebracht, Punsch vorbereitet et cetera, die eigenen Geschenke unter den Baum gelegt, dann die der ankommenden Eheleute Zepper dazugetan, der Hausherr legte die Schallplatte mit Weihnachtsliedern auf und zündete die erste Kerze an –

Der Knall war bis in die Innenstadt zu hören. Der Trichter war etwa fünf Meter tief und hatte einen Durchmesser von gut und gern zwanzig Metern.

Alben, das Kind, überlebte. Nicht durch ein Wunder, sondern dadurch, daß Herrn Zeppers Mutter, Erna Witwe Zepper geborene Silberwastl, wieder einmal an der von ihr erfundenen Krankheit des Mittelohrkrampfes litt und daher nicht zu jenen Freunden mitkommen konnte. Zum Trost wurde ihr der Enkel, Alben, der spätere Steinmann, überlassen. Die Gasexplosion des Hauses, in dem die Großmutter Zepper lebte, erfolgte erst zwei Jahre später. Auslöser war das Anzünden einer Zigarette durch einen gewissen Jonathan Zwirnsteiner, 89 Jahre alt, mit dem sich die Großmutter (85) vor kurzem verlobt hatte.

Bei dieser Explosion stellte man fest, daß die inzwischen verewigten Zeppers das Kind ohne weiteres zu der desaströsen Weihnachtsfeier im befreundeten Haus mitnehmen hätten können, denn dem Kinde wäre vermutlich damals schon nichts passiert. Bei der Explosion des großmütterlichen Anwesens flog das nun dreieinhalbjährige Kind nach Aussagen des Augenzeugen Zwowige Franz, eines zufällig vorübergehenden Alteisensammlers, in hohem Bogen durch die Luft, durchschlug den Bretterzaun eines nahe gelegenen Holzlagers und blieb zwar etwas benommen, aber völlig unverletzt vor den Füßen der aufgrund des Detonationslärms aus ihrem Holzlager-Büro herausgerannten Holzlager-Sekretärin Alfreda Hirschler liegen. Der Bretterzaun wies an der betreffenden Stelle ein

Loch auf, wie ausgesägt, genau mit den Umrissen des Kindes.

Frau, oder, worauf sie Wert legte, Fräulein Hirschler betrachtete dieses heranfliegende Kind als Zeichen des Himmels. Ein Glück für Alben. Fräulein Hirschler hatte selber keine Kinder, kein eheliches Kind sowieso, und vor einem unehelichen bewahrte sie ihr Aussehen, auf das aus Delikatesse hier nicht näher eingegangen werden soll.

Alben, dessen Identität nach den Ermittlungen über die Explosionsursache zutage trat, wurde von Fräulein Hirschler mit nach Hause genommen. Das Jugendamt war froh, daß sich jemand um den verwaisten Knaben kümmerte.

Fräulein Hirschler sorgte, das muß man ihr lassen, gut für den Buben, nährte und kleidete ihn und sorgte für seinen Geist, indem sie ihm abends Lieder vorsang. Untertags, wenn Fräulein Hirschler im Büro des Holzlagers arbeitete – Rechnungen und Lieferscheine schrieb, die Buchhaltung besorgte, telephonische Bestellungen entgegennahm usw. –, war Alben im Kindergarten, später in der Schule, nachmittags im Hort.

Als Alben etwa vier Jahre alt war, kam es zu einem Unfall. Es war an einem Samstag, und Fräulein Hirschler ging in der Absicht, sich neue Schuhe anzuschaffen, in die Innenstadt, den kleinen Alben an der Hand. Just in dem Augenblick, als Fräulein Hirschler in einer Auslage die Schuhe erblickte, die genau dem entsprachen, was sie sich vorstellte (es handelte sich um sogenannte Knöpfstiefeletten Farbe Erbrochene Pflaume), riß sich Alben los und rannte über die Straße, weil er jenseits in der Auslage einer Tierhandlung einen Goldhamster erspäht hatte. Ein Autofahrer konnte sein Fahrzeug nicht mehr bremsen, versuchte noch auszuweichen, erfaßte das Kind und schleuderte es im hohen Bogen zur Seite. Das Fahrzeug erlitt durch den

Zusammenstoß, wie sich später herausstellte, einen Totalschaden. »Sind Sie mit einem Panzer zusammengestoßen?« fragte der Schadensgutachter. Alben flog in Richtung der erwähnten Tierhandlung, knickte eine Straßenlaterne an, durchschlug ein Telephonhäuschen (ebenfalls Totalschaden) und – es ist nicht anders zu sagen – schoß in die Tierhandlung, und zwar nicht durch die Auslagenscheibe, sondern durch die massive Ladentüre, die vollkommen zu Bruch ging, ebenfalls ein Teil der Einrichtung, soweit die in der Flugbahn Albens lag. Es entkamen 14 Katzen, 6 junge Hunde, 88 Hamster, Zwerghasen, Meerschweinchen und dergleichen sowie 4 Schlangen. Der Tierhändler erlitt einen Schock und eine lebenslang verbleibende Schüttellähmung, sobald er ein vierjähriges Kind sah. Alben stand inmitten der Zerstörung und hatte den so unfreiwillig erbeuteten Goldhamster in der Hand.

Die Folgen dieses Ereignisses beschäftigten noch jahrelang die Gerichte bis zur höchsten Instanz, was insbesondere die Rechtsfragen betraf, die der Biß einer der entkommenen Schlangen nach sich zog. Sie biß die Gattin eines Parlamentsabgeordneten, die gerade auf der Kundentoilette eines Kaufhauses saß, wohin sich die Schlange verirrt hatte. Durch den Biß quoll die Parlamentariergattin zu etwa der zweieinhalbfachen Dicke auf, weshalb der Parlamentarier sich weigerte, sie weiterhin als seine Ehefrau anzuerkennen. Da er in der Folge die Annullierung seiner kirchlich geschlossenen Ehe betrieb, beschäftigte die Sache dann sogar noch die Rota Romana.

Den Goldhamster durfte Alben behalten, das heißt, in dem Durcheinander fiel das gar nicht auf. Er nannte ihn *Urknall*.

Er war ein unauffälliger Schüler bis auf einen Vorfall im vierten Schuljahr, Alben also etwa zehn Jahre alt. Ein Mitschüler wollte Alben das Pausenbrot wegnehmen. Alben verteidigte es – obwohl er eigentlich diese mit Gurkenscheiben belegten Quarkbrote, die ihm Fräulein Hirschler immer mitgab, nicht ausstehen konnte – und es kam zu einer kurzen Rauferei, in der der Mitschüler Rufus, der stärkste der Klasse, auch der größte, weil er bereits zweimal sitzengeblieben war, Alben packte und gegen das Lehrerpult schleuderte. Dieses zerbarst zwar nicht in tausend, aber, wie später in der Klageschrift gegen Rufus' Eltern aufgelistet stand, in sieben große, achtzehn kleine Teile und zahlreiche Splitter. Rufus' Vater hatte sich geweigert, die Verantwortung für die Tat seines Sohnes zu übernehmen, wollte sie auf Alben abschieben. Der Prozeß endete zuungunsten von Rufus' Vater, was diesen zu andauernden Beschimpfungen der Justiz veranlaßte, die erst – naturgemäß – aufhörten, als er bei der Gasexplosion im Haus seiner heimlichen Geliebten, einer Schriftstellerin namens Müller (nicht zu verwechseln mit der bekannten Autorin Hingerta Müller, der Verfasserin des berühmten Bestsellers »Rapunzels Schamhaar«), zu Tode kam. Die Schriftstellerin überlebte. Hier tatsächlich durch ein Wunder. Sie wurde aus dem Haus gefegt, wobei sie allerdings durch den Luftdruck restlos entkleidet wurde. Sie stand nackt vor den Trümmern des Hauses, als die Feuerwehr kam, und hielt das Manuskript ihres Romanes krampfhaft vor ihre Blößen, denn zufällig hatte sie dieses im Augenblick der Explosion in der Hand, weil sie ihrem Geliebten das zuletzt geschriebene Kapitel vorlesen wollte. Sie hatte sich aber vergriffen. Was sie in der Hand hielt, waren nicht die schon beschriebenen, sondern die noch nicht beschriebenen Blätter. »Der Scherz der Verblödung« hätte der Roman heißen sollen, der nie erschien, weil er nie fertiggeschrieben wurde. Die Schriftstellerin erfuhr nämlich entweder durch die Explosion oder durch die Tatsache, daß sie nackt der Feuerwehr gegenüberstand, eine Persönlichkeitsveränderung und eröffnete später einen Würstelstand in der Fußgängerzone.

Als Alben in die dritte Klasse Gymnasium ging – immer noch ein unauffälliger Schüler –, ereilte den Holzhändler und Chef Fräulein Hirschlers, er hieß Spinateder (mit Betonung auf i), die Gasexplosion in seinem Stammgasthaus »Sportlerklause« bei der Sitzung des Karnevalsvereins, dessen Schatzmeister Spinateder war. Da der gesamte Vorstand betroffen war, absolvierte der – restliche – Verein den nächsten Karnevalsumzug in Schwarz. Das betraf Fräulein Hirschler zwar nicht, wohl aber, daß damit das Ende des Holzlagers gekommen war.

Eine Grippe-Epidemie drohte, die damals vielgefürchtete Ameisen-Grippe. Das Gymnasium, das Alben besuchte, ordnete eine Impfung aller Schüler an. Die Aktion, die trotz scheinbar sorgfältiger Vorbereitung starke Unordnung hervorrief, fand an einem Donnerstag statt. Die Klassen mußten nacheinander antreten, gegen zehn Uhr die Klasse, die Alben besuchte. Um zehn nach zehn riß der Schularzt ohne anzuklopfen die Tür des Direktorzimmers auf, zerrte den Schüler Zepper, Alben hinter sich her und schrie: »Wahn! Wahn!«

Der Direktor suchte hinter seinem Schreibtisch Schutz und schrie seinerseits: »Was erlauben Sie sich ohne anzuklopfen ...«

»In solchen Situationen klopfe ich nicht an.« Und zum Schüler Zepper Alben sagte er: »Hosen runter.«

»Was soll das?« schrie der Direktor.

Schon aber hatte der Schularzt die Impfspritze aufgezogen – haute sie gegen das teilentblößte Gesäß des Schülers – »Da!« schrie er, »sehen Sie!« Die Spitze der Spritze war verbogen. »Dringt nicht ein!« schrie der Arzt.

Jetzt kam der Direktor hinter dem Schreibtisch hervor und trat näher. »Komisch«, sagte er, »probieren Sie es noch einmal.«

Der Arzt nahm eine neue Spritze, zog sie auf – haute – glitt ab wie von Marmor.

»Machst du das absichtlich?« fauchte der Direktor.

»Weiß nicht«, sagte Alben.

»Noch mal!« befahl der Direktor.

Wieder dasselbe. Die Spritze ruiniert. Der Direktor befühlte den Hintern des Schülers. Weich wie jeder Hintern.

»Der macht es absichtlich«, sagte der Direktor.

»Kann nix dafür«, wimmerte Alben.

Da holte der Direktor aus und hieb auf Albens Hintern –

Den Arm noch in Gips mußte der Direktor drei Wochen später im Ministerium Rede und Antwort stehen, eine Rüge und die Strafversetzung entgegennehmen. Er entging dadurch der Gasexplosion, die das Büro seines Nachfolgers und diesen selber dahinraffte. Der Schularzt schrieb einen wissenschaftlichen Aufsatz: »Ein Fall akut-temporärer Versteinerung«. Er wurde allgemein, da zufällig in der ersten April-Nummer veröffentlicht, kaum ernst genommen.

Es traf sich, daß kurz zuvor Fräulein Hirschler durch Vermittlung jenes Alteisensammlers Zwowige zu einem Mentalisten-Zirkel stieß. Sie nahm den Mentalisten-Namen Mibedlaum an und eröffnete ein, wenn man so sagen kann,

Mentaliseum en gros et en détail. Sie las aus dem Kaffeesatz, schlug Karten, pendelte. Alben war hilfreich, weil er, während seine Ziehmutter drin pendelte oder sonstigen Hokuspokus machte, draußen in den abgelegten Mänteln und Taschen kramte, Ausweise, Briefe und so fort untersuchte und dann der Mentalistin drin versteckte Zeichen gab, die diese in oft verblüffendes Wissen verwandelte.

»Wieso konnte sie wissen, wie mein Hund heißt?« wunderte sich wohl eine Kundin vielleicht, voll Staunen. Sie dachte nicht daran, daß sie die Hundesteuer-Quittung in ihrer Manteltasche gehabt hatte.

Aber auch der Alteisenhändler Zwowige Franz hatte seinen Beruf gewechselt. Er nannte sich nun Zodiakus und eröffnete in der Nähe des Hirschlerschen Etablissements ein »Astrales Mental-Center«. Unschön für Fräulein Hirschler resp. Mibedlaum. Nur wenige Kunden frequentierten sowohl das eine als auch – zur Absicherung – das andere Mentaliseum, die meisten begnügten sich mit dem Besuch einer der Anstalten. Störende Konkurrenz, praktisch: Halbierung des Umsatzes jeweils.

Es kam zum stillen, dann bald zum lauten Kampf, zu gegenseitigen Beschimpfungen, Fensterscheibeneinschlagitäten, Anzeigen, Bedrohungen, Prozessen und zuletzt zu einem Säureattentat. Dieses hatte unerwartete Folgen. Das war um die Zeit, als Alben – unauffällig, klaglos und durchschnittlich – sein Abitur gemacht hatte.

Zodiakus recte Zwowige ging mit einer Milchkanne voll Salzsäure zu Frau Mibedlaums recte Hirschlers Tür, läutete, holte aus und schüttete – nicht der erwarteten Konkurrentin, sondern dem ausnahmsweise öffnenden Alben die Salzsäure ins Gesicht. Es passierte Staunenerregendes: Alben stand da mit weit aufgerissenen Augen. Die Salzsäure rann an ihm herunter, zerfraß sein Hemd und dann seine ausgefranste Jeans-Hose, hinterließ Spuren an der Unterwäsche und an den Turnschuhen, so daß Fetzen an ihm herunterhingen, zerfraß den Boden um ihn herum und ließ ihn, Alben, unverletzt.

Die Hirschler kam laut schreiend herangelaufen, sprang furienartig den Zwowige an, der aber nur stotternd und fuchtelnd dastand, die Schläge der Hirschler unabgewehrt einsteckte und dann flüchtete. Die Hirschler holte einen Kübel mit Wasser, spritzte Alben ab und schickte ihn dann, sich andere Sachen anzuziehen, während sie vorsichtig die säurezerfressenen Kleiderreste einsammelte. Noch bevor sie, wie beabsichtigt, die Polizei anrief, kam Zwowige wieder daher.

Die Hirschler holte innerlich zu einem Schrei aus, aber Zwowige rief von weitem: »Nein, nein – ganz anders – nicht, nicht!«, fuchtelte quasi mit einer unsichtbaren weißen Fahne: »Ich habe eine Idee! Friedlich! Friedlich!«

Es gab damals eine Fernseh-Schau oder -Show, in der ein amerikanischer Welt-Mystifikator, der sich selber mentalistisch schon zur Ruhe gesetzt hatte, jungen aufstrebenden Mental-Talenten großherzig die Möglichkeit bot, ihren Schwindel vor einem großen Publikum im Studio und einer Millionenschar vor den Fernsehern auszubreiten. Zum Schluß wurde abgestimmt, wer zum neuen Haupt-Mentalisten gekrönt wird. Man kann sich ausmalen, welch krause Kandidaten sich da meldeten. Unter anderem Hirschler-Zwowige mit Alben.

Sie hatten es vorher ausprobiert. Aus Konkurrenz und Feindschaft war innige Übereinstimmung geworden, allerdings nur sozusagen geschäftlich. Gewisse Hoffnungen Fräulein Hirschlers im privaten Bereich erfüllten sich nicht. Obwohl Zwowige selber kein Seladon war, eher vom Aussehen eines schwärzlichen, fadenbärtigen Frosches, konnte er sich nicht dazu finden, den versteckten, aber deutlichen Avancen Fräulein Hirschlers zu folgen.

Aber geschäftlich sehr wohl. Sie hatten es also probiert. Alben stand da im »Salon Mibedlaum«, Zwowige holte mit einem schweren, langen Brecheisen aus dem Restbestand seiner Alteisenhandlung aus und drosch mit aller Kraft auf den jungen Mann ein.

Das Brecheisen verbog sich zu einem Halbmond, Alben wankte etwas, war aber unverletzt. Keine Beule, kein blauer Fleck.

Zwowige befühlte ihn: ganz normal, wie sich eben ein lebendiger Mensch anfaßt.

»Ja, sag' einmal –«

»Ich weiß auch nicht«, sagte Alben, »es ist so, wenn ich mich fürchte, wenn man mich erschreckt. Da kommt es. Von oben oder von unten, ich weiß auch nicht. Überzieht mich. Oder von innen heraus, irgendwie.«

Steinmann. Dennoch gewannen »Zodiakus und Mibedlaum« den Preis bei der Fernseh-Schau nicht. Zwar beeindruckte es durchaus, als Zodiakus nach einigem Brimborium, das Fräulein Hirschler-Mibedlaum, gekleidet in Schamanentracht, veranstaltete, mit einer Brechstange auf Alben – nunmehr Albén – eindrosch, der dabei zwar wankend, aber unverletzt stand, der Obermagier aber fand den »Trick« etwas zu einfach, und dem schloß sich offenbar das Publikum an. Den ersten Preis gewann ein gewisser Bachmoser, der mit den Ohren so stark wackeln konnte, daß er damit eine Kerze ausblies. Die Schau fand bald danach ihr Ende, weil der Obermagier bei der durch eine defekte Gasleitung verursachten Explosion eines Hotels in Nassau/Bahamas in die endgültige Mentalistität entglitt.

Fräulein Hirschler ebenso wie Herr ehemaliger Alteisenhändler Zwowige hielten es für überflüssig, den Knaben, von dessen seltsamen Fähigkeiten sie hinfort zu leben gedachten, einer weiteren sowohl zeitraubenden als auch kostspieligen Schulbildung zu unterziehen. Zwowige hatte inzwischen zum Mißvergnügen der Hirschler eine gewisse Pauline Adorno geheiratet, die Witwe eines bei der Explosion seines Wohnwagens umgekommenen Hochseilartisten namens Tewe Adorno (nicht zu verwechseln mit dem Nasenflötenvirtuosen T. W. Adorno), die außer einigen Hochseilen und zwei halbwüchsigen Töchtern den anderen, unbeschädigten Wohnwagen mit in die Ehe brachte. Mit diesem reisten sie – Zwowige, Frau Pauline nunmehr Zwowige, die Töchter Adorno, Fräulein Hirschler und Albén, sehr gedrängt also – von Jahrmarkt zu Jahrmarkt und ähnlichen Veranstaltungen und führten vor, wie Zwowige, assistiert von den leichtbekleideten Töchtern, mit der Brechstange auf Albén einschlug. Der Beifall war meist groß, der finanzielle Ertrag bescheiden.

Alljährlich findet in den Wiesen überhalb des an und für sich anmutigen Dorfes Kastelruth im südlichen Tirol ein Fest statt. Tausende von Sachsen sitzen dort drei Tage lang und obliegen der Darmentleerung. Warum die Sachsen zu Tausenden zu diesem Behufe nach Kastelruth wandern und warum das ausgerechnet Sachsen sind, die diesem rätselhaften Trieb unterliegen, ist so wenig erforscht wie der Todeszug der lappländischen Lemminge. Begleitet wird das Tun der Sachsen vom Gesang einer Musikgruppe, die bereits vor längerer Zeit in den gleichen Gefahrenbereich eingestuft wurde wie das Auftauen der Permafrostböden. Zwowige und die Seinen fuhren zu dem Fest, um im Begleitprogramm ihre Attraktion, also Albéns Steinwerdung, vorzuführen. Dabei geriet Albén unversehens und unverschuldet in eine Schlägerei zwischen zwei jugendlichen Sachsen-Gruppen, die sich darüber stritten, welches Lied der erwähnten Gefahren-Gesangs-Horde den Vorzug vor allen anderen genieße: »Jeder Weg führt irgendwann zur Jause« oder »Eine weiße Lederhose«. Albén schrie: »Ich bin Artist! Ich bin kein Sachse!« Es half nichts. Ein gehirnfreier Zweimetrist hieb von oben auf Albén, der sofort zu Stein erstarrte, wodurch die Faust des Sachsen in einen komplizierten Trümmerbruch zersplitterte. Albén floh in den Wohnwagen, der von den verfolgenden Sachsen in handliche Holzsplitter zerkleinert wurde, unter denen begraben Albén verschnaufte, bis alles vorbei, die Sachsen vom Weißen Kreuz abtransportiert waren.

Da sich gleichzeitig Frau Pauline Zwowige-Adorno unwiderstehlich zu einem Herrn namens Mario Schlütke, dem »amtierenden Vize-Schönheitskönig« von Dürröhrsdorf-Dittersbach, hingezogen fühlte und diesem dorthin folgte und die Töchter sich einem marokkanischen Wanderbordell anschlossen, war die Schaustellerei zwangsläufig beendet. Das Glück war den verbleibenden drei aber günstig. Ein Zirkus engagierte sie. Albén – schon länger, wie erwähnt: Albén – wurde sogar eine der Zugnummern. Er ließ nicht nur über sich ergehen, daß Zwowige-»Zodiak« in Schamanentracht eine Brechstange an ihm verbog, sondern stieg auch als »Tarzan« kostümiert in den Raubtierkäfig und ließ sich Tatzenhiebe versetzen …

So ging es mehrere Jahre. Eine Katastrophe zeichnete sich allerdings ab, als sich bei Albén eine Blinddarmentzündung zeigte und er operiert werden mußte. Der erste Nadelstich – versuchte Nadelstich in die Vene ließ ihn erstarren. Die Ärzte waren so verwundert wie verzweifelt. Noch verwunderter aber waren sie, als sich herausstellte, daß durch die temporäre Versteinerung der Blinddarm sich von selber beruhigt hatte.

Es kommt sehr selten vor, aber es kommt vor: der Reiche Onkel aus Amerika. In Albéns Fall eine reiche Tante und aus Australien. Die Mystifikations-Schau wurde mit einiger zeitlicher Verzögerung auch dort ausgestrahlt, und einer Mrs. Aflay-Clarkson fiel der Name Zepper auf. Weitere Nachforschungen, die die reiche, sehr reiche und verwitwete Mrs. Aflay-Clarkson anstellte, ergaben eine weitläufige Verwandtschaft: Albéns Vater war der Ur-Urenkel von Mrs. Aflay-Clarksons Ur-Großvater gewesen – weitläufig, aber immerhin. Der Brief Mrs. Aflay-Clarksons (»Dear Nephew«) erreichte Albén auf der ersten Tournee mit dem Zirkus »Tormoni« in Zürich.

Mrs. Aflay-Clarkson hatte keine Kinder, keine Geschwister, nichts weit und breit. Universalerbe.

Der Brief erreichte Albén im Garderobe-Wohnwagen, als er sich für seinen Auftritt fertigmachte. Obwohl nichts von Erbschaft in dem in gewundenem Englisch abgefaßten Brief stand, erkannte Albén sofort, daß diese Angelegenheit vor Fräulein Hirschler und erst recht vor Zwowige verborgen werden sollte. Die Korrespondenz, die bald verwandtschaftlich-herzliche Töne annahm, lief über die Adresse eines Mitschülers, des einzigen, mit dem Albén in Verbindung geblieben war. Von seinen Auftritten schrieb Albén der neuen Tante (»Dear Aunty«) nichts, erklärte nur in schwächerer Deutlichkeit von einem elternlosen Aufwachsen und daß er nun studieren wolle, so etwa in Richtung Geographie oder Geologie. Das treffe sich gut, schrieb »Aunty«, ein enger Freund ihres verstorbenen Mannes sei der bedeutendste Geologe Australiens, und sie legte ein Flugticket bei.

Ohne Abschied verschwand Albén aus dem Dunstkreis seines bisherigen Lebens. Die Allianz zwischen »Zodiakus« und »Mibedlaum« zerbrach sofort. Es kam zu unschönen Auseinandersetzungen über die letzten Abrechnungen vom Zirkus, einen Prozeß verhinderte die Gasexplosion eines Heimwerker-Baumarktes, in dem Zwowige im Begriff war, ein großes Beil zu kaufen, mit dem in Händen er zugleich mit dem größeren Teil des Hausdaches in die Luft flog. Ob er das Beil im Hinblick auf die finale Auseinandersetzung mit Fräulein Hirschler kaufen wollte, wird nie geklärt werden können.

Das weitere Leben Albéns verlief ruhig, sorglos, unauffällig und durchschnittlich. Er studierte lustlos bei jenem Professor für Geologie, bis dieser bei der Gasexplosion eines – peinlich – Freudenhauses in Singapore das Zeitliche segnete, sofern man das Wort »segnen« in diesem Zusammenhang gebrauchen darf. Einen Studienabschluß erstrebte Albén dann nicht mehr. Nach dem Tod seiner Aunty, die, nein, nicht durch eine Gasexplosion, sondern nach einer Mahlzeit in einem Thai-Restaurant starb, widmete er sich ausschließlich seiner Passion des Züchtens von Wellensittichen. Fräulein Hirschler allerdings wunderte sich, daß sie pünktlich jeden Monat eine gewisse Geldsumme aus Australien überwiesen bekam. Ohne Absender. Zur Vorsicht forschte sie nie nach, überlebte zwei Gasexplosionen (eine des Krankenhauses, wo sie wegen eines Darmgeschwürs behandelt werden mußte, und eine des Gebetsraumes der Methodisten, denen sie in späteren Jahren beigetreten war), starb friedlich im Schlaf.

Freilich gab es immer wieder kleine Abwechslungen in Albéns Leben, die auf seine seltsame Eigenschaft zurückzuführen waren. Schon beim ersten Flug nach Australien: Ein Scheich war einer der Mitpassagiere. Es wird wohl kein großer Scheich gewesen sein, denn die fliegen mit eigenem *Jet*. Aber immerhin hatte er die ganze Senator-Class für seine Leibwächter und Ehefrauen gebucht. Als Albén sich irrtümlich – er suchte das Klo – der Senator-Class näherte, stieß ihn einer der Leibwächter unsanft vor die Brust ... sofort sackte das Flugzeug, durch den versteinerten Albén um Tonnen schwerer geworden, hart nach unten. Der Scheich bekam einen Weinkrampf über die Beleidigung des Islam und beruhigte sich bis zum Ende des Fluges nicht mehr. (Er kam übrigens wenige Jahre später bei der Gasexplosion in seiner Privat-Moschee um.)

Eine Gasexplosion erschütterte das Gebäude der Hafenpolizei. Ein Segelboot war eben am Auslaufen, ein eher kleines Boot. Vier Herren befanden sich im Boot, darunter Albén. Die Druckwelle der Explosion wühlte das Meer auf, das Boot kenterte. Albén wurde an den Mast geschleudert und versteinerte sofort. Das Boot sank, auch Albén. Die anderen drei konnten sich retten.

Im Jahr 2286 p.Chr. fanden archäologische Taucher im Meeresgrund die lebensgroße Statue eines Mannes. Fachleute hielten sie für ein Kultbild.

Gulden

für Dieter David Scholz

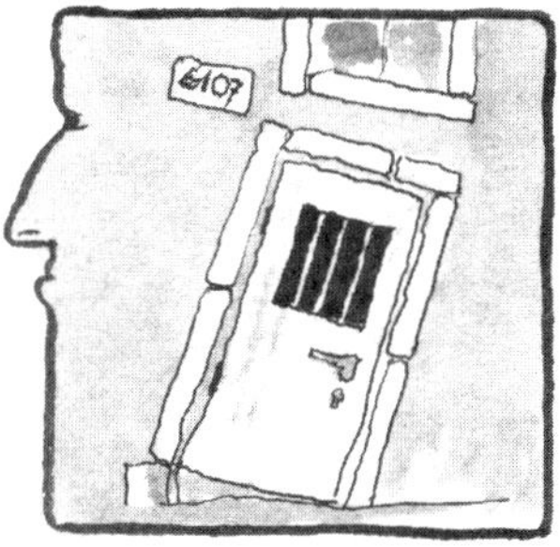

Venedig hat keine Stadtviertel, ist auch insofern anders als alle anderen Städte, es hat Stadt-Sechstel: Sestieri. Der Name des Sechstels ist, oft mit dem Namen der Pfarrei, auf steinernen Tafeln eingemeißelt, alle einheitlich seit alters, und auch der Name der Gasse, des Rio, des Campo ist eingemeißelt. Es war nach Mitternacht, da ging ich als letzter Gast aus der Trattoria. Normalerweise bleibe ich nicht so lang, ich bin kein Spätmensch (außer allgemein-menschheitsgeschichtlich gesehen), aber an dem Tag hatte ich mich mit dem Wirt unterhalten, der dazu Zeit hatte, denn es war wenig los: November. Worüber unterhalten? Über die Lage, daß die Hilfsgelder für Venedig versickern, daß die Politiker korrupt sind, daß sie zu viel verdienen – das heißt, »verdienen« tun sie gar nichts für das, was sie tun, respektive nicht tun. Es wird ihnen zu viel Geld in den … salva venia … geschoben. Vielmehr: schieben es sich selber hinein.

»Il conto per favore, dunque«, sagte ich.

»Senza ricevuta?« fragte er. Die Steuerhinterziehung ist in Italien Notwehr. Wer Steuern zahlt, geht unter.

Ich war oft dort, aber ich weiß nicht, wie die Trattoria heißt. Vielleicht hat sie überhaupt keinen Namen. Touristen kommen dort nicht hin, obwohl einer der Ameisenwege vom Bahnhof zum Marcus-Platz nahe ist. Aber »nahe« bedeutet in Venedig gar nichts. Noch fast jedesmal bin ich, wenn ich jene Trattoria verlassen habe, dort vorn falsch abgebogen, wobei ich das Gefühl habe, daß es falsch ist, in welche Richtung ich auch abbiege. Aber immerhin gehöre ich nicht zu denen, die als Skelette, in den verzweiflungsvoll gereckten Knochenarmen den nutzlosen Stadtplan haltend, am Ende einer Sackgasse lehnen. Verhungert. Irgendwie bin ich noch immer ins Hotel zurückgekommen.

Heute biege ich links ab. Falsch. Zurück, aber das ist nicht mehr die Stelle, an der ich falsch abgebogen bin. Wieso? Oder bin ich doch rechts abgebogen? Aus dem Rio kräuselt der Nebel empor. Stille weitum, kein Fenster erleuchtet. Wieder kehre ich um – aha, da ist die Trattoria, die inzwischen dicht und finster ist. Ich schüttle meinen Orientierungssinn, falte ihn neu zusammen, gehe – nein, nicht rechts, sondern schräg rechts. Wie heißt die Gasse? Eine Kerze brennt vor einem Heiligenbild in einer vergitterten Nische an der Hauswand, so kann ich das steinerne Straßenschild lesen: Rio Terrà San Carpoforo. Wer hat je von einem San Carpoforo gehört? Sankt Karpophoros? Gegen welche Unbill wird er angerufen? Wenn man sich in Venedig verirrt hat? Rio Terrà bedeutet, das weiß ich, daß das ein ehemaliger Kanal ist, jetzt zugeschüttet. Hilft nicht viel, daß ich das weiß. Wenn ich den Mond sähe, wüßte ich, wo Norden ist, obwohl auch das so wenig hilft wie mein Stoßgebet zu San Carpoforo. Ich spürte das Bedürfnis nach einer Zigarette. Im Lokal darf man, wie längst selbstverständlich, nicht mehr rauchen. Ich trat in den vertieften Eingang eines der alten Häuser hier und hielt schon das Feuerzeug in der Hand, da hörte ich Schritte. Der Mann, der aus meiner Sicht nur eindimensional war, ein Schatten, hatte eine Stange bei sich. Ich stutzte. Der andere sah mich nicht, ich ihn schon. Er streckte die Stange zum Straßenschild hinauf – ich ließ Zigarette und Feuerzeug sinken und staunte: Das steinerne Straßenschild klappte um und zeigte nun, im Kerzenschein lesbar: Calle Ziverde. »Grüner Onkel-Gasse« schoß es mir durch den Kopf. Was ist ein »grüner Onkel«? Aber das war das wenigste, was mich in dem Augenblick bewegte. »Eh!« rief ich: »cosa fa qui?!«

Er erschrak, stutzte einen Augenblick und rannte dann weg. Ihm nach! schoß es mir durch den Kopf, gleichgültig, ob ich in dieser Nacht jemals noch ins Hotel zurückfinden werde. Er lief nach rechts, dann nach links, ich ihm nach. Dann links, nochmals links, nochmals links (da waren wir doch eben?), dann halbrechts – er wollte mich abschütteln. Es gelang ihm nicht, ich war schneller, offenbar behinderte ihn seine Stange. Der Abstand verkleinerte sich – da verschwand er.

Eine Tür. Die schrägste Tür, die ich je in Venedig gesehen habe, eine einfache, steineingefaßte Holztür. War er da hineingeschlüpft? Ich tastete vorsichtig an der Tür. Sie gab nach, ohne daß ich die Klinke hatte drücken müssen. Mit schiefem Kopf schaute ich hinein: absolutes Dunkel. Ich wagte einen Schritt und stieß an ein Gitter, ein, wie es sich anfaßte, altes, verrostetes Gitter, das innen die Tür vollkommen ausfüllte, eine innere Eisentür also. Ich rüttelte daran: verschlossen.

Da merkte ich, daß ich immer noch die Zigarette in der einen, das Feuerzeug in der anderen Hand hielt. Ich zündete die Zigarette an und sah im kurzen Schein der Flamme die Hausnummer über der Tür: 610. »So beginnt ein Roman«, dachte ich. Dott. BONACCI Fidelio stand neben der Tür auf einem alten Emailschild, den Vornamen nach dem Familiennamen gesetzt, wie so oft in Italien.

Langsam machte ich mich auf die Suche nach dem Heimweg. Von einem Kirchturm (war es der der Frari?) schlug es zwei Mal: halb eins also. Auch dafür ist Venedig gut: Nach wenig mehr als dreißig Schritten stand ich zu meiner Verblüffung an einer Stelle, die mir geläufig war: am Fuß der Rialto-Brücke, auf der San-Polo-Seite. Ich ging hinüber. Tatsächlich kam noch ein Boot. Eine mißmutige (verständlich, lästiger Nachtdienst) Matrosin zurrte das Boot an die Landungsbrücke. Es gibt zum Glück immer noch Dinge, die nur von Hand erledigt werden können: das Festmachen der Boote an die Landungsbrücken. Sie murmelte: »Rialto«. Ich stieg ein, versuchte venezianisch zu stehen, breitbeinig, ohne mich festzuhalten. Hielt mich aber dann doch fest. In knapp einer Viertelstunde war ich im Hotel.

Am nächsten Tag regnete es trotz des wolkenlosen blauen Himmels, auch eine Spezialität, wie ich sie nur in Venedig erlebt habe. Es hielt aber nicht lang vor. Als ich aus der Hugo-Pratt-Spezialbuchhandlung an der Salizzada San Giovanni e Paolo heraustrat, brauchte ich den Schirm nicht mehr aufzuspannen.

Ich verabscheue sogenannte Comics und halte das, was Walt Disney verübt hat, für einen der Gründe unseres optischen Geschmacksabsturzes, aber die venezianischen Comics des Hugo Pratt, die ich für graphische Kunstwerke halte, nehme ich aus. Jedesmal, sooft ich in Venedig bin, frequentiere ich das im Schatten von Zanipolo betriebene Hugo-Pratt-Institut oder wie man da sagen soll.

Ich ging, einen neuen Band von Hugo Pratts »Corto Maltese« unterm Arm, nach Zanipolo hinüber. Die Dominicus- oder Sakramentenkapelle birgt eins meiner Lieblingsbilder, Giovanni Battista Piazzettas Deckengemälde (von 1727, jüngst sorgfältig renoviert und in neuem Glanz): La Gloria di San Domenico.

Aber da kniete jemand in der Kapelle und, wie mir schien, betete.

Ich zog den einen Fuß, den ich schon hineingesetzt hatte, leise wieder zurück, aber der (die?) Betende schaute mich an, stand auf und trat zu mir her.

»Nein, ich habe nicht gebetet, ich habe nur die Reliefs da angeschaut. Nichts Besonderes, aber anschauen sollte man sie doch, oder?«

Eine lange Gestalt, einen halben Kopf größer als ich. Mann oder Frau? Er (sie?) hatte nahezu akzentfrei deutsch gesprochen, mit einer nicht sehr tiefen und nicht sehr hohen Stimme. Es konnte ein tiefer Alt oder ein hoher Tenor sein. Das Gesicht absolut bartlos, aber schwer, breit, bleich, die Haare von unbestimmter Farbe und gewellt, übers Ohr und bis zum Nacken. Mann oder Frau? Die Gestalt trug einen nahezu bodenlangen Mantel in einer Farbe zwischen olivgrün und gelblich, ein rundes Krägelchen hochgeschlossen. Aber große Hände – doch ein Mann? Jedoch weich, breit und fast breiig. Sehr große Füße in Schuhen, wie sie meine absolut uneitle Großmutter trug: geschlossene Schnürstiefeletten, vorn etwas nach oben gekipfelt.

»Gulden ist mein Name«, sagte – sagte sie, ich bleibe beim Femininum: die Gestalt.

Ich nannte meinen.

»Ich lebe seit dreißig Jahren in Venedig.«

»Sie Glücklich… eee…«, ich bog um: »… wie glücklich.«

»Ja, ja«, sagte sie, die Gestalt, »wie man's nimmt.«

Die Unterhaltung wurde, wie in einer Kirche üblich, in flüsterndem Ton geführt. In einer der Seitenkapellen links wurde grad eine stille Werktagsmesse zelebriert.

»Ich komme oft hier herein«, sagte die Gestalt, »obwohl ich protestantisch bin, sogar calvinistisch. Aber ich wohne ganz in der Nähe.«

»Dann können Sie mir vielleicht sagen, wer Sir Edward Windsor war.«

»Wer, bitte?«

»Sir Edward Windsor, dritter Lord Windsor. Er ist hier in dieser Kirche begraben.«

»Wo?«

Ich führte sie – ihn – nach vorn in die Chorkapelle rechts vor die Pyramide aus rotem Marmor an der Wand:

ODOARDO WINDSOR ANGLO

(etc. etc., eine lobende lateinische Barock-Inschrift)

OBIIT ANNO D. MDLXXIIII DIE MENSIS IANUARII XXIIII AETATIS SUAE XXXXII

»Das ist mir aber doch tatsächlich noch nie aufgefallen, obwohl ich hunderte Male hier herinnen war. Ein Engländer? Komisch. 1574 gestorben, zur Zeit der protestantischen Queen Elizabeth – ? Der englische Botschafter ein Katholik? Oder als Protestant in dieser Kirche begraben?«

Die Gestalt strebte, während sie dies murmelte, hinaus. Es hatte inzwischen wieder richtig zu regnen begonnen. Ich spannte meinen Schirm auf. Die Gestalt – Herr oder Frau Gulden, je nachdem – nahm ein gefaltetes Plastik-Ding aus der Tasche, das, aufgefaltet, eine durchsichtige Kapuze ergab, die er – sie – sich jetzt über den Kopf stülpte und unter dem Kinn zusammenband. (»Doch eine Frau?«)

»Darf ich Sie zu einem Espresso einladen?«

»Danke, ich trinke keinen Espresso.«

»Zu einem Glas Weißwein?«

»Danke, ich trinke keinen Wein.«

Warum lebt man dann in Italien? Das sagte ich nicht, dachte es nur.

»Sie könnten«, sagte Herr (Frau?) Gulden langsam und zögerlich, blieb stehen, überlegte, wohl ob er (sie) es mir sagen sollte, »Sie könnten ... Sie scheinen das Vertrauen zu verdienen ... wie lang sind Sie noch in Venedig?«

»Ich kann so lang bleiben, wie ich will.«

»Morgen abends?«

»Ja, gern, aber – wie? Was? Wenn ich fragen darf.«

»Lord Edward Windsor«, murmelte sie, die Gestalt, »ja, komisch. Wie bitte? Ach so. Eine kleine Zusammenkunft. Unter Freunden. Sie werden willkommen sein, wenn ich Sie einführe.«

»Ist mir eine Ehre. Und wo?«

»Das finden Sie nicht. Können Sie morgen abends um neun Uhr an der Rialto-Brücke sein? Auf der drüberen Seite?« Er, sie erklärte mir dann noch sehr umständlich – stehend im Regen –, wie man sich in Venedig topographisch zurechtfinden könne. Man müsse sich nur vergegenwärtigen, daß Venedig vom Canal Grande in einer verkehrten S-Kurve durchschnitten werde und daß der Rialto vom Marcus-Platz nur fünf Minuten geraden Fußwegs entfernt sei.

»Danke«, sagte ich.

Manchmal kommt etwas genau so, wie man es nicht wagt zu erwarten, so wie man es als absurd betrachtet, daß es so kommen könnte, und es kommt genau so. Die schiefe Tür. Ich hatte versucht, mir den Weg von der schiefen Tür zum Fuß der Rialto-Brücke einzuprägen, hatte die Schritte gezählt, bildete mir ein, die Tür wiederzufinden. Ich würde lachen, dachte ich, wenn das genau die Tür ist ...

Es war die Tür, ebenjene Tür, zu der mich Gulden (Herr oder Frau Gulden) führte. Er (sie) hatte dort am Fuß der

Brücke schon gewartet, als ich fünf Minuten vor neun Uhr kam. Es war kalt, aber trocken. Gulden trug jetzt eine Baskenmütze, einen großen flachen Filzfladen schräg auf dem Kopf. Doch ein Mann. Ich beschloß in dem Moment, die Gestalt als Mann zu betrachten. Die schiefe Tür – ich wunderte mich schon nicht mehr, als Gulden unsere Schritte in die betreffende Richtung lenkte.

Ich lachte.

»Warum lachen Sie?«

»Ich kenne diese Türe.«

»Wie?« Gulden hatte einen Schlüsselbund aus der Tasche gezogen, öffnete die unverschlossene äußere Holztüre und machte sich daran, das Gitter innen aufzuschließen.

Ich erzählte ihm das Ereignis jener vorgestrigen Nacht.

»Ach so«, sagte Gulden, »dann sind Sie schon mit – mit uns in Verbindung gekommen, quasi. Da hatte ich doch recht, als ich Sie in Zanipolo angesprochen habe. Freilich, freilich, das war nicht für Ihre Augen bestimmt, das mit der Stange und dem Straßennamen. Wer ahnt auch, daß um diese Jahreszeit ein Fremder in der Nacht herumstreicht.«

Er öffnete jetzt die innere Gittertür, ließ mir den Vortritt. Ganz geheuer war mir nicht. Die ganze Geschichte war mir nicht geheuer, einschließlich des Herrn (dabei bleibe ich jetzt) Gulden. Aber immerhin brannte jetzt eine Funzel von Glühbirne hinter dem Gitter.

»Links die Stiege hinunter«, sagte Gulden. »So schützen wir uns. Mit Hilfe der steinernen Schilder, die man klappen kann. Wir legen keinen Wert darauf, daß man uns findet. Obwohl es ganz harmlos ist, eine Spielerei.«

Ich blieb stehen und hielt ihn am Ärmel seines olivgrünlich-gelblichen Mantels fest. Ich wagte immer noch nicht, die Gestalt mit »Herr Gulden« anzureden. Wie er so dastand, schaute er wieder aus wie eine alterlos und zu männlich geratene Frau. »Sie führen mich in eine Gesellschaft von Leuten?«

»So ist es.«

»Von Venezianern?«

»Man wird sich freuen. Ich habe das Recht, einmal im Jahr einen Fremden meiner Wahl einzuführen.«

»Aber ich kann nicht sehr gut Italienisch. Venezianisch schon gar nicht.«

»Keine Sorge, die Herrschaften können Französisch und zum Teil Englisch.«

Gulden klopfte an eine Doppeltür. Ein Diener in goldbetreßter Livrée und weißen Handschuhen öffnete, begrüßte Gulden mit »– gräfliche Gnaden!« und führte uns in einen weiteren, schon heller erleuchteten Raum, in dem ein anderer Diener wartete, unsere Mäntel abnahm und uns zu einer noch größeren Doppeltür führte. Vorher hatte Gulden dem zweiten Diener einen Zettel gegeben, den dieser mit einer Verbeugung las.

Die beiden Diener rissen dann in geübtem Gleichschwung die Flügel der Doppeltür auf –

– ich war geblendet. Tausend Kerzen erfüllten den Raum mit goldenem Licht, das in unzähligen Spiegeln reflektiert wurde. Eine Gesellschaft von etwa zwei Dutzend Personen, mehr Herren als Damen, richtete die Blicke, zum Teil durch, sage und schreibe: Lorgnons auf uns. War ich in ein Wachsfigurenkabinett geraten? Einige der regungslos Dasitzenden trugen Masken, manche gepuderte Perücken, einige Herren waren im Frack.

Der eine Diener rief verhalten, aber devot-bestimmt: »Il signor Conte di Platen-Challermind!« (Wie bitte?) Gulden trat vor und verbeugte sich. Jetzt erst sah ich, war mir in all den Seltsamkeiten entgangen, daß Gulden unter dem Mantel einen hellblauen Gehrock trug. Der Diener zupfte nun mich am Arm, zog mich dezent etwas nach vorn und rief:

»Il venerabilissimo Sirr Odoardo Windsorr, Errl of Windsorr!«

»Ist er verrückt?!« zischte ich Gulden zu.

»Seien Sie beruhigt, ist alles doch nur ein Spiel.«

Da kam etwas Bewegung in die Wachsfigurengruppe, und ein älterer Herr, der gekleidet war wie aus einem Tintoretto entstiegen, kam auf mich zu und begrüßte mich zeremoniös, betonte, daß es der Gesellschaft eine Ehre sei, mich als Gast willkommen zu heißen.

»Es ist der Procuratore di San Marco«, flüsterte mir Gulden zu, »il Signor Nobiluomo Buondelmonte Giustinian.«

Mir blieb nichts anderes, als mich zu verneigen und mit etwas Bangigkeit darauf zu warten, was nun noch alles passiere.

Man habe, sagte der Procuratore, nur auf uns gewartet, Maestro Benedetto Marcello werde sogleich beginnen. »Prego, Sir Odoardo«, sagte der Procuratore und wies auf zwei leere Sessel.

Ein alter Mann in Rokokotracht, der dem Kupferstich recht ähnlich sah, den ich als Frontispiz einer alten Ausgabe des »Teatro alla Moda« unlängst gesehen hatte, trat an ein Cembalo, legte Noten auf, verbeugte sich und spielte einige Stücke, die wohl Kompositionen Marcellos waren. Hätte der selige Marcello damals so gespielt wie der hier, erlaubte ich mir zu denken, hätte sein Ruhm wohl nicht so weit gereicht. Ein paarmal griff er daneben, bat verlegen lächelnd um Entschuldigung, fing noch einmal die Phrase von vorn an, einmal erschütterte ihn ein so gewaltiges Niesen, daß alle Saiten des Instruments aufrauschten. »Maestro Marcello« hob launig-verzweifelt die Hände und fing diesmal den ganzen Satz von vorn an.

Der Beifall war grandios. Einige Damen taten so, als seien sie kurz davor, vor Entzücken in Ohnmacht zu sinken. Durch die Erschütterung beim Klatschen staubte der Puder aus den Perücken und schwebte wie ein leichter Nebel durch den Raum.

Nun kündigte der Procuratore an, daß mir zu Ehren die weltbekannte Mimin Eleonora Duse Shakespeare rezitieren werde. Daraufhin stieg eine Dame, die nicht Rokokokostüm, sondern einen romantischen Samtumhang trug, auf dem Kopf einen Turban mit getigertem Muster, auf ein Podest, nahm Positur ein und röhrte dann etwas, das, soweit erkennbar, der Monolog der Hekate aus dem dritten Akt Macbeth war – auf italienisch; es wirkte wie eine Opernarie. Wieder enormer Beifall, den die »Duse« entgegennahm, indem sie ihren ausladenden Busen schüttelte, dann den Samtumhang raffte und hinausschritt. Beim nachfolgenden Bankett saß sie dann mir gegenüber, und ich hatte Gelegenheit zur Reflexion, ob die Duse im Alter tatsächlich ein Dreifachkinn hatte. Erfreulicher war der Anblick einer mir als »Nobildonna Alma Badoer« vorgestellten jungen Frau, die meine Tischdame links war. Ihr barockes Dekolleté ging bis zur Grenze, zur alleräußersten Grenze dessen, was gerade noch nicht gebeichtet werden muß.

Das Essen, nun ja – vieles, was hohe und höhere Kochkunst bietet, ist an mich, der ich Spiegeleier mit Gerösteten bevorzuge, verschwendet. Regionale Köstlichkeiten wirken auf mich sehr oft wie Volkskunst, der ich auch mißtrauisch gegenüberstehe. Nach dem Essen setzte sich der größte Teil der – fast hätte ich gesagt: Larven – der Herrschaften stilgerecht in einem Nebenraum zum Spiel. Die einen spielten Karten, die anderen schoben Kügelchen auf einem Brett hin und her. Die Goldstücke, die von Hand zu Hand wanderten, waren sicher so echt wie die Kostüme, die die Spieler trugen.

Ein Herr im Gehrock und mit einer Brokatweste trat zu mir. »Ruskin«, stellte er sich vor, »John Ruskin.«

»Pleasure«, sagte ich.

Er erklärte mir umständlich, daß die Shakespeare-Sache nicht ohne Grund ausgewählt worden sei, nicht nur wegen mir, dem »englischen« Gast. »You don't know, who You are, of course?« sagte er und lachte, zwar unhörbar, aber so, daß es seinen ganzen schweren Körper erschütterte.

»A certain Sir Edward Windsor, I hope, the late Lord is not too annoyed about his unintended double.«

Ob es mich interessiere, wer jener Odoardo Windsor gewesen sei? Ja? Ein englischer Katholik, dennoch seltsamerweise im diplomatischen Dienst der Queen Elizabeth, die offenbar »nicht so« gewesen sei. Was aber das Interessanteste sei, und so rundet sich wieder einmal die Laune des Weltgeistes. Die Halbschwester des 17. Earl of Oxford, Edward De Vere, war die Ehefrau des Sir Edward Windsor, und wer war Edward De Vere? Niemand Geringerer als derjenige, der aller Vermutung nach die Werke geschrieben hat, die unter dem Verfasser-Namen Shakespeare umlaufen.

»See You later again«, sagte er dann und wandte sich einer Dame zu, die auch sehr tiefe anatomische Einblicke gestattete.

Ich sah ihn aber nicht wieder, denn es war inzwischen spät geworden, und ich ging. Gulden war verschwunden. Gab es da noch weitere Räumlichkeiten? – Womöglich. Ich forschte nicht nach, schlich mich hinaus, gab dem Diener ein Trinkgeld. Seltsamerweise fand ich mich, aus der schiefsten Tür Venedigs heraustretend, diesmal sofort zurecht, war bald am Rialto. Am nächsten Tag legte ich eine weiße Rose am Epitaph Sir Edwards nieder. »Beg Your pardon, Mylord«, sagte ich leise.

Überflüssig zu sagen, daß ich die schiefe Tür nicht mehr fand. Ich irrte dort in den Gassen hinter den Märkten am Rialto herum, war ein paarmal sicher, daß ich jetzt das richtige Haus gefunden habe, aber es war wieder nichts. Womöglich wenden die nicht nur die Straßenschilder um, sondern verändern auch die Türen. In einer finsteren, spelunkenartigen, ausschließlich von Venezianern und nahezu nur von Männern frequentierten Weinstube, schwarz vor Alter, in der ich eine Ombra trank – wie die Venezianer sagen: ein winziges Gläschen Weißwein –, zeichnete ich mit meinen schmalen diesbezüglichen Fähigkeiten die Tür auf, so wie ich sie in Erinnerung hatte. Der Wirt schaute die Skizze mit schiefem Kopf an und sagte dann auf venezianisch, auch zu verstehen für einen, der nicht Venezianisch kann: Nein, nie gesehen, gibt's nicht.

Am Tag danach kam, wie verabredet, mein Freund Sch. nach Venedig, einer der besten Kenner der Stadt. Er kann mit berechtigtem Stolz darauf hinweisen, daß ihn niemand Geringerer als der Padrone seines Lieblingslokals, der »Madonna«, gebeten hat, den Taufpaten für seinen jüngsten Enkelsohn zu machen. Ich hatte Sch. von meinem Abenteuer erzählt.

»Du hast geträumt«, sagte er.

»Wahrscheinlich.« Ich wollte nicht widersprechen.

»Dottore Bonacci, Fidelio? Sagtest du? Ob er wohl den Schlüssel zu jener Tür hat?«

Es war früher Abend, wir standen an der Anlegestelle San Giorgio Maggiore.

»Wir wollen nichts tun, als wenige Schritte in Richtung zur Mole, die Schönheit, die Gnade genießen, die Sonne überm Wasser untergehen zu sehen«, sagte Sch.

»Und danach uns der Madonna zuzuwenden?«
»Genau so.«

Er – oder, um es doch noch einmal in Zweifel zu ziehen: Sie – hatte gesagt, er (sie) wohne in der Nähe von Zanipolo. Sch. war nicht dagegen, immer wieder im Lauf der nächsten Tage dort auf und ab zu gehen, um den Colleoni herum, aber Gulden tauchte nicht wieder auf. Selbstverständlich warf ich auch immer wieder einen Blick in die Dominicus-Kapelle – kein (keine) Gulden. Es war nicht das nächste, sondern erst das übernächste Mal, daß ich, als ich wieder nach Venedig fuhr und, das Abenteuer von damals, wie sich denken läßt, unvergessen, nach Santi Giovanni e Paolo ›Zanipolo‹ ging, die Dominicus-Kapelle besuchte und vor das Epitaph Sir Edward Windsors trat.
– ein Zettel in einer Ritze, tief hineingedrückt, nur für einen zu sehen, der ihn suchte.
Suchte ich ihn?
»Verehrter Freund«, stand auf dem Zettel, »Sie fragen sich mit Recht, was das Theater oder, wenn Sie wollen: der ganze Zauber, das Spiel bedeutet. Die Erklärung ist sehr einfach. Sie finden sie in dieser unserer Geschichte selber: Der kappadokische Ritter schließt Ihnen auf. Vor der nach ihm benannten Anlegestelle standen Sie mit ihrem Freund, und ab da stecken Sie den Schlüssel, den Ihnen Dr. Fi. Bonacci gab, in das Schlüsselloch. So finden Sie den einen Satz, der Ihnen alles erklärt. Leben Sie wohl, mit ergebenen Grüßen. Gulden.«

Preisrätsel auf Seite 229

Im Bärenthale

für Hans Perting

Als ich in St. Labahn aus dem Zug stieg, erfuhr ich vom Stationsvorsteher, daß die Strecke ins Bärenthal schon vor Jahren eingestellt worden war. Eine Zeitlang sei noch der Güterverkehr zur Versorgung der Leute dort hinten aufrechterhalten worden, aber dann habe man auch den aufgegeben; es rentiere sich nicht mehr.

Wie ich dann weiterkomme? Der Stationsvorsteher schaute mich mit einem Blick an, der besagte: ›Was wollen Sie da hinten?‹

Ich trat auf den Bahnhofsvorplatz hinaus. Bis auf einen jungen Mann, eher noch ein Kind, der gerade einen Hund ärgerte, war niemand zu sehen. An einem Laternenpfahl lehnte, angekettet, ein giftgrünes Fahrrad, ein Tandem. Der Knabe drüben tat so, als würfe er einen Stein, warf aber nichts. Der Hund raste dennoch los und schaute dann dumm.

Ich ging in den Ort und fand einen Gasthof, in dem ich, etwas anderes wurde nicht angeboten, saure Fingerdullen aß, eine Spezialität der Gegend. Dazu Apfelbier. Es mag sein, sagte die schwer atmende, stark übergewichtige Kellnerin, daß morgen ein Fuhrwerk ins Bärenthal abgehe.

»Ein Pferdefuhrwerk?«

»Ja, denn die Straße ist, seit dem Murbruch, für Autos gesperrt. Können auch gar nicht durch.«

»Und wann geht das Fuhrwerk ab?«

»Das, wenn man wüßte.«

So blieb ich also in St. Labahn. Der Gasthof, in dem ich gegessen hatte, hatte nicht nur ein Zimmer, er hatte alle neun Zimmer frei. Ich bekam Zimmer N° 1, so groß wie ein Saal. Es hatte vier Fenster. An der einen Wand stand ein Bett. Ich kenne das Landleben von meinen Wanderungen und schaute gewohnheitsgemäß unters Bett, ob Rattenexkremente zu sehen sind. Hier waren keine, nur Staub. Wie ich so dem Bohlenboden entlang blickte, bildete ich mir ein, daß ich bereits die Erdkrümmung wahrnehmen konnte, so groß war das Zimmer. Ich verwahrte meine Reisetasche im Schrank, dann ging ich, um Näheres über das Pferdefuhrwerk zu erfahren.

Der Marktplatz war leer, die Kirche geschlossen. Am Rathaus hing ein Plakat, das darauf hinwies, daß am nächsten Samstag hier in St. Labahn die Wahl der »Euterkönigin« stattfinden werde. Auf dem Plakat war eine junge Frau in ländlicher Tracht abgebildet, die ein kleines Krönchen trug, sowie eine Kuh, die eine etwas größere Krone trug. Aus dem Text ging hervor, daß es sich um die letztjährige »Euterkönigin« handle, wobei nicht klar war, ob die Frau oder die Kuh gemeint war. Ich beschloß, mich später im Gasthaus zu erkundigen.

Auch das Rathaus war geschlossen, aber ich fand am Seiteneingang eine Klingel und läutete. Daraufhin öffnete sich hoch oben ein kleines Fenster, und ein runder Glatzkopf kam zum Vorschein.

»Und, nachher?«

»Ich hätte eine Frage.«

»Und, nachher?«

»Es dreht sich um das Fuhrwerk ins Bärenthal.«
»Und, nachher?«
»Wann das Fuhrwerk abgeht.«
»Das, wenn man wüßte.«
»Soweit bin ich schon im Gasthaus gekommen. Wer weiß denn, wann das Fuhrwerk abgeht?«
»Ja«, seufzte er, »morgen vielleicht.«
»Morgen geht es ab?«
»Nein, morgen weiß man vielleicht, wann es abgeht. Sonst noch etwas?«
»Nein ... doch!« Aber er hatte schon das Fenster zugeschlagen. Ich läutete nochmals. Wieder erschien der Glatzkopf: »He! Wie?! Ich schau grad den Kolambo. Was ist denn noch?«
»Wer ist die ›Euterkönigin‹? Die Frau oder die Kuh?«
»Die Kuh.« Er schlug das Fenster wieder zu, öffnete es aber sofort noch einmal: »Blödsinn. Nein. Selbstverständlich die Frau.« Schlug endgültig das Fenster zu.

Abends war eine andere Kellnerin da, jung, sehr hübsch und in einem Kleid mit ungewöhnlich tiefem Ausschnitt. Zweierlei fragte ich sie, was an Essen angeboten werde und ob sie vielleicht wisse, wann mit dem Abgehen des Fuhrwerks ins Bärenthal zu rechnen sei. Auf die erste Frage reichte sie mir nur stumm ein Blatt, auf dem vier Gerichte vermerkt waren: Sauzipfel paniert / Gelbknarr'n / Olbensuppe mit Taxlen / Schwarzstrudel. Die zweite Frage verstand sie nicht, denn sie war Slowakin.

Ich wählte Olbensuppe mit Taxlen. Als die hübsche Kellnerin sie mir servierte und sich notgedrungen etwas herunterbeugte, entfaltete sich ein freier, voller Blick auf ungebändigte Rundungen. Handelt es sich, dachte ich, bei der

Kellnerin um eine der Kandidatinnen für die »Euterkönigin«?

Außer mir saß nur ein einzelner Mann an einem Ecktisch ganz hinten. Er aß etwas, was möglicherweise die Gelbknarr'n waren, einen ganzen großen Teller voll. Er kaute mit offenem Mund ganz langsam und fixierte mich dabei aus den Augenwinkeln.

»Mahlzeit«, sagte ich laut und betont freundlich.

Der Mund, in den der Mann eben eine Gabel voll Gelbknarr'n stopfen wollte, blieb sperrangelweit offen. Die Hand mit der Gabel erstarrte. Dann aß er weiter, ohne etwas zu sagen. Nachdem er gegessen hatte, schlief er im Sitzen ein.

Mein Zimmer hatte mir mittags die dicke Kellnerin gezeigt, auch den Raum, den sie verschämt mit »Die Gunst der Stunde« umschrieb. (Ein hierorts gebräuchlicher Euphemismus?) Diese »Gunst der Stunde« war über eine Hochstiege in den Zwischenstock erreichbar und war fast so groß wie mein Zimmer. Ganz hinten in der Ecke stand eine Klosettschüssel, weiter vorn an der Wand eine Telephonzelle, die zu einer Duschkabine umgebaut war. Da die Tür zur »Gunst der Stunde« nicht absperrbar war, hatte man einen sinnreich drehbaren roten Pfeil an der Tür angebracht, der entweder nach unten auf »lippln« oder nach oben auf »ochnt« weisend gedreht werden konnte.

»Das heißt frei oder besetzt«, erklärte man mir: »Das ist die alte Bärenthal-Sprache. Das Planzische, das die Leute früher dort gesprochen haben, manche sogar hier heraußen. Jetzt kaum mehr einer.«

Ich setzte mich in die Gaststube und las. Ich hatte den heiligen Augustinus eingepackt: *Civitas Dei*. Ich kam an die Stelle, in der Augustinus darüber reflektiert, daß es Menschen gibt, die mit den Ohren wackeln können, sogar eventuell jeweils links und rechts getrennt. Der Alte, der die Gelbknarr'n gegessen hatte, schlief noch immer.

Beim Frühstück, das aus einem heißen, dunkelgrünen Getränk bestand, zwei harten, grauen Fladen und einem Spiegelei, war wieder die dicke Kellnerin da.

»Weiß man es jetzt?« fragte ich.

»Wegen dem Fuhrwerk? Nein. Aber es kommt gleich der Kanti.«

»Wer ist der Kanti?«

»Schwer zu sagen. Eben der Kanti. Was weiß ich.«

Der Kanti, der dann auch kam, war entweder der Glatzkopf aus dem Rathausfenster oder einer, der ihm stark ähnlich sah. Zu meiner Überraschung begrüßte er mich wie einen alten Bekannten.

»Hellau! Glückauf! Gut geschlafen? Ja, in der herrlichen Luft hier schläft sich's prächtig. Darf ich Sie zu einem Pfortscheller einladen? Ach was, was soll das lange Herumreden, sagen wir uns du. Ich bin der Kanti.«

»Ist mir eine Ehre.«

Kanti winkte, die dicke Kellnerin brachte eine Karaffe mit einer hellroten Flüssigkeit und schenkte ein. Pfortscheller. »Wächst hier«, sagte Kanti. Der Pfortscheller schmeckte wie eine Mischung aus Benzin und Himbeersaft.

»Weiß man schon?« fragte ich.

»Was?«

»Wegen dem Fuhrwerk.«

»Ach so. So schnell willst du uns verlassen? Ja, gut. Verstehe. Man munkelt: heute nachmittags. Du willst ins Bärenthal? Ja, gut. Aber ob du je wieder herauskommst?«

»Ich will über das Joch ins Welsch-Gräsische hinüber.«

»Ohje, ohje – ja, gut. Es geht. Vielleicht findest du in Mariä Tugend jemand, der dir einen Muli leiht.«

»Einen Jeep oder sowas gibt es nicht?«

»Schwer, schwer«, sagte er, »Prost. – Pulla!« schrie er zur Kellnerin, »bring noch einen. Mein Glas ist schon voll Luft.«

Gegen halb elf Uhr verließ er mich. Er müsse – »höchste Zeit« – zur Probe. Er sei der »Frontmann« der St. Labahner Fahnenschwingergruppe. Probe für die Wahl der »Euterkönigin« am Samstag. »Bleib da! Rentiert sich! Kommst immer noch früh genug ins Bärenthal. Na ja. Gut. Verstehe. Hellau! Glückauf!«

Zu Mittag gab es Hasennieren-Ragout. Es wurde von der dicken Kellnerin, die, wie ich nun wußte, Pulla gerufen wurde, in einer Schüssel serviert und war violett. Ich aß wenig davon, denn es grollte noch der Pfortscheller in meinem Magen. Ich schlief nach dem Essen eine Stunde und spazierte dann aus dem Ort zum Schloß hinauf. Es war sehr groß auf einem mittelhohen Felszacken, grau und fest, und mit grün-weiß gestrichenen Fenstern und grünen, glasierten Ziegeln am Dach, offensichtlich sehr gut erhalten, aber unbewohnt. Ich wunderte mich nicht, als ich das kleine Tor, das ins große Tor geschnitten war, verschlossen fand. Es gab einen Glockenzug. Ich zog. Es passierte nichts.

Auf dem Rückweg kam ich an der Schmiede vorbei. Das Tor zur Werkstatt stand offen, Gluthitze quoll heraus. Ich trat nur bis zur Schwelle. Im roten Feuerschein stand der vulkanische Schmied, ganz nackt, seine Vorderseite schützte aber ein schwerer Lederschurz, der vom

Kinn bis zu den Füßen in Holzschuhen reichte, aber – ! – auf dem Kopf den hierzulande unvermeidlichen Hut. Der Schweiß rann ihm über den Rücken und den gewaltigen behaarten Hintern. Mit ebensolchem Arm holte er mit einer langen Zange ein glühendes Stück aus der Esse und hieb es mit lauten Schlägen zu einem Ring zurecht, dann tauchte er das Werkstück in einen Kessel mit Wasser; es zischte und dampfte. Beim Umdrehen sah er mich und kam heraus.

»Hoihoi«, sagte er, »fremd hier?«

»Ich warte darauf, daß das Fuhrwerk ins Bärenthal abgeht.«

»So, so, ins Bärenthal will er.« Er wischte mit dem Unterarm den Schweiß von seiner Stirn unterm Hut.

»Ja, ins Bärenthal.«

»Ich stamme aus dem Bärenthal.«

»Aha.«

»Wenn er ins Bärenthal kommt, sollte einer nicht versäumen, den Bischofszahn zu besteigen. Am besten von Engelhort aus. Den Bischofszahn. Den Bischltong auf planzisch. 3161 Meter.«

»Was ist da oben?«

»Wie? Was?«

»Ja, ist da oben etwas? Reste eines heidnischen Heiligtums, zum Beispiel, oder irgendwas.«

»Da oben ist nichts«, sagte er.

»Warum soll man dann hinaufsteigen?«

Er dachte lang nach, sagte dann: »Da hat einer auch wieder recht. Gott befohlen«, drehte sich um und wandte sich wieder seiner Esse zu. Ich ging zurück ins Gasthaus.

Die dicke Kellnerin kam mir aufgeregt entgegengelaufen. »Sie warten schon eine Stunde auf Sie!«

»Wer?«

»Das weiß ich auch nicht.«

In der Gaststube saßen drei nahezu gleich aussehende Zwerge. Ich möchte nicht unhöflich sein: nicht Zwerge, aber sehr kleine Männer. Sie trugen einheitlich violette Jakken, ungefähr von der Farbe des Hasennieren-Ragouts, mit großen silbernen Knöpfen. Offensichtlich eine alte Volkstracht oder eine Uniform.

Der eine, der mir der älteste schien, stand auf und reichte mir einen etwa kohlkopfgroßen Gegenstand, der in eine grobe graue Decke gewickelt und stramm verschnürt war. Er sagte etwas, was ich nicht verstand, aber wohl eher nicht, weil er vielleicht bärenthalisch sprach, sondern weil er fast keine Zähne hatte.

»Sie sollen das mitnehmen«, dolmetschte die Kellnerin.

»Wieso? Wohin?«

Wieder grummelte der Alte.

»Sie sollen es ins Bärenthal mitnehmen. Nach Engelhort. Dort wisse man schon.«

»Und was ist da drin?«

Der Alte grummelte und fuchtelte mit den kleinen Armen.

»Er bittet, daß Sie das mitnehmen.«

»Ist es zerbrechlich?«

Der Alte schüttelte den Kopf.

Na ja, dachte ich, warum nicht den Gefallen tun. »Aber«, sagte ich, »ich weiß ja gar nicht, ob ich ins Bärenthal komme, ob das Fuhrwerk abgeht.«

Da wurde der Alte förmlich zu einem Semaphor, gestikulierte mit Händen und Füßen und verschluckte sich beim Reden.

»Er sagt, wenn Sie nicht gleich hingehen, fährt es ohne Sie ab.«

Was mir als erstes auffiel, als wir hinter St. Labahn in die Enge hineinfuhren, war, wie viele verschiedene Abtönungen von Grau es gibt.

Ich saß hinten ziemlich unbequem zwischen vier großen Milchkannen und zwei Säcken. Auf dem schmalen Bock saß der Kutscher, der seine Beinprothese abgeschnallt hatte, nachdem er hinaufgeklettert war, und sie einer jungen, etwas madenhaften jungen Frau zum Halten gab, die neben ihm auf dem Bock saß. Diese Frau war es, die mir vor der Abfahrt sagte: »Das ist Xill, der Kutscher.«

»Xill«, sagte ich, »wie schreibt man das?«

»Wie man's spricht«, sagte die Made.

Ich grüßte Xill, er nickte nur ganz leicht mit dem Kopf. –

Die Straße war zunächst sehr gut, asphaltiert und nicht sehr schmal. Bald trat der Wald näher heran, zwischen Straße und Bach war nicht mehr viel. Der Abhang rechts von uns wurde steiler, kam näher, es ging merklich aufwärts. Plötzlich schrie Xill und straffte die Zügel. Ich konnte nicht sehen, warum, denn ich saß eingeklemmt zwischen den Milchkübeln mit Blick gegen die Fahrtrichtung. Ich richtete mich etwas auf und sah, daß wir an die Stelle gekommen waren, wo die Mure die Straße in den Bach geschwemmt hatte. Es zog sich ein großes, breites Loch vom Bachbett bis zum Waldabhang hin, Steinbrokken und Baumstämme kreuz und quer, zum Durchkommen nur eine schmale, schräge Rinne ganz auf der Seite.

Der Kutscher Xill hatte seine Prothese wieder angeschnallt, stieg ab und begann, die Kannen und die Säcke abzuladen. Auch die madenhafte Frau und ich stiegen ab.

»Ist das unlängst passiert?«

»Ach wo«, sagte die Frau, »acht Jahre sind es jetzt.«

»Und warum repariert man es nicht?«

»Es waren Damen und Herren vom Landtag hier.« Sie rechnete mit den Fingern, murmelte Zahlen. »Vierzehn Brathühner und sechzehn Forellen haben wir aufgetragen. Oder –« rief sie zum Xill hinüber, der jetzt das Pferd ausspannte: »– sechzehn Brathühner und vierzehn Forellen?«

»Lek-rsch«, sagte Xill.

»Ist ja gleich. Jedenfalls zweiundneunzig Erdäpfelknödel zu die Forellen und Hühner.«

»Ja, aber«, sagte ich, »und das Loch hier?«

»Sie haben gesagt, es soll gerichtet werden, wenn Geld dafür da ist. Ist aber, scheint's, keins da.«

Xill führte jetzt das Pferd vorsichtig über die Steine und Stämme auf die andere Seite, bellte dann zur Frau: »Nachr?!« worauf sie ihren Rock schürzte und von Stein zu Stamm hinüberhüpfte und dort das Pferd festhielt. Jetzt wuchtete Xill die Kannen und Säcke und, obwohl ich es selber machen wollte, meine Reisetasche (schwer, weil zwei Bände Augustinus *De Civitate Dei* drin und das, was mir der violette Zwerg mitgegeben hatte) nach und nach hinüber. Ich wunderte mich, daß der Einbeinige dies so ohne weiteres schaffte, aber er verfügte offenbar über herkulische Kräfte, was sich dann zeigte, als er, ich glaubte meinen Augen nicht zu trauen, den Wagen gegen den steilen Abhang pressend über das Loch mehr hob als schob. Drüben spannte er das Pferd wieder an, lud auf, schnallte das Kunstbein ab, gab es der Frau, die es quer über ihre Knie legte, und wir fuhren weiter. Bald hörte die Asphaltierung auf, die Straße ging in einen steinigen, zwischen den Fahrrinnen grasbewachsenen Fahrweg über.

Gegen fünf Uhr kamen wir an ein einfaches, einstöckiges graues Haus. Es lag einsam an einer Stelle, an der sich nach Längerem das Tal, oder besser die Schlucht, etwas weitete. Hinter dem Haus türmte sich eine himmelhohe graue Felswand von eigenartiger Gestalt, wie aus Blöcken gehackt. Gegenüber, jenseits des jetzt breiteren Baches, stieg ein steiler, dunkler Wald empor. Wieder bewunderte ich die vielen feinen Abstufungen des Grau. Hellgrau, dunkelgrau, mausgrau, aschgrau, nebelgrau, hechtgrau, bleigrau, perlhuhngrau, meergrau, grau-fast-weiß, grau-fast-schwarz, angstgrau, grünlichgrau, gelblichgrau, blaugrau, taubengrau, erdferkelgrau, rauchgrau, strohfeuergrau, spitzmausgrau, feldgrau, lichtgrau, steingrau, steinlausgrau, zahnsteingrau, leichengrau, blaßgrau, leichenblaßgrau ... unbeschreiblich die Vielfalt. Aber hier im Talschatten verwischten die vielen Grautöne sich bereits zu einheitlichem Dämmergrau.

Das Haus war völlig schmucklos, nur umstanden von zahlreichen hohen Pflöcken, einer Art Totempfähle. Sie waren nicht nur geschnitzt, sondern auch aus allerlei Abfall und Plunder zusammengesetzt, aus Drähten und Schrauben, Ringen, Ketten, Dosen, Pfannen, vieles verrostet, aus Teilen von Autos, von Maschinen, von Geräten, auch mit Stoffetzen und Federn beklebt.

»Die macht der Sieda selber«, sagte die Madenhafte, »sie schützen, sagt er, vor dem Unglück.«

Ich lachte, aber mußte gestehen, daß manche dieser Totempfähle durchaus originell waren, wenngleich wahrscheinlich ungewollt, eher der zufälligen Bastellaune jenes Sieda entsprungen, der auch jetzt aus dem Haus kam und den Xill begrüßte, der einen der Milchkübel ablud und dem Sieda gab. Am Scheppern war zu erkennen, daß der Kübel leer war. Die Frau und mich begrüßte der Sieda nicht.

Xill und die Frau gingen ins Haus, ich, als nicht aufgefordert, blieb heraußen, ging ein wenig, um die Füße zu vertreten, hin und her.

Nach einiger Zeit kam die Frau wieder heraus und sagte

zu mir: »Der Sieda will, daß du eins kaufst.« (Wieso duzte sie mich auf einmal? Vielleicht Landessitte.)

»Was? So einen Totempfahl?«

»Ja«, sagte sie, »für zweitausend.«

»Soviel habe ich gar nicht bei mir. Außerdem, was soll ich mit ihm? Und ich könnte ihn gar nicht mitnehmen. Viel zu groß.«

Sie ging wieder hinein.

Das Pferd graste. Ich las in meinem Augustinus (kam an jene Stelle, wo der Kirchenvater sich ziemlich ratlos fragt, ob Noah auch von Flöhen, Läusen und Fliegen nur je ein Paar mit in die Arche nahm, und wie überhaupt möglich war, mehr Fliegen davon abzuhalten, in die Arche zu gelangen), las, bis es zu dunkel wurde. Dann ging ich vorsichtig, erst den Kopf vorstreckend, in das Haus. Die Haustüre führte direkt in die Stube. Der Kutscher Xill hatte sein Kunstbein abgeschnallt, es lag neben ihm auf der Bank. Mit seinem natürlichen Bein nahm er ein Fußbad. Ich stellte dabei fest, daß er sechs Zehen hatte. Er schnitt langsam von einem großen, weißen Stück Fett kleine Bissen ab und schob sie mit dem Messer in den Mund. Es roch stark nach Knoblauch. Die madenartige Frau saß neben Xill auf einem niedrigen Hocker, faßte ab und zu ins Wasser des Fußbades, ging dann zum Herd und schüttete heißes Wasser nach. Vom Sieda war nichts zu sehen, aber weiter hinten stand eine Tür offen, und man sah, daß dort eine Stiege nach unten führte. Von dort hörte man sägen, poltern, hacken und rumpeln. Arbeitete Sieda an einem neuen Totempfahl?

»Es ist gestattet?« fragte ich. Xill sagte nichts, auch nicht die Frau. Ich setzte mich und wartete. Nachdem die Frau dreimal heißes Wasser nachgeschüttet hatte, fragte ich, wann mit der Weiterfahrt zu rechnen sei.

»Sobald das Geschäft abgewickelt ist«, sagte die Frau.

»Welches Geschäft?«
»Das mit dem Kaufen, mit dem Ding, dem Pfahl.«
»Wer kauft einen Pfahl?«
»Du doch –« sagte die Frau.
»Aber ich habe doch gesagt, daß ich erstens nicht so viel Geld dabeihabe, und daß ich zweitens den Pfahl gar nicht mitnehmen könnte, und außerdem will ich keinen Pfahl.«
Der Kutscher nahm jetzt seinen Naturfuß aus der Wanne, die Frau trocknete ihn ab und rieb ihn mit einem Stück Fett ein, das Xill von dem großen Brocken abgeschnitten hatte.
»Zweitausend«, sagte die Frau.
Xill schob noch ein Stück Fett in den Mund und legte sich dann der Länge nach auf die Bank.
»Oder bleiben wir hier über Nacht?« fragte ich.
»Das geht nicht«, sagte die Frau.
»Ja, dann wird es aber langsam Zeit –«
Die Frau rannte schnell durch jene Tür und die Stiege hinunter, kam sofort zurück: »Sie können es auf dem Rückweg abholen«, sagte sie.
»Sehr gut«, sagte ich erleichtert, hatte ich doch nicht vor, hier durch das Tal zurückzukehren, wollte ja übers Joch ins Welsch-Gräsische hinüber.
Die Frau hob die Waschschüssel auf, um sie auszuschütten. Beim Bücken entfuhr ihr ein starker Wind. Sie hielt erschrocken einen Moment inne, sagte dann fast bewundernd: »Sapperlot!«
Das »– sehr gut –« war, wie sich sofort herausstellte, unvorsichtig gewesen, denn nachdem die Frau die Schüssel entleert hatte, sauste sie noch einmal hinunter, kam sofort zurück und sagte: »Die Anzahlung. Fünfzig Prozent. Tausendachthundert.«
»Eintausendachthundert sind nicht fünfzig Prozent von zweitausend«, sagte ich, so sanft wie möglich. Ich bereute

in diesem Moment, diese Reise unternommen zu haben. »Fünf Prozent gebe ich, das sind: hundert.«

Wieder sauste sie hinunter, kam ebenso schnell zurück: »Zweihundert«.

Ich nahm zwei Hunderter aus meiner Brieftasche, achtete darauf, daß weder die Frau noch Xill, der aber vielleicht eh schlief, sahen, wieviel Geld ich dabeihatte. Ich legte die Scheine deutlich laut mit der flachen Hand auf den Tisch und sagte: »Aber dann möchte ich, daß wir sofort fahren.«

Xill erhob sich seufzend, schnallte sein Kunstbein an und verschwand vorerst in den Abort.

»Und welchen?« fragte die Frau.

»Es ist mir gleich«, sagte ich und feixte, »es sind alle gleich schön.« Ich hatte nicht bemerkt, daß inzwischen Sieda ganz leise heraufgekommen war. Er klopfte mir auf die Schulter, schaute mich mit blutunterlaufenen, tränenden Augen von unten an und schüttelte langsam den Kopf, fast flehend mit dem Ausdruck: »Das darf doch nicht dein Ernst sein.«

»Gut, gut«, sagte ich, »gehen wir hinaus. Ich such' mir einen aus.« Ich zeigte draußen auf den erstbesten Totem. Sieda schüttelte den Kopf. »Das ist unverkäuflich«, dolmetschte die Frau eine kurze Folge von knarzenden Lauten, die Sieda von sich gegeben hatte. »Den da«, sagte ich dann und deutete auf den nächsten. Sieda brummte, nahm ein Blatt Papier, schrieb drauf: *verkauft*, ließ mich unterschreiben und heftete das Blatt an den Pfahl.

Dann hob er die offene Hand auf, streckte sie mir vors Gesicht. »Die Anzahlung will er«, sagte die Frau.

Da ging der Gaul mit mir durch. »Wurmgesindel«, brüllte ich, nahm den Milchkübel, der noch hier stand, und warf ihn mit meiner ganzen Kraft gegen die Hauswand.

In weniger als fünf Minuten waren wir wieder auf dem Weg.

Gegen zehn Uhr, es war so finstere Nacht, daß man die Hand nicht vor den Augen sehen konnte, kamen wir nach Engelhort. Das Pferd kannte den Weg offenbar, zockelte brav Schritt vor Schritt.

Ich hatte gehofft, heute noch bis Mariä Tugend zu kommen, aber da war wohl nichts mehr zu machen. Engelhort bestand aus einem guten Dutzend Häusern, die sich eng um eine alte, ehemals wohl schöne kleine romanische Kirche drängten, und einigen verstreuten Höfen auf den Höhen. Schon an der Lage dieser Höfe, meist aus Holz, war zu erkennen, wie schmal das Hungertuch war, an dem die Leute nagten, die dort ihr Leben verbringen mußten. Mehrere der Höfe, erfuhr ich später vom Professor, stehen leer und sind dem Verfall preisgegeben, in den restlichen wohnten fast nur noch alte Leute. Die Kirche, deren Patrozinium (sehr selten) Sankt Kutura sei, so der Professor, sei eine Doppelkirche. Nur noch der untere Teil sei zugänglich, der obere, eigentliche Teil sei ehemals über eine seitliche hölzerne Stiege erreichbar gewesen, er, der Professor, könne sich noch daran erinnern, die sei aber eines Tages weggebrochen, und jetzt klaffe oben die Kirchentüre unerreichbar im Wind. Unterhalb der Kirche verfiel der alte Bahnhof, die ehemalige Endstation der Bärenthal-Bahn.

Aber ich bin vorausgeeilt mit der Erzählung. Xill steuerte eins der größeren Häuser an, an dessen Front mit verblaßter Schrift: RELAIS APOLEO stand. Die beiden N waren mit je einem Stück Putz heruntergebrochen. Ich stieg vom Wagen, schüttelte meine vom unbequemen Sitzen verkrampften Glieder, drückte der madenartigen Frau einen Zehner in die Hand und sagte: »Mehr ist die Fahrt nicht wert.« Die Frau protestierte, der Kutscher grummelte etwas, was sicher kein Dank war, ich riß entschieden meine Reisetasche von der Ladefläche und ging in die Gaststube. Vier eher städtisch gekleidete (ich will höflich sein) Damen saßen an einem der Tische und spielten Canasta. Nur über diesem Tisch brannte eine Lampe, sonst war der Raum finster. Hinter dem Schanktisch kam ein sehr langer, dünner Mensch hervor, vermutlich der Wirt, und sagte, als er mich sah: »Oh je, oh je, ausgerechnet heute. Das ganze Jahr niemand, und jetzt ausgerechnet heute. Sie wollen sicher übernachten? Oh je, oh je. Ich habe fünf Zimmer, und alle fünf sind besetzt. Das ganze Jahr kommt niemand, und ausgerechnet heute hat die Direktion des Abwasserverbandes Örpfingen ihren Jahresausflug gemacht. Einen Muli-Ritt. Wer kommt schon auf so etwas, frage ich, außer der Direktion eines Abwasserverbandes. Fünf Herren und vier Damen.« Er zeigte zu den Kartenspielerinnen hinüber. »Also vier Ehepaare und ein Herr allein. Er ist verwitwet, seit vorigem Jahr, genauer gesagt, seit dem vorigjährigen Jahresausflug, da haben sie einen Kamel-Ritt-Ausflug gemacht. Nein, nicht nach Ägypten, in die Lüneburger Heide. Dort gibt es Kamele, habe ich auch nicht gewußt. Und da ist jene Dame verunglückt, also die, die zu dem fünften Herrn gehörte. Ist vom Kamel gefallen. Tödlich. Kamele sind sehr hoch, habe ich mir sagen lassen. Seitdem ist der eine Witwer. Die Herren sind alle schon schlafengegangen, sonst würde ich den einzelnen Herren fragen, ob Sie bei ihm schlafen können, im Doppelbett, was eh zu breit ist für ihn allein. Oh je, oh je, was machen wir da.« Er kratzte sich am Kopf. »Bleibt höchstens der Professor. Warten Sie –« Er rannte nach hinten. Im Raum hinter der Durchreiche wurde das Licht angemacht, und ich sah, daß der Wirt telephonierte. Nach kurzer Zeit kam er wieder nach vorn und rief: »Alles geritzt! Sie sind Gast beim Professor.«

»Das ist sehr freundlich, auch von Ihnen. Wo ist der Professor?«

»Im Palazzo natürlich. Wo sonst. Er erwartet Sie gegen Mitternacht. Sie können in Ruhe bei mir noch essen, wenn Sie Hunger haben. Allerdings nichts Warmes mehr, die Küche ist schon zu.«

Ich aß die Spezialität des Hauses: Hollerps. Man könnte es umschreiben als Kaldaunenwurst oder -preßsack vom Pferd. »Der Herr, der Witwer ist, hat gleich zwei davon gegessen«, sagte der Wirt. Ich aß eine halbe, nachdem ich zur Vorsicht ein Glas Schnaps darübergegossen hatte. Vorher noch gab ich dem Wirt den kohlkopfgroßen Gegenstand, den mir der violette Zwerg mitgegeben hatte.

»Ich soll das da in Engelhort abgeben. Man wisse davon, sagte man mir.«

»Ach so, ja. Das gehört dem Simon Teckel. Der holt es sicher morgen ab.«

»Jetzt wäre ich aber doch neugierig ...«

»Nullo Problemo« sagte der Wirt und schnürte das kohlkopfgroße, runde Paket auf. Es war dann klar, warum es kohlkopfgroß war, denn es war ein Kohlkopf.

»Aber ich warne Sie«, sagte der Wirt, setzte sich gemütlich zu mir, nachdem er den Kohlkopf wieder verpackt hatte, »der Professor ist ein Nachtvogel. Wenn er jemand findet, der ihn besucht, den läßt er bis vier Uhr früh nicht mehr los. Liest ihm seine Gedichte vor oder zeigt seine Schätze.«

»Und dafür zahlt man auch noch?«

»Nein, nein, keine Angst. Sie sind sein Gast, es ist ihm eine Ehre. Er hat auch gleich am Telephon gesagt, daß ich Ihr Essen ihm in Rechnung stellen soll.«

»Und wo ist dieser Palazzo?«

»Keine zehn Minuten von hier. Palazzo Flügel.«

»Der gehört ihm?«

»Ja. Er hat ihn vor vielleicht zwanzig Jahren gekauft. Sehr billig. Der Palazzo war schon ziemlich heruntergekommen. Die Herren von Flügel, denen zu Raubritterzeiten das ganze Tal hier gehört hatte, sind schon vor hundert Jahren ausgestorben.«

»Interessant«, sagte ich, »und was macht dieser Professor?«

»Er dichtet.«

»Und davon kann er sich so einen Palazzo leisten?«

Der Wirt zuckte mit den Schultern.

»Wie alt ist er denn?«

»Voriges Jahr war er fünfundachtzig.«

»Und lebt dort alleine?«

»Ab und zu kommt seine Verlobte und bleibt eine Woche.«

»Fünfundachtzig und eine Verlobte? Ist sie auch so alt?«

»Nein, nein. Sie dürfte so an die Fünfzig sein.«

»Oho«, sagte ich.

»Ich weiß auch nicht so recht«, sagte der Wirt, »ob es nicht, ich weiß nicht, wie ich das sagen soll, ich will ihm ja nicht zu nahe treten, aber – es ist wohl eher so, daß er mit ihr verlobt ist. Sie mit ihm nicht. Tanka Tunella heißt sie. Oder nennt sie sich. Soll eine berühmte Tänzerin gewesen sein. Jedesmal, wenn sie wieder wegfährt, zahlt sie unten bei der Raiffeisen eine Menge Geld ein. Der Direktor dürfte es eigentlich nicht weitersagen, aber, na ja, er ist der Bruder meiner Frau.«

»Und wie heißt er, der Professor?«

»Vonsammet. Eugen. Professor. Doktor vielleicht auch. Er, der Professor, ist ein sehr lieber Mensch, aber die Tunella ist, wenn Sie den Ausdruck erlauben, ein Luder.«

»Ist sie jetzt da?«

»Seit gestern.«

Der Palazzo lag, deswegen vom Ort oder Weiler aus

nicht zu sehen, hinter einem stark bewaldeten Hügel. Es war ein großes, quaderförmiges Haus, schmucklos mit Ausnahme von den Stuckumrahmungen des Eingangstores und der Fenster im ersten Stock. Zwei kleine Türmchen überragten das eher flache Dach nur wenig. Alles in allem sehr gepflegt, nobel. Seltsam fremd wirkte das – ich stutzte: ja – das froschgrüne Tandem-Fahrrad, das neben dem Tor am Fenstergitter angekettet war. Der Professor hatte die Beleuchtung der Auffahrt eingeschaltet, so daß ich das Haus gleich fand und auch den Eingang. Er öffnete auf mein Klopfen sofort, hatte mich offensichtlich schon erwartet. »Ja, so, ja, aha«, sagte er und nahm mich am Arm. Er war nicht groß, ziemlich korpulent, hatte ein rundes, rosiges Gesicht, umrahmt von längeren, weißen Haaren, die, gegen das Licht betrachtet, wie ein Heiligenschein wirkten.

»Schön, gut«, sagte er, zog mich herein, »haben Sie schon gegessen? Sie müssen was essen. Trinken Sie Wein oder lieber Bier? Toni ist in den Keller gegangen.«

»Danke, danke«, sagte ich, »ich habe schon gegessen. Ich bin sehr dankbar, daß ich bei Ihnen …«

»Ach was, ja, ja, das Essen kommt gleich. Toni bringt alles. Ich esse nichts mehr oder vielleicht doch.« Er zog mich über die Stiege hinauf.

»Danke, danke«, sagte ich wieder, »ich bin vollkommen zufrieden. Ich bin froh, daß ich bei Ihnen übernachten darf …«

»Wollen Sie lieber etwas Süßes? Kuchen? Kekse? Oder lieber Schinken? Käse? Toni soll einen Rotwein aufmachen. Toni!!« schrie er, »wo ist er denn? Rotwein, besser Rotwein, am Abend ist Rotwein besser. Oder soll Toni Champagner holen?«

»Danke, danke. Ich brauche gar nichts. Ich bin froh um ein Bett, in das ich mich legen kann …«

Der Professor lief hinaus, kam mit einem kleinen, dürren Menschen zurück, der sich grinsend vor mir verbeugte. Ich sah, daß er wenige, aber sehr große Zähne hatte, die graumelierten Haare hatte er zu einem Zopf gebunden. Das war offenbar Toni. Der brachte ein Tablett mit Wurst und Schinken, Käse, Essiggurken, einer Schüssel mit Tomatensalat und allem möglichen, begann den Tisch zu decken.

»Greifen Sie zu«, sagte der Professor, »wenn es nicht reicht, bringt Toni noch mehr.«

»Eigentlich wollte ich gar nichts mehr essen. Ich bin satt, und ich will Ihnen nur danken –«

»Diesen Rotwein? Warten Sie –« er prüfte das Etikett, »ein Franzose, ja, ha! Oder lieber Toscana? Hier ein Montepulciano. Oder Kalterer See?«

»Ist mir alles recht«, sagte ich, »ich trinke gern ein Glas Wein mit Ihnen, aber sonst bin ich voll zufrieden.«

»Greifen Sie zu! Greifen Sie zu! Toni!! Bring noch die Apfelstrauben! Kennen Sie Apfelstrauben? Ich hoffe, Sie mögen Apfelstrauben. Toni macht köstliche Apfelstrauben. Toni!! Und die Torte! Bring die Torte! Es ist«, wandte er sich wieder an mich, »nur noch die halbe Torte da, ich bitte um Entschuldigung. Greifen Sie zu! Oder möchten Sie lieber Weißbrot? Semmeln?«

»Danke, danke«, sagte ich, »ist alles wunderbar.« Ich nahm also, überwältigt, eine Schnitte Graubrot und ein paar Scheiben Wurst, »und Sie essen gar nichts?«

»Doch, doch«, sagte er, nahm aber nichts. »Prost! Auf Ihr Wohl. Und das ist Perlhuhnpastete, müssen Sie probieren. Soll Toni eine Suppe machen?«

»Danke, danke, so spät esse ich eigentlich nichts mehr –«

»Toni!! Die Steinraps-Suppe! Ist noch etwas davon da? Wenn nicht, koche eine neue –«

»Nein, danke, wirklich nicht –«

»Er ist nicht nur ein guter, er ist auch ein schneller Koch. Toni!!« schrie er nach draußen, »die Steinraps-Suppe!!« und zu mir: »Einen Teller nehmen Sie schon. Oder lieber eine Gerstensuppe? Es müßte auch noch kalter Braten da sein.«

Toni hörte offenbar nichts, es kam auch, zum Glück, keine Suppe, und mir war bald klar, daß es der Professor gar nicht bemerkte, ob ich etwas vom Essen nahm oder nicht. Von der »Verlobten« war übrigens nichts zu sehen und nichts zu hören. Mit einiger Mühe konnte ich es dann durchsetzen, daß der Professor Toni hereinrief und ihm befahl, mir mein Zimmer zu zeigen. Toni nahm meine Reisetasche und ging voraus in den oberen Stock, dort führte er mich in einen kleinen fensterlosen Raum. Ich dachte mir: »Nun ja, dafür, daß es gratis ist …« Aber dann öffnete Toni die hintere Tür, und ich sah, daß dies hier nur die Entfernung zwischen den beiden Türen war. So dick waren die Mauern des alten Kastens, denn ein solcher, ein »Kasten«, wie man früher sagte, war dies eher denn ein »Palazzo«. Kaum hatte ich meine Hände in dem Bad, das an das Zimmer anschloß, gewaschen, als der Professor mit einem großen Teller Obst daherkam. »Vielleicht haben Sie Hunger«, sagte er. »Danke, danke«, sagte ich, »sehr liebenswürdig.«

»Sie glauben sicher nicht an derlei Unsinn«, sagte der Professor, »aber meine Verlobte behauptet, in diesem Raum spuke es. Als sie das erste Mal hier geschlafen hat, sagt sie, habe jemand an ihrer Bettdecke gezupft. Sie habe daraufhin laut geschrien: ›Ich mag das nicht!‹, worauf ein schlurfendes Geräusch durchs Zimmer gegangen und unter diesem Schrank da verschwunden sei. Wer's glaubt. Die hysterischen Weiber. Haben Sie noch Hunger? Ich glaube, Toni hat die Suppe fertig. Auerhahn-Essenz. An sich gehört der Auerhahn zu den gefährdeten Arten, aber der

Bezirksjägermeister hat das Recht, einmal im Jahr einen zu schießen. Ich kenne den Mann, und er gibt mir ein Stück.«

So zog sich die Nacht hin. Der Professor zeigte mir seine Bibliothek mit wertvollen Erstausgaben und anderen Zimelien. In der Bibliothek hing ein stark nachgedunkeltes, großes Bild, das drei nackte Negerinnen darstellte, die einen alten Mann in barocker Tracht mit viereckigem Bart umtanzten. Unter anderem »hütete er«, wie der Professor sagte, die überaus seltene und vollständig wohl überhaupt die einzige Erstausgabe der siebenbändigen Darstellung von Kunst und Geschichte der alpenländischen Lederhose von Peregrin Zwowige, samt den zwei Bänden mit den bildlichen Darstellungen und dem, des Professors Meinung nach überhaupt einzigen erhaltenen, eben seinem Supplement-Band mit den Aufzeichnungen, die Peregrin Zwowige über seine Vermessung derjenigen Älpler-Körperteile gesammelt hat, die naturgemäß mit der Lederhose in Zusammenhang stehen. Ich war sehr müde, aber der Professor zeigte mir – »... das müssen Sie unbedingt noch sehen, aber wollen Sie vorher nicht noch einen Bissen ...?« – seine Sammlung von historischen Bügeleisen, das älteste Exemplar ein sogenannter isländischer Steinbügler (Járnsteiníheritt) von ca. 950. Gegen vier Uhr brachte Toni, wie der Professor sagte: »Eine kleine Erfrischung«, die aus in Schnaps eingelegten Feigen bestand und hartem Käse, einer Spezialität aus des Professors Heimat, dem »Hultschiner Ländchen«.

Ich rollte ins Bett und schlief so fest, daß ich, selbst wenn es in dem Zimmer spuken sollte, nichts davon bemerkt hätte. Um neun Uhr wachte ich davon auf, daß Toni an meiner Tür klopfte. In sehr ungelenken Wörtern erklärte er mir, daß der Herr Professor befohlen habe, er, Toni, solle für meine Weiterreise nach Mariä Tugend sorgen, und wann ich aufzubrechen gedenke. Der Professor lasse grüßen, er schlafe bis nachmittags.

Ich überlegte, entschied mich dann, um zehn Uhr aufzubrechen. »Und wie soll ich mir die Weiterreise vorstellen?«

»Mit mir«, sagte Toni, »mit'm Tandem.«

So fuhr ich also mit dem froschgrünen Tandem des Professors, Toni vor mir tretend und lenkend, in Richtung Mariä Tugend, talaufwärts. Vorher aber ging ich noch zum Wirt. Hunger hatte ich zwar begreiflicherweise nicht, aber eine Tasse Kaffee wollte ich doch trinken.

Der Wirt setzte sich zu mir, erkundigte sich nach meinen Erlebnissen im »Palazzo«, interessierte sich vor allem dafür, ob sich die »Verlobte« blicken habe lassen. Nein? Typisch. Und dann erzählte er noch, woher der Name des Gasthauses komme: »Weil Napoleon einmal hier durchgekommen ist.«

»Mit seiner ganzen Armee?«

»Nein, die hätte ja gar nicht Platz dahier. Allein, also nicht allein, nur mit zwei Adjutanten oder drei und ein paar Gardisten zu Pferd. Mit einer Kutsche geht ja hier nichts, der Kaiser und die Adjutanten wurden in Sänften übers Joch getragen und dann nach St. Labahn hinaus. Hier im Haus ist der Kaiser zugekehrt. Hat aus diesem Krug getrunken.« Der Wirt holte einen mächtigen Steinguthumpen mit Zinndeckel aus einer Vitrine. »Aus diesem Krug. Der damalige Wirt war mein Ur-Urgroßvater.«

»Respekt«, sagte ich, »und seitdem heißt das Gasthaus *Napoleon*.«

»Richtig. Allerdings ist der Deckel kaputtgegangen. Zinnpest, einfach zerbröselt. Das war zur Zeit von meinem

Urgroßvater. Da hat er halt einen neuen Zinndeckel machen lassen. Ja.«

»Darf ich den Krug anfassen?«

»Bitte, bitte. Nur, unter meinem Großvater ist der Krug leider heruntergefallen und in tausend Stücke geborsten, der Deckel heil geblieben. Na ja, hat der Großvater eben einen neuen Krug zum Deckel machen lassen.«

Vorsichtig nahm er die Reliquie und stellte sie zurück in die Vitrine. »Nicht jedes Gasthaus«, sagte er dabei, »hat einen Krug, aus dem Napoleon getrunken hat.«

Pünktlich um zehn holte mich Toni mit dem Tandem ab, ich mußte mir, weil der Gepäckträger zu klein war, meine Reisetasche auf den Rücken schnallen. »Glückauf!« schrie der Wirt, und wir strampelten los.

Auf halbem Weg zwischen Engelhort und Mariä Tugend kamen wir an die engste Stelle des Bärenthales. Der Bach sprühte und spritzte reißend schnell in seinem schmalen, tiefen Bett. Die Felsen türmten sich grau in grau wohl an die zwei-, dreihundert Meter hoch, zum Teil überhängend, der Weg immerhin wagenspurbreit aus dem Felsen gesägt. Und in der Mitte ein Haus. »Der Tuirass«, sagte Toni. Nein, nicht eigentlich ein Haus, sondern nur die Vorderfront eines Hauses, die vor eine teils natürliche, teils herausgesprengte Höhle gesetzt war. Die restlichen drei Fronten des Hauses und das Dach: aus gewachsenem Fels. Drinnen freilich Zwischenböden eingezogen und so fort, wie in einem normalen Haus.

»Da wohnt jemand?« fragte ich. Wir schoben, da kein Geländer gegen den Wildbach sicherte, vorsichtig das Tandem.

»Ja. Der Tuirass eben.«

Gasthaus zur Sonne stand an der Hausfront. Es dürfte aber wenig Sonne hierhin kommen. »Richtig«, sagte später auf meine Frage der Tuirass, ein starkbärtiger Mann unbestimmten Alters, »trotzdem oder grad deswegen.«

»Und Sie wohnen hier?«

»Was bleibt mir übrig?« sagte der Tuirass und servierte einen Schnaps. Der Schnaps gehörte zur völkervernichtenden Sorte des Gemeinen Alpenländischen Obstlers. Wovon er lebe? Ach ja – schwer. Von Laufkundschaft keine Rede. Einmal im Jahr, am Tage Mariä Tempelgang (*Sanctae Mariae Itio In Templum*), finde traditionell eine Wallfahrt der unverheirateten Männer von St. Labahn und Umgebung nach Mariä Tugend statt, und da sei natürlich Hochbetrieb. Da verkaufe er an die drei-, vierhundert Paar Selchwürste und einige Fässer Bier. Aber das sei eine heikle Geschichte, denn wenn es regne, falle die Wallfahrt aus. Wie oft sei er dann schon auf den Selchwürsten sitzengeblieben. Und im Frühjahr treibe der Hirt von Engelhort seine Ziegenherde hinauf in die hintere Alm, da kehre er hier zu und trinke einen Schnaps, und im Herbst beim Almabtrieb wieder. Das sei die ganze Laufkundschaft.

Das Tal sei so eng, erzählte der Tuirass weiter, daß es bei starkem Schneefall praktisch zuschneie, vollschneie. Komplett bis oben hin, wie zugeschüttet. Der Bach fräse sich sein Bett, seine Röhre, aber sonst sei alles voll Schnee. Zweimal habe er es erlebt, früher, in den Zeiten seines Vaters und seines Großvaters sei es aber viel öfter vorgekommen. Komplett mit Schnee zugeschüttet. Man konnte oben von der einen zur anderen Schluchtseite auf dem Schnee gehen, sobald er fest genug war. Schnee ist schwer, tonnenschwer, ungeheuer. Wenn das Haus hier nicht eigentlich eine Höhle wäre und unter einem Überhang, wäre es zerdrückt worden. Wie er da gelebt habe? Ja – ha!

Ein Loch nach oben gegraben, schraubenartig, wie eine Wendeltreppe. Mühsam. »Aber was bleibt mir anderes übrig.«

Wir verabschiedeten uns, schoben das Tandem vorsichtig weiter, ein Sturz in den tosenden Bach hätte sofortige hilflose Zerschleuderung an der Felswand bedeutet. Aber endlich lichtete sich die Schlucht, der Weg wurde breiter, der Bach ruhiger, und bald sahen wir in der Mittagssonne das Kloster Mariä Tugend vor uns liegen. Wir waren in einem Hochtal, dessen Flanken sich bewaldet bis zu den Felsbergen hinziehen. Die Baumgrenze ist nicht mehr weit. Das Kloster, auf einem die Straße beherrschenden Hügel erbaut, sieht eher aus wie eine Burg mit Zinnen und einem quadratischen Turm. Auf den geistlichen Charakter deutet nur der schlanke Kirchturm hin, der neben dem mächtigen Zinnenturm aufragt. In der Tat, erfuhr ich nachher, sei dies der ursprüngliche Sitz der Herren von Flügel gewesen, ehe Hans Andrä III. von Flügel im 16. Jahrhundert hinunter in den bequemeren Palazzo zog und in der Burg ein Kloster gründete. Er wäre dafür fast seliggesprochen worden, wenn er nicht in seinem späteren Alter in einer trigamistischen Ehe mit drei Mohrinnen gelebt hätte.

Toni kettete das Tandem an einen Ring an, an dem früher wohl die Pferde angebunden wurden. Wer sollte hier in der Einsamkeit das Tandem stehlen? Gut, es ist Tonis Sache. Eine sanfte, romantische Musik empfing uns: Waldhorn mit Harfenbegleitung. Ich konnte mich nicht genug wundern über diese Musik hier, ganz unerwartet. Ich ging hinein, kam in einen bescheidenen Kreuzgang, und dort saßen zwei Mönche und spielten Horn und Harfe. Sie unterbrachen, als sie mich sahen. Ich wollte abwinken: bitte weiterspielen! Aber die beiden kamen schon auf mich zu, und der eine sagte: »Sie sind Herr Kirdorf-Traut?«

»Nein«, sagte ich.

»Wir erwarten ihn sehnsüchtig«, sagte der Mönch, »und hatten schon gehofft, daß Sie es sind …«

»Das tut mir leid«, sagte ich, »wer ist Herr Kirdorf-Traut?«

»Oh, ein feiner Mann, ein großer Mann, er ist der beste Kenner der Gegend hier. Er hat viele Bücher und Aufsätze über Geschichte, Kunst und Folklore geschrieben. Alles wunderbar klar und unterhaltsam zu lesen. Er will hierherkommen und endlich die ganzen Urkunden sichten und aufarbeiten, die wir hier verwahren, und ein Buch über Mariä Tugend schreiben. Wenn es einer wirklich kann, dann er.«

»Hoffentlich«, sagte der andere Mönch, »erleben wir das noch. Wir sind alt und die letzten.«

»Ja«, sagte der andere, »die letzten. Bitte nehmen Sie doch Platz hier am Brunnen. Ja, die letzten. Dies ist Pater Kapistran, und ich bin Pater Colasanctius.«

»Einen Abt«, sagte P. Kapistran, »haben wir nicht mehr. Nachdem der letzte gestorben ist, haben wir, wie üblich, gewählt, waren aber nur noch zwei. Haben uns gegenseitig gewählt, aber jeder hat verzichtet. Nichts zu machen.«

»Ja und der Bischof?« fragte ich, »tut der nichts?«

»Haha, der Bischof«, rief P. Colasanctius, »welcher, wenn ich fragen darf? Dieser?« er deutete nach draußen, »Oder jener?« er deutete übers Joch hinüber. »Keiner fühlt sich zuständig, weil er dann das Dach reparieren lassen müßte. Es regnet schon überall herein.«

»Ich bedaure, daß ich Sie in Ihrem schönen Spiel unterbrochen habe.«

»Schön?« sagte P. Kapistran, der Hornist, »schön sagen Sie? Zu gütig. Das Horn ist mir vor einem Jahr zu Boden gefallen, hat sich verformt. Seitdem ist es ein Horn in

Fis. Klingt doch grausig. Anstrengend zu transponieren. Schneller als *adagio* schaffen wir nichts mehr.«

Ich erfuhr dann noch, daß die Versorgung sehr schwierig sei. Ab und zu brächte ein Bauer etwas zu essen oder ein Hirte. Herr Kirdorf-Traut, »unser uns noch unbekannter Wohltäter, der HErr segne ihn« – so P. Colasanctius – schicke regelmäßig ein Paket mit Dörrobst und Hartwurst, aber sonst ... »Der Papst hat uns gnadenweise die sogenannte Fastenumkehr bewilligt, Conversio ίζίυηαί, das heißt, wir dürfen nur an den wenigen gebotenen Fastentagen essen und in der Fastenzeit, zu anderer Zeit müssen wir fasten.«

»Wenn nun endlich das Buch von Herrn Kirdorf-Traut über unser Kloster erschiene«, sagte P. Kapistran, »dann würde wohl alles besser.«

Ich hatte gehofft, daß mich Toni mit dem Tandem über das Joch nach drüben hinunter in den ersten welsch-gräsischen Ort fahren werde, von wo, wußte ich, ein Omnibus hinausfährt. Aber Toni bedeutete, daß das nicht gehe.

»Braucht der Professor das Tandem?«

»M – m.« (Das hieß wohl nein.)

»Hat es die Frau Tunella angeordnet?«

»Mhm.« (Das hieß wohl ja.)

»Und wie komme ich dann weiter?«

»N – m.« (Das hieß wohl, das sei nicht seine Sache.)

So schwang er sich aufs Tandem und verschwand nach unten.

»Sie können gern bei uns bleiben«, sagte P. Kapistran, »bis der Forstmeister kommt.«

»Der Forstmeister?«

»Ja. Wie sonst, meinen Sie, bekommen wir die Sachen, die uns Herr Kirdorf-Traut schickt? Der HErr gebe ihm ein langes Leben. Meinen Sie, daß die Post hier herauf ausgetragen wird? Nein. Der Forstmeister von drüben kommt ab und zu übers Joch, und wenn er grad dran denkt, nimmt der das mit, was Herr Kirdorf-Traut geschickt hat.«

»Wann ist denn damit zu rechnen, daß der Forstmeister kommt?«

»Das weiß man nie. Morgen? In einem Monat? Wir hoffen, daß er kommt, bevor im Winter das Joch zuschneit.«

Ich beschloß, eine Woche zu warten, bevor ich mich wohl dann gezwungenermaßen zu Fuß auf den Weg machen müsse. So beanspruchte ich die Gastfreundschaft der freundlichen Patres, die allerdings mehr oder weniger aus der Benutzung einer der 68 leer stehenden Zellen und der musikalischen Unterhaltung durch harfenbegleitetes Hornspiel bestand. Zu essen gab es nichts. Zum Glück hatte mir der Professor eine große Wildschwein-Salami, ein ordentliches Stück Käse, Brot, Gurken und ein Dutzend harte Eier heimlich in den Reisesack getan. Deshalb war er so schwer. Ich bot den Mönchen davon an, aber sie nahmen nichts. Es war ja Nichtfasten und also Fasten für sie. Sie ernährten sich mittels einer vom Vatican als zulässige Fastenspeise abgesegneten dünnen Gabelkraut-Suppe.

Wenn ich nicht dem Musizieren der Patres zuhörte, las ich in meinem Augustinus. Ich kam an die Stelle, wo er sich, bildlich gesprochen, die gehirnlichen Zähne ausbiß, nämlich zu der Frage, daß, logisch gedacht, Gott nicht gleichzeitig allmächtig und allwissend sein kann. Die Patres wunderten sich über meine Lektüre. Sie hatten zwar während ihres Theologiestudiums fünf, sechs Bücher *über* Augustinus gelesen, aber weder sie noch ihre Kommilitonen noch ihr Professor waren auf den Gedanken gekommen, den Augustinus *selber* zu lesen. Ich kann mir schon denken, warum, sagte es aber nicht. Weil man ihn sonst als

Häretiker betrachten müsse und seine vergoldete Statue, die neben der Kathedra Petri in Rom steht, abschrauben und ins Depot schleudern.

»Es ist erstaunlich, was da alles drinsteht«, sagte ich, »zum Beispiel das mit der Willensfreiheit Gottes.«

»Wie das?« fragte P. Kapistran.

»Ja, nun. Wenn Gott allwissend ist, weiß er genau, was er morgen tut. Oder?«

»Daran ist kein Zweifel.«

»Kann er aber dann morgen seinen Plan ändern und etwas ganz anderes tun? Nein, denn dann wäre er heute nicht allwissend.«

»Das leuchtet allerdings ein.«

»Also«, fuhr ich fort, »ist Gott morgen an seine Allwissenheit von heute gebunden und kann seinen Willen nicht ändern. Ist dem zuzustimmen?«

»Allerdings«, sagte P. Colasanctius.

»Also ist Gott das einzige Wesen, meint Augustinus, das keinen freien Willen hat, womit er auch nicht allmächtig ist.«

»Das ist freilich eine fatale, aber nicht zu leugnende Schlußfolgerung«, sagte P. Kapistran.

»Augustinus tröstet sich damit, daß vor ihm bereits Cicero an dieser Frage gescheitert ist.«

»Wenn so gescheite Leute sich vergeblich den Kopf darüber zerbrechen«, sagte P. Colasanctius, »dann sollten wir erst recht nicht weiter darüber nachdenken.« Und sie ergriffen ihre Instrumente und spielten das ergreifende Lied »Wo find' ich nur mein Kälbchen wieder?« aus der Oper: »Der unglückselige Birnenhändler« von Christian Arbogast Kochterhundt.*

Am Freitag dann, am Fasttag, für die Patres hier Eßtag, hätte es gebackenes Gamshirn mit Sauerampferpüree gegeben, aber dazu, dies zu genießen, kam ich nicht, denn am Donnerstag am späten Vormittag ertönte von weit her ein Signal auf einem Jagdhorn. »Er kommt!« schrien die Mönche, »der Forstmeister kommt, der Brodwirgl!« Und schnell ergriff P. Kapistran sein Fis-Horn und antwortete mit einem fröhlichen Ruf: tarattata – tatututuum. – »Wir wissen nie«, sagte P. Colasanctius, »ob wir ihn im Refektorium empfangen sollen oder im Stall. Im Refektorium zerstampft er uns mit seinen Hufen das Parkett, und im Stall – hm, hm, ist doch eher unhöflich, wo er vorn Mensch ist.«

Bald klapperten draußen die Hufe. Wir liefen hinaus. Brodwirgl, der jetzt sein Jagdhorn wieder schulterte, trug, wie anders, eine jägergrüne Jacke mit silbernen Forstmeisteraufschlägen und -litzen, einen sehr schön gewellten blonden Vollbart, und als er mit einem tönenden: »Gott zu Gruße!« seinen grünen Jägerhut lüftete, sah man,

* Neuere Forschungen haben ergeben, daß praktisch das Gesamtwerk Richard Wagners, mit Ausnahme des, wie man ja bei jedem Anhören feststellen kann, völlig mißlungenen »Parsifal«, von Christian Arbogast Kochterhundt stammt. Wagner hat die Partituren über einen Mittelsmann dem unter ständigem Alimentenzwang leidenden Kochterhundt abgekauft. Lediglich beim »Parsifal« hat Wagner versucht, sich selber, recte also Kochterhundt zu imitieren, was nur schiefgehen konnte. Ungeklärt ist noch, ob Kochterhundt auch die Werke Schellings geschrieben hat, denn Schelling selber hatte keine Zeit dazu. Er war vollkommen mit seiner Hauptpassion, der Zucht von Zierhühnern, ausgelastet. So gut wie sicher allerdings ist, daß Theodor W. Adorno postum Kochterhundts Papierkorb zu plündern Gelegenheit hatte, worauf er »seine« Kompositionen veröffentlichte. Völlig abwegig und daher hier undiskutiert bleiben sollend ist die Meinung der Musikwissenschaftlerin Huster-Schimmel, Kochterhundt seinerseits habe Richard Wagner geleimt und ihm die Werke untergeschoben, die in Wirklichkeit ein gewisser Gernot Maria Zürnstingel geschrieben habe. Zürnstingel wurde allerdings später als derjenige entlarvt, der die seitdem unter dem Titel »Faust. Der Tragödie zweiter Teil« umlaufende Fälschung verfaßt hat.

daß er ebenso volles, goldgelocktes Haar hatte. Sein zierlich gebundener Schwanz war mit grünen Bändern durchflochten.

»Gott zum Gruß, Forstmeister!« antworteten die Mönche. Der Forstmeister tänzelte ein wenig hin und her, dann bat man ihn doch ins Refektorium. Ich bemerkte, daß die Patres besorgt auf die vier Hufe und das Parkett schauten. Aber der Forstmeister setzte die Hufe sehr vorsichtig, machte es sich dann bequem und ging in die Knie.

»Und was bringen Sie uns Schönes, lieber Brodwirgl?« sagte P. Kapistran.

Der Forstmeister öffnete seinen Schnappsack, den er hinter sich auf dem breiten Rücken trug. Herr Kirdorf-Traut hatte diesmal einen großen Steinguttopf mit Entenleber-Pastete geschickt und einen ganzen Brabanter Selleriekuchen mit Trüffeln. Die Patres jubelten, und P. Colasanctius rasselte auf seiner Harfe ein gewaltiges Freudenglissando ein paarmal auf und ab. Ohne weiteres war Herr Forstmeister Brodwirgl einverstanden, mich über das Joch ins Welsch-Gräsische mitzunehmen. So verabschiedete ich mich also von den Patres, ließ dankend den Rest des Vorrats hier, den mir – viel zu viel – der Professor beigepackt hatte, ich sattelte den Forstmeister notdürftig mit einer Decke und einem Gurt, die mir die Mönche gaben, schwang mich auf seinen Rücken, und wir trabten los. Von weiter oben blies der Forstmeister noch einen Gruß zum Kloster hinunter, der Pater antwortete mit einem romantischen Abschiedstriller.

Wir näherten uns der Baumgrenze. Nur noch Krüppelkiefern und niedriges Gebüsch säumten unseren Weg. Die saftigen Hochgebirgsmatten dämpften den Schritt der Hufe des Forstmeisters. Große Ruhe ringsum.

Die Paßhöhe, eine weite Hochfläche, war übersät mit menhirartigen Felsbrocken, manche niedriger, manche weit übermannshoch. Auf einem eher niedrigen stand die Statue einer nackten Frau in gefälliger Pose.

»Was ist denn das?« sagte der Forstmeister, »die war vorhin noch nicht da.« Da bemerkte uns die Statue, kreischte und lief hinter einen Stein, der sie aber nur ungenügend schützte. Ein stark wikingerhafter Mensch in einem karierten Wollhemd, einen großen Photoapparat in der Hand, trat auf uns zu, grüßte, schrie nach hinten: »Lenaliese, komm, die tun dir nichts«, worauf die Nackte hinter ihrem Stein hervorkam und uns neugierig musterte.

Er heiße van Bouzenhout, sagte der Mann, und er sei der Hofphotograph der Königin von Holland und habe die Aufgabe, Hochgebirgslandschaften, die es, wie man weiß, in Holland nicht gibt (»– die höchsten Erhebungen in Holland«, scherzte Mijnher van Bouzenhout, »sind die Holländer«), im Bilde festzuhalten. Aber allein Steinernes zu photographieren, langweile ihn, weshalb er die Bilder gern mit einer nackten Frau garniere. Es wurde uns dann gestattet zuzuschauen, wie Lenaliese auf verschiedene Menhire kletterte und prachtvollste Anblicke darbot. Dann kam Mijnher van Bouzenhout auf die Idee, ob Lenaliese auf des Forstmeisters Rücken klettern dürfe, was sicher ein Bild fast antikischer Größe ergeben könne. Etwas verlegen lächelnd gestattete es der Forstmeister, lehnte aber dann dankend ab, die so entstandenen Bilder (»– die am besten gelungenen, versteht sich«, versicherte Mijnher van Bouzenhout) zugeschickt zu bekommen. Seine Frau könne es mißverstehen. Ich aber gab Mijnher van Bouzenhout meine Adresse, und tatsächlich erhielt ich, wenngleich Monate später, einige der Photographien, und von einer davon ließ ich mir einen Gobelin anfertigen, der nun in meinem Arbeitszimmer hängt.

Nach dieser unerwarteten Begegnung setzten wir unseren Weg fort. Der Forstmeister fiel vom Trab zeitweise in einen flotten Galopp, so daß ich mich an seinen breiten Schultern festhalten mußte. Nach wenig mehr als zwei Stunden erreichten wir Tropfen (welsch-gräsisch: Tëuppo-ras), wo ich noch für eine Nacht Gast des Forstmeisters und seiner Forstmeisterinnen-Stute war. Zum Abschied schenkte mir der Forstmeister, was für eine Überraschung, »ein Kind meiner literarischen Laune«, ein kleines, schmales Bändchen, einen bibliophilen Privatdruck einer Geschichte, die er selber geschrieben hat. Sie hieß: »Im Bärenthale«.

Preisrätsel

Wer dem Hinweis von Gulden folgt, den einen Satz, der alles erklärt, findet und mit Hilfe von Fibonacci entschlüsselt, der kann ein von Herbert Rosendorfer signiertes Exemplar seines Buches »Venedig. Eine Einladung« gewinnen. Neben diesem Hauptpreis verlosen wir unter den richtigen Einsendungen 10 Buchpakete von Kiepenheuer & Witsch. Einsendungen bitte per Postkarte oder Mail unter dem Betreff »Gulden« an Verlag Kiepenheuer & Witsch, Bahnhofsvorplatz 1, 50667 Köln bzw. redaktion@kiwi-verlag.de

Einsendeschluss ist der 31.03.2013.

Der Rechtsweg ist ausgeschlossen!

Moritz Rinke. Der Mann, der durch das Jahrhundert fiel. Roman. KiWi 1218

»Klug und zum Versinken witzig.« *Bücher*

»Rinke verknüpft seine erfundene Familiengeschichte auf geschickte Weise mit der Historie des realen Kunst-Worpswede.« *Die Zeit*

»Das Besondere und Sympathische an seiner Geschichte sind die liebevoll ausgemalten Details und die große Zahl origineller Charaktere.« *Die Welt*

Auch als eBook

www.kiwi-verlag.de KiWi PAPERBACK